Die Baustelle

EINE HEISSE LIEBESKOMÖDIE (CAROLINA CONNECTIONS BOOK 1)

SYLVIE STEWART

ROLLING HEARTS PRESS

Deutsche Erstauflage Feb 2022

Lektorat / Korrektorat: Alexandra Hirsch, Renate Doering, und Hannelore Weber

www.sylviestewartauthor.com

sylvie@sylviestewartauthor.com

ISBN (print): 978-1-947853-32-4

Bücher von Sylvie Stewart

Werke von Sylvie Stewart mit geplanten deutschen Übersetzungen

2022

The Spark / **Der Funke** (*Carolina Connections* #2) 15 Feb

The Lucky One / **Das Glückskind** (*Carolina Connections* #3) 1 März

The Game / **Das Spiel** (*Carolina Connections* Book 4) 15 März

The Way You Are / **So wie du bist** (*Carolina Connections* Book 5) 1 Apr

The Runaround / TBD (*Carolina Connections* Book 6) 15 Apr

The Nerd Next Door / TBD (*Carolina Kisses*, Book 1)

New Jerk in Town / TBD (*Carolina Kisses*, Book 2)

The Last Good Liar / TBD (*Carolina Kisses*, Book 3)

2023

Between a Rock and a Royal / TBD (*Kings of Carolina* #1)

Blue Bloods and Backroads / TBD (*Kings of Carolina* #2)

Stealing Kisses With a King / TBD (*Kings of Carolina* #3)

Game Changer / TBD

Then Again / TBD

About That / TBD

Full-On Clinger / TBD

Booby Trapped / TBD

Über das Buch

Mein Leben ist ein Märchen – ein bescheidenes und eben keins, in dem ein lediges Mädchen freiwillig die Hauptrolle spielen würde.

LANEY:

Wie jede brave Heldin muss auch ich mich gewissen Herausforderungen stellen. Meinen Sohn dazu zu bringen, eine Hose zu tragen, ist die eine, meinen gähnend langweiligen Job auszuhalten, eine andere. Dann gibt es da noch dieses Untier, diesen Schmarotzer von einem Bruder, der in meinem neuen Haus eine Delle in meine Couch gesessen hat. Und natürlich wäre es kein Märchen, gäbe es da nicht noch einen echt geilen Prinzen. Zu schade, dass dieser ein totaler Arsch ist.

Mein Instinkt will mir einbläuen, mich von Nate Murphy fernzuhalten. Denn wenn mich das Leben etwas gelehrt hat, dann ist das, dass es kein Happy End gibt.

NATE:

Ich bin vielleicht kein Superheld, aber ich gebe mir alle Mühe, helfend zur Stelle zu sein, wenn ich gebraucht werde.

Und, hey, nur ein einziger Anruf meiner Mutter und schon bin ich ans andere Ende des Landes gezogen. Aber wieder zu Hause zu sein und die damit verbundene Verantwortung zu übernehmen, macht mich manchmal ein wenig griesgrämig. Und dann verliere ich noch dazu ausgerechnet, als ich vor dem heißesten Mädchen stehe, das ich je getroffen habe, völlig die Fassung. Ich habe eine Menge Arbeit vor mir, wenn ich das wieder in Ordnung bringen will. Aber ich *werde* es in Ordnung bringen.

Ich werde all das sein, was Laney Monroe braucht... ein Superheld, ein Prinz oder einfach nur ein Typ, bei dem sie vielleicht ein Risiko eingehen möchte.

für meine Mutter

Hose? Wozu eine Hose?

LANEY

Ich wachte auf und jemand trat hinein.

Nein, es war nicht dieses altbekannte Gefühl, wenn man etwas fürchterlich Unpassendes, das man am liebsten wieder zurücknehmen würde, gesagt hatte, sondern es handelte sich um einen echten Fuß. *In meinem Mund.*

»O Gohh!«, spuckte ich. Es als beunruhigenden Start in den Tag zu bezeichnen, wäre eine arge Untertreibung – mit Betonung auf *arg*. »Was zum … igitt.« Mein Kopf fiel auf das Kissen zurück, als mir alles klar wurde. Roccos Größe zwölf mit diesen niedlichen kleinen Zehen lag auf dem Kissen neben meinem Gesicht, zusammen mit einer kleinen Pfütze Sabber. Ich registrierte seine schlafende Gestalt, die so dalag, verkehrt herum, wie sie eingenickt war, bekleidet nur mit seiner Ninja-Turtle-Unterwäsche.

»So können wir nicht weitermachen, Kumpel«, flüsterte ich zu mir selbst. Mein kleiner Exhibitionist, der sich in eine Art nächtliche Rückwärtsbeuge verrenkt hatte, hatte die Nacht in meinem Bett verbracht – wieder einmal. Von kleinen nackten Körperteilen aufgeweckt zu werden fing langsam an, in meinem Kopf herum zu pfuschen. Ganz zu schweigen davon, dass man nicht wusste, wo diese kleinen Füße gewesen waren. Moment mal, ich wusste es doch. Igitt!

Völlig unvorbereitet, aufzustehen und den Tag zu beginnen, kuschelte ich mich zurück in mein Bettzeug mit dem Hartriegel-Muster und starrte an die Decke. Ich musste feststellen, dass der Umzug in ein fremdes neues Haus für ein Kind recht schwierig war. Zum Teufel, es war auch für mich schwierig, und ich war zwanzig Jahre älter als er. Alles in allem war Rocco aber ein richtiger alter Hase gewesen, seit wir das einzige Haus, das er jemals gekannt hatte, nämlich jenes meiner Eltern, verlassen hatten und in die niedliche Bruchbude gezogen waren, die wir nun unser Zuhause nannten. Aber es gab offensichtlich noch ein paar Unebenheiten zu glätten – Paradebeispiel: mein unsanfter Weckruf.

Als meine Eltern ihren Umzug in eine andere Stadt das erste Mal erwähnten, hatte ich sie, glaube ich, noch nie so angespannt gesehen. Es gab viel Händeringen und »na ja, weißt du«, bevor ich verlangte, dass sie es einfach ausspuckten. Ich war schon fast geneigt zu glauben, dass sie an Ebola oder etwas ähnlich Schrecklichem tödlich erkrankt waren.

Mir war bis dahin immer weniger wohl dabei gewesen, dass ich mich so sehr auf sie verließ und von ihnen unterstützt wurde, seit sich diese dünne Linie blau gefärbt hatte, daher empfand ich es fast als Erleichterung, dass mir die Entscheidung, mir ein eigenes Heim zuzulegen, abgenommen worden war. Und dann stellte sich noch heraus, dass sie, während ich gedacht hatte, mein Auszug würde sie kränken, Angst gehabt hatten, ich würde ohne sie zusammenbrechen. Eine Gewissenspredigt, und schon war meine Mutter dabei, eine neue Stelle an der Universität von Richmond in Virginia anzunehmen und ich hing am Telefon und hatte ein Gespräch mit dem Immobilienmakler.

In Wahrheit hätte ich ganz am Anfang keinen Tag als Mutter überlebt, hätte ich nicht die stetige Unterstützung meiner unvoreingenommenen Familie und meiner besten Freundin gehabt – sowie die finanzielle, wenn auch nicht physische Unterstützung durch Roccos Vater. Aber es war höchste Zeit, dass ich mir wie ein großes Mädchen mein Miederhöschen anzog und mich am Riemen riss.

Durch all die Unterstützung, die ich erfahren hatte, konnte ich meinen *Associate Degree* fertigmachen und einen Job kriegen, der, wenn er auch nicht so recht stimulierend war, es mir immerhin doch ermöglichte, mich um mein Kind und um mich selbst zu kümmern. Was alleinerziehende Mütter betrifft, war meine Situation der Traum, und das wusste ich.

Wie sich herausstellt, hat es schon etwas sehr Befriedigendes an sich, wenn man den Ort, an dem man seinen Kopf nachts zur Ruhe legt, auch besitzt. Und unser neues Haus war bezaubernd. Es hatte eine strahlend weiße Verkleidung – nachdem mein Vater sie gekärchert hatte – und schwarze Fensterläden, die überwiegend gerade hingen. Eine fröhliche rote Eingangstür rundete den Gesamteindruck ab. Das Haus war eine Ranch und es war ein bisschen in die Jahre gekommen, aber es gab drei Schlafzimmer, zwei Bäder und einen umzäunten Hinterhof für Rocco und den Hund, von dem ich mir sicher war, dass wir ihn uns irgendwann zulegen würden. Es lag in der Nähe (aber nicht *zu* nahe) der Läden und Restaurants, und die Straße war schön ruhig. Ich liebte es und ich war stolz auf unser neues Zuhause, auch wenn es ein paar Nachteile hatte – tropfende Wasserhähne, ein paar unebene Böden und *vielleicht* auch ein paar größere Probleme. Aber das war okay. Das ließ sich mit der Zeit und mithilfe meines idiotischen kleineren Bruders alles reparieren. Hoffte ich.

Unter der Bedingung, dass er bei den Reparaturen und der

Renovierung half, hatte ich zugestimmt, ihn bei Rocco und mir wohnen zu lassen. Es war eine Win-Win-Situation – meine Hähne würden nicht tropfen und mein Bruder wäre nicht obdachlos, denn auch seine bisherige Unterkunft war das Haus meiner Eltern gewesen. Selbst er musste zugeben, dass es an Jay und Silent Bob grenzte, wenn man mit zweiundzwanzig seinen Eltern in einen anderen Staat folgte, um in ihrem Keller zu logieren. Und außerdem lebten alle seine Saufkumpane hier in Greensboro, daher …

Nun gehörte das Haus also uns und wir formten es zu einem Heim. Was ich vor dem Umzug nicht gewusst hatte, ist, dass ein neues Haus anders atmet als dein altes. Es hat seine eigenen Stimmen und knackende Gelenke, die einem einen Mordsschrecken einjagen, wenn man nicht daran gewohnt ist. Und wir waren definitiv nicht daran gewohnt – daher drängte sich seit dem vorhergehenden Monat der Herr Professor Unterwäsche in einer kunterbunten Mischung unterschiedlicher Stellungen in meine Schlafzone.

Es war höchste Zeit, das Bett zu verlassen, also legte ich meine Hand auf Roccos nackten Fuß und setzte einen sanften Kuss auf seinen Kopf. Ich atmete den einzigartigen, für »Jungen« typischen Duft nach Schweiß und Natur ein und versuchte, ihn nicht zu wecken. Der Boden knarzte unter meinen Füßen und auf dem Flur draußen versuchte ich vergebens, die schiefe Diele zu meiden, deren einziger Daseinszweck darauf fokussiert zu sein schien, sich über meine fehlende Koordination lustig zu machen. Eine angestoßene Zehe und etliche Flüche später erreichte ich die Küche und ging direkt zum uralten avocadofarbenen Kühlschrank, um mir meinen morgendlichen Kaffee zu holen. Okay, was ich eigentlich meine, ist eine Cola light. *Seht mich nicht so an. Es gibt eine Menge Menschen, die keinen Kaffee mögen. Und einige von ihnen sind sogar über dreizehn.*

Man könnte sagen, dass ich *kein* Morgenmensch bin. Wie in:

Ich könnte ein Borderline-Vampir sein. All diese Menschen, die bei Tagesanbruch aufwachen und gemütlich eine Kanne Kaffee genießen und die Zeitung lesen, sind mir ein vollkommenes Rätsel. Und bringt mich erst gar nicht auf diese Fünf-Uhr-morgens-Trainingsverrückten! In meiner Welt wacht kein Mensch mit gesundem Menschenverstand jemals eine Minute früher als notwendig auf, um hastig ein paar Dinge zusammenzuwerfen und um Haaresbreite vom Zuspätkommen entfernt am Tagesziel anzukommen. Und meist sehen die dabei aus, als hätte ihnen ihr Fünfjähriger die Kleidung gestylt. Und die Haare.

Mit meinem Koffein bewaffnet machte ich mich auf in den als Waschküche dienenden Raum – wobei »Raum« vielleicht ein klitzeklein wenig übertrieben ist, denn technisch gesehen ist es eher ein »Waschkämmerchen« –, um nachzusehen, ob ich es irgendwie zuwege gebracht hatte, passende Kleidung zu waschen und zu trocknen, mit der ich Rocco für die Tagesbetreuung und mich für die Arbeit auf einigermaßen präsentable Art anziehen konnte. Glücklicherweise war der Dresscode bei Brach Technologies, wo ich meine vierzig Wochenstunden stemple, ziemlich locker. Ich komme für gewöhnlich mit einer Hose und einer Bluse durch, oder sogar einem schönen T-Shirt, wenn ich einen Pullover darüber werfe. Das Wichtigste, wenn ich den ganzen Tag lang in einem Großraumbüro mit Trennwänden sitzen und mich von meinem Monitor hypnotisieren lassen soll, ist die Bequemlichkeit, daher erfordert meine Arbeitsgarderobe fast null Anstrengungen meinerseits – sehr zum Schrecken meiner besten Freundin.

Am vollkommen anderen Ende der Skala gelegen, stellt Fiona, meine beste Freundin, Ensembles zusammen, die ich nur als »Kunsthandwerk« bezeichnen kann. Es kommen reichliche Mengen an Planung, Geschick und Leidenschaft zum Einsatz, wenn Fiona sich morgens einkleidet. Erinnert ihr Euch noch an die Figur Cher in *Clueless*? Dann habt ihr eine Vorstellung davon.

Letzten Dienstag machte ich Fiona vollkommen sprachlos (an sich schon eine Meisterleistung), als sie mich von der Arbeit abgeholt hatte und das Paar Skechers entdeckte, das ich anhatte. *Was denn? Die sind bequem! Und die waren ohnedies von der eleganteren Sorte, also verfickt euch!*

In dem Augenblick, als mein Skechers-beschuhter Fuß im Fußraum ihres Prius aufsetzte, fiel Fiona der Mund auf, ihr Kopf neigte sich nach hinten und sie bekreuzigte sich, während sie die ganze Zeit so ein theatralisches Tief-atmen-Ding ausführte. Ich hatte mich bereits auf dem Beifahrersitz niedergelassen, es gab also kein Entkommen vor dem Drama. Da kann ich es mir also ruhig bequem machen und die zerzausten brünetten Haare mit dem Haargummi, das ich immer an einem Handgelenk trage, zu einem lockeren Pferdeschwanz zusammenbinden. Soll sie sich doch ruhig auch darüber beschweren.

»Lieber Sankt Jimmy, sie weiß nicht, was sie tut. Ich schwöre es«, murmelte sie an die Decke des Wagens.

»Äh, ich weiß, mit wem du da sprichst, und ich bin mir ziemlich sicher, dass er noch am Leben und bei bester Gesundheit ist und zweifelsohne noch mehr Zehenquetscher kreiert, während wir hier sitzen.«

»Natürlich ist er nicht tot!« Fionas Kopf schnellte in meine Richtung.

Oh, es sah aus, als käme *Exorzist*-Fiona zum Spielen heraus.

»Ich wollte mich nur entschuldigen, falls er zuhört«, flüsterte sie, ehe sie ihre finstere Miene absetzte und mich endlich mit ihrem üblichen, fröhlichen Fiona-Lächeln bedachte. »Also, abgesehen von der Tatsache, dass du dich heute Morgen offensichtlich im Dunkeln angezogen hast, wie war dein Arbeitstag?«

Ihren Seitenhieb ignorierend, wie es meine Angewohnheit war, tippte ich mir mit dem Zeigefinger an den Mundwinkel und tat so, als müsste ich nachdenken. »Mal sehen. Wenn zehn eine vollständige Lobotomie ist und eins Regelschmerzen, dann würde ich ihm eine Sechs geben. Annette hatte Donuts mitgebracht«, erläuterte ich.

»Mmmmm«, sinnierte Fiona, während sie vorsichtig ausparkte. Dann waren wir beide kurz still und dachten über die schiere Gaumenfreude nach, die ein perfekter Donut auslöst.

»Ach!« Sie drehte sich plötzlich zu mir und erschreckte mich zu Tode. »Du kannst dir nicht vorstellen, wen ich heute Morgen bei Starbucks gesehen habe! Endlich einmal weiß ich etwas, bevor du es weißt«, neckte sie mich in einem Singsang, ehe sie wie eine Uni-Cheerleaderin, die den neuesten Tratsch des Semesters kennt, weiterplapperte und dazu gestikulierte. »Und lass mich nicht vergessen, dir von der Party zu erzählen, zu der wir an diesem Wochenende eingeladen sind – ein *Urquell* von einem männlichen Augenschmaus, das verspreche ich dir. Gott, ich will flachgelegt werden.« Ihr Kopf neigte sich nach hinten, dann richtete sie sich wieder auf, vielleicht weil ihr einfiel, dass sie eigentlich Auto fahren sollte. »Egal, jedenfalls wegen dieser Kaffee-Sache: Ich war spät dran, weil Gary mich ständig daran erinnert hat, dass er seinen Half-Caf-Extra *extraheiß* braucht, als ob es das überhaupt gäbe, also musste ich ewig warten, bis die arme Barista ihn hinbekam, und ich drehte mich gerade um, als —« Sie brach abrupt ab. »Ich hab's vergessen: Wo soll ich dich schnell hinfahren? Zu Pete oder zu der anderen Werkstatt?«

Mein sieben Jahre alter Corolla hatte freundlicherweise die letzten Fragmente seiner kahlen Reifen so lange anbehalten, bis ich auf die neuen ansparen konnte, daher meine chauffierte Fahrt zu der Karosseriewerkstatt. »Zu Pete. Er hat mir ein besseres Angebot bei den Reifen gemacht und gesagt, dass er versuchen würde, die Delle in meiner Tür gratis zu reparieren«, erwiderte ich. *Gibt es etwas noch Deprimierenderes, als 300 Dollar für Reifen zu verpulvern?*

Sie sah mich durch ihre Gucci-Sonnenbrille an. »Ja, und ich bin mir sicher, dass es nichts damit zu tun hatte, dass Thelma und Louise vor seiner Nase herumhüpften, während er dir den Kostenvoranschlag gab.« Ihr gehobenes Kinn grüßte meine »Mädels«. »Ist es ihm zu irgendeinem Zeitpunkt der Verhandlung gelungen, seinen Blick irgendwohin oberhalb der Kinnhöhe zu richten?«

Ich zog es vor, ihren kleinen Scherz auf Kosten meines Vorbaus zu ignorieren. Wenn ich es ihr einmal gesagt hatte, dann hatte ich es ihr tausende Male gesagt: Man kriegt keine großen Dinger, ohne gleichzeitig *anderes großes Zeug* zu haben. Mutter Natur hat immerhin einen Gerechtigkeitssinn. »Also, fahr fort mit dieser großen Neuigkeit«, lenkte ich sie ab und zog meine Drogeriemarkt-Sonnenbrille aus meiner Handtasche.

Fiona hat, was ich gerne ein »Oh, guck mal, etwas Glänzendes!«-Niveau der Ablenkbarkeit. Ihre Angewohnheit, bei ihren Gedanken den roten Faden zu verlieren, und kleine verbale Spaziergänge während eines Gesprächs zu machen, kann ein wenig verwirrend sein. Wenn man ihr beim Erzählen einer Geschichte zuhört, muss man sich quasi seinen Weg durch ein vokales Minenfeld bahnen. Da sie aber nun mal meine beste Freundin ist, ziehe ich es vor, es reizend zu finden. Wie die meisten Leute eigentlich. So ist Fiona eben – eine reizende, Verbaldiarrhö speiende Elfe mit einem hinreißenden, herzförmigen Gesicht und blondem Engelshaar. Sie ist auch die fröhlichste und am positivsten eingestellte Person, die ich kenne, und obwohl sie gelegentlich in Rage gerät und definitiv meist schmutzige Gedanken hegt, wird Fiona von allen geliebt. Die meisten Menschen würden sie gerne in ihrer Westentasche mit sich herumtragen wie eines dieser Promi-Hündchen, nur definitiv besser. Sie gehört aber mir und ich werde sie niemals hergeben.

»Ach ja«, sagte Fiona. »Also Starbucks ... jedenfalls reicht mir die Barista Garys Kaffee, aber es ist der falsche und ich drehe mich um, um ihr zu sagen, dass meiner der *Venti Schwarz* ist, nicht der *Tiny Grande* mit Sahne … obwohl ich nicht weiß, wieso Gary das Bisschen Sahne nicht mag.«

Noch etwas über Fiona? Sie hat ein Mundwerk, kein Zweifel, aber sie hat auch dieses unheimliche Talent, Dinge zu sagen, die offenkundig nach etwas Sexuellem klingen (zumindest für jene unter uns, die eine schmutzige Fantasie haben, also ja, so ziemlich jeden, den ich kenne), in Wahrheit aber vollkommen harmlos sind. Und sie scheint nicht zu wissen, dass sie das tut, und macht dadurch alles noch urkomischer, besonders weil es aus diesem engelhaften Gesicht kommt. Es ist so schlimm, dass mein idiotischer Bruder und sein gleichermaßen idiotischer bester Freund eine Wette laufen haben, dass derjenige, der als erster angetörnt wird von etwas, das Fiona unabsichtlich von sich gibt, dem anderen auf der Stelle fünf Dollar schuldet.

»… und dann bin ich beinahe direkt in Gavin hineingerannt«, hörte ich sie sagen.

Wenn man vom Teufel spricht. Gavin, mein idiotischer Bruder.

»Gavin? *Mein* Gavin? Mein idiotischer Bruder, Gavin? Was zur Scheiße hatte Gavin bei Starbucks zu suchen? Er hat nicht genügend Geld für einen Starbucks-Kaffee. Er hat nicht mal genügend Geld für einen Gratis-Kaffee!«

»Na ja, ich weiß, aber sei nachsichtig mit ihm«, schalt sie mich, dann verzog sie das Gesicht. »Und du musst aufhören, so oft ›Scheiße‹ zu sagen, Laney. Es ist ein bisschen ekelhaft.«

Ich tat es mit einer Handbewegung ab. »Ich weiß, ich weiß, es ist widerlich, aber ich versuche, nicht mehr ›fuck‹ zu sagen und Rocco hört mit dem ganzen ›Kacka-, Furz- und Arschfalten‹-Gerede nicht mehr auf, daher hat es sich ohne meine Erlaubnis in meinem Vokabular breitgemacht – wie bei der Osmose oder so irgendwie. Vergiss es«, verscheuchte ich es. »Was ist mit Gavin? Er hat sich nämlich in letzter Zeit so zwielichtig verhalten, der kleine Mistkerl, und ich weiß, dass er etwas plant, das mich im Endeffekt entweder Geld oder Stolz kosten wird, und ich kann mir weder noch leisten.« Ich rieb mir meine Sommersprossenwangen, eine Angewohnheit, die ich immer dann habe, wenn ich gestresst oder nervös bin.

»Nein!«, schrie Fiona aufgeregt. »Das ist es ja gerade! Er hatte ein Job-Interview.«

Meine Hände fielen herunter. »Halt die Fresse! Bei Starbucks?«

»Nein, natürlich nicht.« Sie winkte ab. »Dafür müsste er sich duschen.«

»Und ein Hemd tragen«, erwiderte ich und nahm diese Enthüllung in mir auf.

»Und eine Hose«, beendete Fiona den Satz nachdenklich.

Hmm. Der Ursprung von Roccos »Nur-Unterwäsche«-Praktik wurde langsam klar.

»Also wo hatte er dann sein Interview?«, fragte ich.

»Bei irgendeiner Baufirma, die ein Büro neben Starbucks hat. Er hat etwas davon erzählt, dass die Firma das Harris Teeter auf der Friendly neben meiner Reinigung renoviert. Nicht, dass du wüsstest, was eine Textilreinigung ist, meine modisch eingeschränkte Freundin.« Sie gab ein leises Kichern von sich. Warum noch mal war ich mit ihr befreundet? »Aber ich schweife ab … Anscheinend wächst die Firma richtig schnell und braucht ein paar starke Kerle, um bei ein paar neuen Aufträgen ordentlich Druck machen zu können.«

Ich kicherte nur für einen Moment über ihre unbeabsichtigt unanständige Bemerkung, zu sehr abgelenkt war ich von dem Gedanken, dass mein geliebter Ignorant tatsächlich dabei sein könnte, erwachsen zu werden und gar versuchte, Verantwortung zu übernehmen. *Wow*. Ich könnte heulen.

Das bringt mich wieder zu meiner Waschküche um 7:15 Uhr morgens, wo ich Kleidungsstücke durchging und gleichzeitig versuchte, meine Cola light nicht zu verschütten. Roccos Garderobe war ein Klacks: Shorts, ein T-Shirt, Socken und Sneakers.

Zack. Ich bin nicht so eine Mutter, die ihre Kinder wie winzige Erwachsene anzieht, mit Kragenhemden und Bundfaltenhosen mit Gürtel und dazu Bootsschuhe. Er verhandelt ja keinen Geschäftsabschluss – er geht in den Kindergarten. Wo er höchstwahrscheinlich Farbe in die Haare kriegen, definitiv Popel auf sein T-Shirt abbekommen (hoffentlich sein eigener) und mitunter in die Hose machen wird. Shorts und ein T-Shirt passen da prima.

Aha! Endlich entdeckte ich für mich selbst ein Button-down mit weißen Knopflöchern, das ich mit meiner schwarzen Hüft-Hose, dem tollen Silbernietengürtel und ein paar bequemen Ballerinas kombinieren konnte. Die Kleidung in der Hand, war es an der Zeit, meinen kleinen Blitzer aufzuwecken.

Auf halbem Weg zurück zum großen Schlafzimmer hörte ich Musik. Billy Idol, um genau zu sein, und sein Appell, »*to ride the pony*« kam aus dem Gästeschlafzimmer, das Gavin seit ein paar Wochen besetzte. Das Lied wurde abrupt abgestellt (*vielen Dank*) mit etwas, das sich wie ein gegen die Wand donnerndes Handy anhörte. Das war seltsam. Gavin hatte das gleiche Langschläfer-Gen wie ich, also warum sollte—*Ja!* Jetzt fällt es mir wieder ein. Heute war Gavins erster Arbeitstag! Ich kreischte innerlich und führte ein paar supercoole Tanzbewegungen aus. Bald würde ich mir die Flasche Wein für sieben Dollar vielleicht doch leisten können. Nicht, dass ich den Unterschied feststellen könnte, aber wie dem auch sei. Der Morgen sah schon viel freundlicher aus.

ROCCO WAR JETZT KOMPLETT ANGEZOGEN, saß bequem an meinem schäbig-schicken Küchentisch und mampfte aus seiner Schüssel Choko-Krispies – ohne Milch, natürlich –, aber von Gavin fehlte noch *immer* jede Spur. Zwanzig Minuten waren bereits vergangen. Eine weitere Inspektion des Flurs zeigte eine geschlossene Tür und ein gedämpftes Schnarchen.

»Klopf, klopf.« Ich klopfte beim Aufdrücken der Tür an. »Ich dachte mir, ich sollte dich mal ärgern, indem ich dich wachrüttle, denn der Achtziger-Rock scheint nicht so— *O Gott! Leg das weg!*« Ich klatschte mir die Hand so fest auf die Augen, dass ich das Veilchen praktisch bei seiner Entstehung spüren konnte, denn der Anblick von Gavins weißen Arschbacken brannte ein Loch in meinen Hinterkopf. Das Einzige, das verhinderte, dass ich mich übergeben musste, war der glückliche Umstand, dass er auf dem Bauch lag und nicht auf dem Rücken.

»Gahfmm … Was?«, kam das schläfrige männliche Schniefen aus dem Bett, begleitet von einem Rascheln des Bettzeugs.

Mit weiterhin verdeckten Augen flüster-schrie ich: »Deck deinen haarigen Hintern zu!« Ich wollte Rocco nicht auf eine mögliche Ablenkung aufmerksam machen, bei der es um seinen Lieblingsmenschen und unglücklicherweise sein Vorbild ging.

»He, der ist nicht haarig«, wandte Gavin gähnend ein. »Du bist nur neidisch, weil meiner perfekt ist und deiner, na ja, du weißt schon.«

Ich wandte mich wieder zum Flur und nahm die Hand herunter. »Du darfst an deinem ersten Tag nicht zu spät kommen, Gavin. Und zieh dir um Himmels willen eine Hose an – es befindet sich ein Minderjähriger im Haus und es gibt keinen Weg, Billy Idol, diese ganze Sauerei, ungesehen zu machen.« Ich achtete darauf, nicht in seine Richtung zu sehen, machte eine vage Kreisbewegung mit meinem Finger und eilte davon, um mich fertig anzuziehen.

Ich kehrte in die Küche zurück und hatte noch fünf Minuten. Gavin, der nun zum Glück vollständig bekleidet war, eine ausgewaschene Jeans und ein altes Konzert-T-Shirt trug, lehnte am Tresen und hielt seine Schüssel mit den Choko-Krispies auf Kinnhöhe. Er löffelte einen Bissen in seinen Mund und blickte konzentriert zu seinem Neffen.

»Aber warum mag sie keine Ponys?« Roccos rätselnder Blick ging von seinem Onkel zu mir, wobei aus den »Ponys« auf seinen Lippen »Ponith« wurden. Seine braunen Augen bekamen Knitterfalten vor Verwirrung, während sein dichtes dunkles Haar sich zusammen mit seinem Kopf zur Seite neigte. »Ponith sind hammergeil.«

Gavin zeigte mit seinem nun leeren Löffel auf Rocco. »Ich glaube, es ist nicht so, dass sie Ponys nicht *mag*, Rock – sie hat nur seit Ewigkeiten kein Pony mehr *geritten*«, sagte er, schmunzelte in sich hinein über seinen ach so lahmen Witz und warf mir einen Blick voll unterdrückter Heiterkeit zu.

»Haha«, antwortete ich und bedeutete Rocco, er solle mir seine leere Schüssel und Tasse vom Tisch reichen. »Dein Onkel Gavin muss mit seinen Viehgeschichten jetzt aufhören und sich zu seinem neuen Job aufmachen«, erklärte ich Rocco. »Und wir müssen uns auch sputen, Kumpel, sonst kommen wir zu spät in die Schule. Geh und hol deine Schuhe.« Ich warf das schmutzige Geschirr für später in das Spülbecken.

Rocco raste zur Nebentür, um seine Sneakers zu holen, und ich drehte mich zu meinem Bruder. »Im Ernst jetzt, Gavin. Viel Glück heute.« Ich streckte mich und stellte mich auf die Zehen, um ihn einen unerwarteten Kuss auf seine unrasierte Wange zu geben. »Hau sie um!«

»Ja, ja«, erwiderte er verlegen und fuhr sich mit der Hand durch seine ungezähmte dunkelbraune Haarpracht – die, wie ich feststellte, an diesem Tag offensichtlich nicht gewaschen worden war. *Kleine Schritte*, sagte ich mir.

Wir wussten beide, dass dieser Job eine große Sache war – eine Art Wendepunkt, wie ich hoffte –, da ich aber nicht wollte, dass er mehr Unbehagen als notwendig verspürt, winkte ich ihm über die Schulter kurz zu, nahm mein Jausenbrot und Roccos Rucksack und begleitete mein Kind zur Tür.

»Ja, viel Glück, Onkel Gavin!«, brüllte Rocco, während er die Garagentreppe zum Auto hinunter hüpfte. »Vielleicht können wir, wenn du deinen Job gut machst, am Wochenende Ponyreiten gehen!« Als sich die Tür hinter mir schloss, sah ich Frühstücksmüsli aus Gavins Mund auf meinen Linoleumboden spritzen.

Einmal raten erlaubt, wer das später wegmachen darf.
Scheiße!

NATE

»ICH GLAUBE, DAMIT HÄTTEN WIR ALLES«, sagte die Krankenschwester und reichte uns den Entlassungsbrief. »Noch irgendwelche Fragen?« Ihr freundliches Lächeln ging über meine Mutter, meine Schwester und mich hinweg und kam schließlich auf meinem Vater zu ruhen, der auf der Kante des Krankenhausbettes hockte.

»Ich glaube, ab jetzt können wir übernehmen.« Meine Mutter holte tief Luft und stieß sie mit einem ergebenen Seufzer wieder aus. »Viel Ruhe, keinen Alkohol, eine gesunde Diät und keinen Stress – nicht so schwierig.« Sie versuchte ein zartes Lächeln, ohne Erfolg, obwohl nicht klar war, wen sie zu beruhigen versuchte, uns oder die Krankenschwester. Nichts an diesem Schlamassel war einfach.

Mein Vater sprach von seinem Sitzplatz am Bett aus: »Sind Sie sich bei dieser ganzen Sache mit *kein rotes Fleisch* auch sicher?« Seine Hand fuhr nach oben und er zeigte mit einem Finger auf mich, als ob das alles meine Idee gewesen wäre.

»Was zum Teufel glauben Sie, haben Höhlenmenschen gegessen? Bohnensprossen? Nee! Ich sag Ihnen, was die gegessen haben – Fleisch! Und als sie dann damit fertig waren, wissen Sie, was sie dann zum Nachtisch gegessen haben? Noch mehr Fleisch! Und Sie glauben, die hatten keinen Stress? Natürlich hatten sie den. Sie wurden von Löwen gejagt und von haarigen Mammuts, und wer zur Hölle weiß schon, was noch alles, sobald sie einen Schritt aus der Höhle machten. Das nennt man Stress.« Sein Finger suchte zielsicher jeden der im Raum Anwesenden, ehe seine Tirade sich legte.

Bailey trat vor. »Respekt deinen Brüdern, den Höhlenmenschen, und all dem, aber vergisst du nicht ein *winziges*, wichtiges Detail, Dad?«, warf meine kleine Schwester ein und verschränkte die Arme. »Die erreichten alle das hohe Alter von zwanzig Jahren und waren ungefähr vier Fuß groß.«

»Ich lasse Sie dann mal allein. Gute Besserung, Herr Murphy!« Die Krankenschwester zog sich auf den Korridor zurück. Was ich verstehen konnte.

Es war an der Zeit, diese scheiß Show zum Abschluss zu bringen. »In Ordnung, Dad, lass uns verdammt noch mal hier rauskommen und dich nach Hause bringen.« Ich legte meinen Arm um die Schulter meiner Mutter und herzte sie. Sie lehnte sich an mich und lächelte zögerlich.

»Wird ja auch Zeit, verdammt noch mal«, murrte mein Vater.

Ich konnte ihm nicht böse sein, dass er in keiner besonders fidelen Stimmung war. Wenn mir vor ein paar Tagen der Brustkorb aufgebrochen worden wäre und ich eine Woche lang fade Krankenhauskost und Schutzlaken aus Plastik hätte überstehen müssen, wäre auch ich in verdrießlicher Stimmung. Gibt es überhaupt einen Menschen auf dieser Erde, der Krankenhäuser *nicht* hasst?

Ganz ehrlich, das hatte wirklich eine Nummer mit mir abgezogen, als ich letzte Woche ankam und meinen alten Herrn auf dem Bett liegen gesehen hatte, sein Körper voller Schläuche und Kabel. Seine normalerweise robuste Ausstrahlung war komplett dahin gewesen und eine zerbrechliche und extrem, na ja, sterblich aussehende Gestalt hatte den Platz meines Vaters eingenommen. Der Schock darüber war außergewöhnlich. Danach hatte mein Gehirn nur sehr wenig Zeit benötigt, meinen Magen einzuholen. In meinen Gedanken verschoben sich die Prioritäten. Entscheidungen, die früher kompliziert und schwierig waren, fielen leicht und wurden ganz unvermeidbar. Ich war zu Hause und ich war gekommen, um zu bleiben.

»ALSO …«, fing Bailey an, sobald sie und ich am Esstisch im Haus meiner Eltern saßen, das gleiche Haus am Rande von Greensboro, in dem wir beide aufgewachsen waren. Das vorliegende Thema? Das Familienunternehmen. »Was zum Teufel sollen wir jetzt tun?«

Ich legte meine Hände nebeneinander auf die Tischfläche und sah mich in der vertrauten Umgebung um, die überall den Einfluss meiner Mutter erkennen ließ – die nebeneinander aufgereihten Lladro-Statuen auf der Anrichte, das Trockenblumenarrangement im Geschirrschrank und ein paar von Baileys Gemälden, die sorgfältig an der gegenüberliegenden Wand aufgehängt worden waren. Ich lenkte meinen Blick zurück auf meine Schwester und kniff die Augen zusammen. »Nicht so hastig, Bay. Ich weiß nicht, was zum Teufel ich hier mache, also kannst du nicht deine ›Oh, ich bin so ein rechtshirniger Typ, ich kann unmöglich etwas Unkreatives und Logisches machen‹-Nummer abziehen. Selbst wenn du dich schreiend mit Händen und Füßen wehrst, werde ich dich mitzerren, wenn es sein muss.«

»Ach, halt doch die Klappe, du aufgeblasenes Arschloch!«

Sie schlug mir auf den Arm. »Habe ich mich denn schon beschwert? Ich bin gerne bereit, einzuspringen, ich weiß nur nicht, wo ich anfangen soll. Dad überwacht alles, und ich meine alles. Nichts liegt außerhalb seiner Zuständigkeit.« Sie seufzte und stütze ihr Kinn auf ihre Hand. »Ich bin nur ein bisschen überfordert.«

Bailey und ich hatten die letzten paar Tage damit verbracht, zwischen dem Büro unseres Vaters und dem Krankenhaus hin und her zu pendeln. Wir waren nervös, überfordert und ziemlich arg erschöpft.

Obwohl Bailey einem also meist auf den Wecker geht, tat mir mein Ton von vorhin leid und ich fing nochmal von vorne an. »Okay, es tut mir leid. Vermutlich habe ich gedacht, du hättest eine bessere Idee als ich, was hier die beste Vorgehensweise ist. Ich bin jetzt seit ein paar Jahren aus dem Tagesgeschäft raus, und du arbeitest seit längerem mit ihm zusammen, also habe ich das vermutlich vorausgesetzt.« Ich zuckte mit den Schultern.

»Ja, aber ich bin die Designerin. Ich kann ein Zimmer mit geschlossenen Augen einrichten, aber mit der ganzen administrativen und baulichen Scheiße habe ich nichts am Hut, Nate. Ich werde helfen, wo ich kann, aber …« Sie bot ein superfalsches Lächeln an und hob die Hände in die Höhe. Klassische Bailey – versucht nett und schlau zu sein.

»Habe ich dich heute schon daran erinnert, dass du ein Irrtum warst?«, fragte ich, weil ich ihr Bruder bin und es meine Aufgabe ist.

»Nate, ich könnte eine Schüssel Buchstabensuppe essen und eine bessere Beleidigung scheißen.«

Ich lachte. »Okay, der war gut.«

»Ich weiß – ich habe einen Vorrat davon angelegt, seit du weg bist. Du hast mir gefehlt, du großes Arschloch.« Sie stieß mich an der Schulter. »Und ich werde mich so gut es geht bemühen zu helfen, wo ich nur kann. Einverstanden?«

»Einverstanden.« Ich stieß sie zurück und sie fiel vom Stuhl. »Hoppla.«

Ich wusste, dass sie recht hatte und die Verantwortung überwiegend mir zufallen würde. Seit ich sechzehn war, arbeitete ich auf die eine oder andere Weise im Baugewerbe und konnte legal eine Baustelle betreten. Sogar davor schon hatte ich viele Nachmittage meiner Kindheit auf dem Boden des Wohnwagens verbracht, auf welcher Baustelle auch immer mein Vater gerade arbeitete. Ich habe ein paar ziemlich herausragende Häuser und Wolkenkratzer gebaut, also Superheldenverstecke, mit Legosteinen oder Blocks oder was ich sonst noch zur Hand hatte.

Die Firma meines Vaters, *Built by Murphy*, war von seinem Vater gegründet worden und war der ganze Stolz der Familie. Sie war auch ein Vermächtnis und mein Vater machte keinen Hehl daraus, dass er es an seine zwei Kinder übergeben wollte, wenn die Zeit kam. Leider hatte keiner von uns vorausgeahnt, dass dieser Zeitpunkt so bald schon oder so abrupt kommen würde. Nicht, dass einer von uns sich einbildete, dass Riordan Murphy sich dem entspannten Leben eines Rentners hingeben würde, nur weil er einen schweren Herzinfarkt gehabt hatte. Aber er würde sich definitiv zurücknehmen und etwas leiser treten müssen – oder sehr viel leiser, wenn es nach meiner Mom ging. In Anbetracht dessen musste jemand einen Schritt nach vorne machen, und es sah so aus, als wäre ich der einzige Mann für den Job.

Das Baugewerbe ist hart. Es gibt einen guten Grund dafür, weshalb die meisten Filmszenen, in denen Baustellen vorkommen, während einer Rauch- oder Mittagspause spielen. Es ist schwierig, Erde und Betonstaub glamourös erscheinen zu lassen, geschweige denn zu versuchen, während des ohrenbetäubenden Brummens und Dröhnens von Schwermaschinen und Elektrowerkzeug ein Gespräch zu führen. Eine harte Kopfbedeckung und harte Arbeit lassen einen schwitzen und sie erschöpfen einen bis Tagesende. Doch dann wischt man sich sein schmutziges Gesicht an seinem noch schmutzigeren Hemd ab und tritt einen Schritt zurück, um sich sein Werk anzusehen. Und *da* passiert dann das Wunder, zumindest für mich. Das Grundgerüst eines zukünftigen Hauses oder das Fundament eines Parkhauses oder sogar ein ganzes verdammtes Gebäude steht vor dir. Und du weißt, dass *du* das gebaut hast. *Du* hast beim Legen des Bodens geholfen, *du* hast diesen Beton geglättet, *du* hast diese Trockenbauwand eingezogen. Deine Leistung ist greifbar. Und klar, an manchen Tagen vergisst man, zurückzutreten – man ist erschöpft und bereit für die Dusche oder ein Bier, oder man muss irgendeinen blöden Gang erledigen. Aber an den Tagen, wenn man daran denkt, gibt es kein besseres Gefühl.

Ich war nicht abgeneigt, die eigentliche bauliche Seite der Firma zu übernehmen – das war ich nie gewesen –, aber wie ich es bei meinem Vater gesehen hatte, schwingt der Kerl, der den Laden schmeißt, nicht den Hammer. Er verbringt die Hälfte seiner Zeit in Besprechungen und die andere Hälfte beim Feuerausmachen. Das birgt wenig Interesse für mich und ist der Hauptgrund, weshalb ich vor ein paar Jahren die Stadt verlassen hatte. Ich wollte mich nicht hineinziehen lassen in das *Geschäft* des Bauens. Ich wollte meinen Job erledigen, ihn gut machen und am Ende des Tages einfach weggehen und mich an das machen, was auch immer der Abend mir brachte. Dass er seine Arbeit mit nach Hause nahm und Strategien austüftelte, um seine Firma zu vergrößern, ist das, was bei meinem Vater zu der Operation am offenen Herzen im Alter von Sechzig führte. Aber welche andere Wahl hatte ich denn?

Es lief alles auf eines hinaus – die Familie. Und was noch schlimmer war: eine verdammte irische Familie.

»KOMM DOCH REIN«, bedeutete ich dem Kind.

Es war der darauffolgende Montag und ich fing an diesem Tag an einem Wohnblock an, den wir am Nordende der Stadt errichteten. Ich hatte das Wochenende im Büro und auf den diversen Baustellen verbracht, zusammen mit Bailey, und versuchte immer noch, auf den neuesten Stand zu kommen. Wir hatten in dieser Woche ein paar Neuzugänge in der Mannschaft und es schien, als wäre der erste eingetroffen.

Also vielleicht war »Kind« nicht der richtige Ausdruck für den Kerl, der im offenen Eingang stand. Er war wahrscheinlich so Anfang zwanzig und ich war selbst erst einunddreißig geworden. Aber sein beruflicher Werdegang, was ich so beurteilen konnte anhand dessen, was Bailey an mich weitergereicht hatte, dazu fiel mir nichts anderes ein, wie ich ihn nennen sollte. Da war fast nichts. Was zum Teufel hatte dieser Kerl seit der Highschool gemacht?

Im Bauwagen trat er auf mich zu, die Hände in den vorderen Taschen seiner Jeans, ein zögernder Ausdruck deutlich in seinem Gesicht. Er war recht groß, wahrscheinlich nur einen Zoll kleiner als meine sechs Fuß und zwei Zoll, und sah an sich kräftig genug aus. Und Bailey hatte ja auch die herausragenden persönlichen Empfehlungen erwähnt, die sie von einigen früheren Baseballtrainern des Typen bekommen hatte, glaube ich. Irgendwas jedenfalls hatte sie dazu bewogen, es mit ihm zu versuchen, also dachte ich mir, dass ich mitziehen würde. Der Junge wusste einen Schmarren über das Bauen, das war klar, aber das an sich störte mich nicht. Zu diesem Zeitpunkt brauchte ich schlicht alle Männer, die ich kriegen konnte, und solange wir ihn genau im Auge behielten, konnte er viel von dem, was er wissen musste, bei der Arbeit lernen. Es geht nichts über eine Feuerprobe.

»Monroe, richtig?«, fragte ich ihn.

»Ja, das bin ich. Gavin Monroe.«

»Nate Murphy.« Ich streckte ihm meine Hand entgegen.

Er nahm sie und schüttelte sie fest. »Freut mich, Sie kennenzulernen. Und, äh, danke für den Job. Ich werde Sie nicht enttäuschen.«

»Nun, ich vermute, dass wird sich noch zeigen, Gavin.« Sein Adamsapfel ging auf und ab, aber sein Blick hielt dem meinen Stand. Daraus konnte doch noch was werden. »Folge mir und ich werde dich herumführen. Du wirst mich entschuldigen müssen – ich versuche immer noch bei all diesen offenen Projekten auf den neuesten Stand zu kommen, aber ich vermute, dass dir meine Schwester beim Interview schon alles darüber erzählt hat.«

»Ja, das hat sie. Ich hoffe, es geht Ihrem Dad schon besser.«

»Er hält tapfer durch, danke.« Ich gab dem Jungen einen Helm, als ich mir bei der Tür des Anhängers den meinen aufsetzte. »Hast du ein Paar Arbeitshandschuhe mitgebracht?«

»Nein, Sir.« Der unsichere Blick war wieder da.

»Na gut, wir werden welche für dich organisieren.« Ich machte einen Schritt die Treppe hinunter. »Ich nehme an, diese Stiefel haben Stahlkappen.« Frage war das keine.

»Ja, sir.«

»In Ordnung. Komm mit. Ich werde dich Mark vorstellen. Er ist der Vorarbeiter bei diesem Auftrag und er wird dafür sorgen, dass du ordentlich eingearbeitet wirst. Ich bin mir nicht sicher, ob du auf dieser Baustelle bleiben wirst, aber wir werden improvisieren.« Ich schritt auf das nächstgelegene Gebäude zu, nicht nachsehend, ob der Junge mir folgte. »Und lass den Scheiß mit dem ›Sir‹!«, sagte ich mit erhobener Stimme, um die Motorsäge zu übertönen. »Du arbeitest hart und machst deine Arbeit und hebst dir die Manieren für deine Mom auf.«

Das Aber-Sandwich

LANEY

»Huuungeeer«, klagte Gavin wie das kleine Baby, das er ist. Er lag ausgestreckt auf dem Sofa und hielt sich den Bauch, während sein verschwitztes Hemd die Polsterung beschmutzte.

»Warum hast du nicht zu Mittag gegessen?«, fragte ich aus der Küche, wo ich Rocco mit seinem Rucksack half. Wir waren vor einer Minute bei der Tür hereingekommen und ich war zu gleichen Teilen neugierig und besorgt, von Gavins ersten Tag zu erfahren.

»Hab ich ja.« Jammer. »Aber sie ließen mich so viel herumrennen, dass ich das bis ungefähr ein Uhr verbrannt hatte. Es war mir entfallen, wie viel Schweiß der menschliche Körper an einem Tag produzieren kann.«

Bäh.

»Ich bin auch hungrig, Mommy«, sagte Rocco, als er sich die Schuhe auszog und sie mitten im Raum am Boden liegen ließ – direkt neben den vertrockneten, angeknabberten Choko-

Krispies von heute Morgen, die ich schon vergessen hatte. Doppelt bäh.

»Okay, Baby.« Ich schnappte mir die Küchenrolle vom Tresen und ging zur Spüle, um ein paar Blatt zu befeuchten. »Wie hört sich Tiefkühlpizza an?«, rief ich in das andere Zimmer.

»Mach gleich zwei, ohne Gemüse!«, kam Gavins Antwort.

»Ja, kein Gemüse!«, ertönte es auch bei Rocco.

Ich lächelte. Ich weiß, dass ich das wahrscheinlich nicht tun sollte. Aber wenn ich nicht innehielt und darüber nachdachte, ob Gavin das beste Vorbild für meinen Sohn war oder nicht, war ich dermaßen froh, dass es konsistent einen Mann in seinem Leben gab. Einen, der ihn niemals sitzenlassen und plötzlich etwas Besseres zu tun haben würde. Manchmal schien es sogar, als sei ihre ähnliche Reife der Kitt, der sie zusammenschweißte.

Ich muss zugeben, als Mom und Dad umzogen, ist eine meiner Befürchtungen gewesen, dass Rocco nur mich haben würde und ich ihm dadurch die Möglichkeit nehmen würde, liebevolle und verlässliche Männer in seinem Leben zu haben. Das war definitiv ein Faktor, weshalb ich mich entschloss, Gavin bei uns einziehen zu lassen.

Immer schon war meine größte Sorge gewesen, dass ich mein Kind versauen könnte.

Ich musste mir nur stets in Erinnerung rufen, dass im Kampf um Roccos Wohlergehen ein Kerl, der ihn liebt, jegliches Gemüse immer übertrumpfen würde.

So umwerfend mein Kind auch ist, er ist klarerweise nicht spontan eines Tages in meiner Gebärmutter aufgetaucht – als hätten meine Eierstöcke einen langweiligen Tag hinter sich gehabt und gesagt; »He, weißt du, was Spaß machen würde?« Nein, er war das Ergebnis etlicher *Lime Gelatin Shots*, eines scharfen Freundes eines Freundes, der Musiker und aus Kalifornien zu Besuch war, sowie der ausgesprochen schlechten Entscheidungen aller.

Dominic, Roccos Vater, ist eigentlich ein netter Kerl, und ich muss ihm Anerkennung zollen. Nach dem anfänglichen Durchdrehen, als ich ihn aufgespürt und per Telefon darüber unterrichtet hatte, was jeder Neunzehnjährige hören will – rate mal. Es ist ein Junge! –, hatte er versucht, sich der Sache zu stellen, so gut er konnte. Drei Monate waren seit der schicksalshaften Tat auf dem Rücksitz eines geborgten Trucks mit verlängerter Fahrerkabine (*Ich weiß – erinnert mich nicht daran*) vergangen und nur drei Tage, seit mich die Schwangerschaftsübelkeit wie Linda Blair reihern ließ. Während ich auf meinem Bett in meinem Kinderzimmer saß und mein Handy festhielt, waren wir die Möglichkeiten durchgegangen – dass ich nach Kalifornien ziehe, dass er nach North Carolina übersiedelt –, aber am Ende war es einfach vernünftiger gewesen, dass wir beide blieben, wo wir waren. Meine Familie war hier und ich befand mich mitten in meinem ersten Jahr auf dem College. Seine Familie war weit verstreut, aber er war gerade in ein sehr renommiertes Musikprogramm aufgenommen worden, und obwohl seine Familie ziemlich viel Geld besaß, wussten wir beide, dass es nicht sehr gut ankommen würde, wenn er aussteigen und wegen einer geschwängerten flüchtigen Bekanntschaft ans andere Ende des Landes ziehen würde.

So peinlich und schauerlich sich das auch anhört, aber wir waren uns vollkommen fremd. Und obwohl keiner von uns wollte, dass Dominic seinem Kind gegenüber der Fremde bleiben würde, war der beste Plan nicht, ihn aus seiner vertrauten Umgebung zu reißen. Daher war ich hiergeblieben und Dominic ist zur Geburt eingeflogen. Und nach einem Vaterschaftstest, auf den der Anwalt seiner Familie natürlich bestanden hatte, hat man sich für ein vernünftiges Arrangement bezüglich des Kindesunterhalts geeinigt und wir haben die Besuche ausgearbeitet. Dominic verdiente nicht einmal zu diesem Zeitpunkt besonders viel Geld, mit den Ressourcen seiner Familie stellte er jedoch sicher, dass wir bekamen, was wir finanziell benötigten.

Und er liebt seinen Sohn wirklich – das weiß ich. Aber ich weiß nicht, ob er jemals etwas mehr lieben wird als seine Musik, und das ist nicht das, was Roccos Vollzeit-Vater mitbringen soll, wenn es nach mir geht.

Jetzt fliegt Dominic also jedes Jahr in den Pausen seines dicht gedrängten Tour-Plans zu uns und nimmt Rocco zu sich. Und wir machen alle unseren Weg. Aber in der Nacht, wenn ich wach im Bett liege und all die Erziehungsentscheidungen, die ich an diesem Tag anders hätte treffen können wiederkaue – ganz zu schweigen von all den Kalorien, die ich nicht hätte essen sollen und der Hausarbeit, die ich hätte erledigen sollen –, dann wünsche ich mir immer im Grunde meiner Seele, dass unsere Geschichte von Mutter und Sohn anders angefangen hätte. Dass wir anstatt eines Duos ein unglaubliches Wahnsinn-strio wären.

Ich stellte das Backrohr auf Vorheizen und versuchte behutsam, eine Gruppendiskussion zu beginnen, damit ich Gavin verdeckt zu seinem Job befragen konnte. Ich fing mit Rocco an. »Also, Rock, haben dein neuer Freund und du heute in der Schule irgendetwas Unterhaltsames gemacht?«

»Nö.« Er zuckte mit seiner kleinen Nase.

»Was soll das heißen, nö? Du warst den ganzen Tag dort.«

Eine weitere Veränderung, seit wir uns selbständig gemacht hatten: Rocco ging auf eine neue Schule – auch als Tagesstätte bekannt –, den ganzen Tag lang anstatt einen halben Tag Kita, wie wir es gemacht hatten, als ich bei meinen Eltern wohnte. Sobald ich die Schuldgefühle hinter mir gelassen hatte, erkannte ich, dass das sogar eine positive Veränderung für ihn war. Zuvor hatte er die meiste Zeit mit Erwachsenen verbracht, es war jedoch höchste Zeit, dass er ein paar Freunde in seinem Alter bekam.

Ich ging zu der Halbwand zwischen der Küche und dem Wohnzimmer und sah, wie Rocco seinen Onkel nachahmte, der auf meinem Lieblingslehnsessel lag, die Hand am Bauch und den Kopf zurückgeworfen.

»Ich weiß nicht«, war seine vollständige Antwort.

»Na, was hast du denn den ganzen Tag lang gemacht?«

»Weiß nicht mehr.« Er zuckte mit den Schultern und abermals mit der Nase.

Tja, wie reagiert man darauf? Ich vermutete, dass es an der Zeit war, zum nächsten Thema weiterzugehen.

»Okay. Was ist mit dir, Gavin? Hast du etwas Unterhaltsames mit deinen neuen Freunden unternommen?«

Gavins Kopf erhob sich von der Couch und er sah mich mit zusammengekniffenen Augen an.

»Darf ich auch sagen, dass ich mich nicht mehr erinnern kann?« Als er meinen Blick registrierte, sagte er: »Ja, dachte ich mir. Es war ganz okay. Sie haben mich alle wie den Neuen behandelt, wie erwartet. Die meisten Kerle waren okay, einige waren Arschlöcher – Blödmänner, meine ich.« Er warf einen Blick zu Rocco, doch der kleine Mann war unbeeindruckt. »Es gab hauptsächlich eine Menge zu heben und dies und das zu halten, während es jemand befestigt hat.«

»Das hört sich nicht so schlecht an«, bemerkte ich. »Wo warst du?«

»Ich war in einem Wohnblock in der Nähe von New Garden, aber der Chef hat gesagt, dass er mich vielleicht zu einem Lebensmittelladen auf der Friendly versetzen wird, oder vielleicht sogar zu dem Gewerbebau, der am Ende unserer Straße entsteht. Ich habe ihm erzählt, dass ich hier wohne, also glaube ich, dass er versuchen wird, mich dahin zu geben, was cool wäre.«

»Welcher Gewerbebau?«, fragte ich, denn mir war nicht bekannt, dass in unserer Umgebung etwas gebaut wurde.

»Ich weiß es nicht. Irgendein Gebäude mit Mietflächen, das sie dort errichten – direkt an der Einfahrt.«

Das war seltsam. »Da sind auf beiden Seiten Wohnhäuser.«

»Keine Ahnung – es ist mein erster Tag. Nate hat gesagt, dass die Häuser zwangsversteigert werden, daher haben sie die Liegenschaft zu einem richtig guten Preis bekommen. Sie werden sie niederreißen und etwas anderes hinbauen.«

Besorgnis bohrte sich in meinen Magen, doch ich tat es ab. »Hört sich ja an, als hättest du an deinem ersten Tag schon mal eine Menge Menschen kennengelernt. Das ist gut«, sagte ich und gab die Richtung vor.

»Kann man so sagen.«

Was war das bloß bei Jungs? Würde es sie umbringen, ein bisschen aus sich herauszugehen und von selbst etwas preiszugeben?

»Mom und Dad sind nicht hier, also muss es jemand sagen. Ich bin stolz auf dich, Gav«, sagte ich ihm. »Ich weiß, dass das nicht dein Traumjob ist, aber ich bin froh, dass wir das Vergangene hinter uns lassen und vorwärtskommen.«

Sein plötzliches Stirnrunzeln ließ mich meine letzte Äußerung bedauern. *Dämlich!*

Er holte Luft und seufzte dann. »Es ist kein *Major-League-Spiel*, aber egal. Es ist, was es ist.«

»Was ist ein Gewerbebau? Kriegt man dort Spielsachen aus dem Fernsehen?«, fragte Rocco, als der Herd pingte – Zeit zum Einlegen der Pizzen.

»Onkel Gavin wird dir das erklären.« Ich drehte mich zurück in die Küche, um das Essen für meine Jungs zuzubereiten. *Kleine Schritte, Laney, kleine Schritte.*

EINE STUNDE später klingelte mein Telefon. Gavin war im Wohnzimmer damit beschäftigt, einen glucksenden Rocco kopfüber festzuhalten und ihn zu schütteln, damit die Pizza wieder zum Vorschein kam. Ich war dabei, dem wachsenden Berg in der Spüle Geschirr hinzuzufügen, und sagte mir, dass ich später Zeit dafür haben würde. Die angezeigte Nummer war mir unbekannt, ich drückte aber trotzdem auf Annehmen.

»Hallo?«

»Ach hallo. Ist das Laney Monroe?«

»Ja.«

»Hier spricht Mellie Jordan von Cornerstone Daycare. Wie geht es dir?«

Roccos Tagesbetreuerin.

»Ach, hallo Mellie! Mir geht's gut – und dir?« Wir tauschten Höflichkeiten aus.

»Mir geht's auch prima, Laney. Hör zu, es tut mir leid, dass ich dich zu Hause stören muss. Ich hatte gehofft, dich sprechen zu können, als du Rocco heute Nachmittag abgeholt hast, aber ich glaube, ich habe dich einfach verpasst. Ich wollte mich nur wegen ein paar Dingen melden – es gibt kein Problem, also keine Angst«, beruhigte sie mich.

»Ach so? Was gibt es denn?«, fragte ich.

»Also, zuerst einmal wollte ich dir sagen, dass wir hier Rocco alle *lieben*. Er ist einfach so ein süßer kleiner Kerl.«

Dabei wollte meine Brust schwellen, aber meine mütterlichen Instinkte ahnten ein »Aber-Sandwich« am Horizont voraus – *dein Kind ist super, aber er zieht den anderen Kindern am Spielplatz allen die Hosen runter und wir werden ihn von der Schule verweisen müssen, aber habe ich dir schon gesagt, wie toll wir ihn finden?*

»Aber«, fuhr Mellie fort.

Jetzt kommt es.

»Ich bin nur ein ganz klein wenig wegen ihm besorgt, aus Verhaltenssicht«, sagte Mellie.

Meine Hand, die nicht das Telefon hielt, fuhr zu meiner Wange und fing an zu reiben.

»Er scheint die meiste Zeit alleine zu spielen und wenn wir versuchen, ihn zu ermuntern, bei anderen Kindern mitzuspielen, sagt er, dass er das nicht will«, fuhr sie fort.

Rubbel.

»Ich wollte es nicht erwähnen, weil er doch neu an der Schule ist und ich weiß, dass Kinder schüchtern sein können, aber wir sehen einfach noch keine Besserung. Ich entdecke ihn dabei, wie er den anderen Kindern dabei zusieht, wie sie etwas machen, also denke ich mir, dass er daran interessiert ist, aber den nächsten Schritt tut er nicht. Manchmal spielt eine von uns Lehrerinnen mit ihm, um den Ball ins Rollen zu bringen, und er redet dann ganz prima mit uns. Nur nicht mit den anderen Kindern.«

Rubbel rubbel.

»Ich will dir keine Angst machen oder so, weil das wahrscheinlich etwas ist, worüber wir lachen werden, wenn wir es uns später einmal ansehen, aber in seinem Alter sollte er sich wirklich an interaktivem Spiel mit anderen Kindern beteiligen, anstatt parallel zu spielen, wie wir das bei den jüngeren Kindern sehen. Ich wollte nur fragen: Hat er Freunde in der Nachbarschaft oder aus seiner früheren Schule, mit denen er regelmäßig interagiert? Belästige ich dich wegen Nichts und Widernichts?« Sie lachte ein wenig.

Rubbel rubbel rubbel rubbel – *ach, Herrjesus, bring mir doch jemand einfach einen Luffahandschuh!*

»Äh ähm. Nun also, weißt du, Mellie, wir sind gerade in eine neue Nachbarschaft gezogen und die neue Schule, und wir sind wirklich noch nicht dazu gekommen, allzu viele Menschen kennenzulernen …« Nach und nach verstummte ich.

»Ach, du Arme. Das ist *schon* sehr viel Veränderung auf einmal. Rocco braucht dann wahrscheinlich ein paar Wochen, um reinzukommen, mehr nicht. Bekommt er die Gelegenheit, seine alten Freunde zu sehen?«

Scheiße. Wie erklärte man das? *Natürlich hat mein Fünfjäh-*

riger Freunde! Da ist einmal sein Onkel, der sehr unterhaltsam ist und ihm immer anbietet, seine Playboy-*Sammlung mit ihm zu teilen. Klar, man könnte sein Hirn wahrscheinlich gegen das eines Orang-Utans austauschen und es würde niemandem auffallen, aber wer mag Affen nicht, stimmt's? Und dann sind da noch Roccos Großeltern! Seine Großmutter lässt ihm beim Benoten von Schularbeiten helfen und erzählt ihm allerlei interessante Leckerbissen über die amerikanische Geschichte im späten zwanzigsten Jahrhundert – und welches Kind unterhält sich nicht gerne über Vietnam? Und wollen wir Großvater nicht vergessen – er nimmt Rocco zu* Farm & Fleet *mit, um sich mit dem Filialleiter mit den drei Fingern über Aufsitzmäher zu unterhalten, weil das der Typ ist, den man zu Maschinen mit scharfen Messern befragen muss. Und klar, ein paar dieser besten Freunde sind gerade weggezogen und wohnen jetzt vier Stunden entfernt, aber es gibt ja* Skype *und jeder weiß, das ist verdammt interaktiv – weit und breit nichts Ähnliches in Sicht!*

Rubbel.

Ja, das würde nicht gut ankommen. Zeit zu beichten.

»Die Wahrheit sieht so aus, Mellie, dass das, was du ansprichst, eigentlich immer so war. Er steht nicht wirklich auf Kinder seines Alters. Er ist Einzelkind und ist dem Anschein nach immer zufrieden damit gewesen, mit Erwachsenen abzuhängen. Ich wollte mir bisher keine Gedanken darüber machen. Vermutlich hatte ich einfach gehofft, es würde sich von alleine bessern.« *Wie hatte ich dieses anscheinend riesiges Warnsignal nur übersehen können?*

»Ich verstehe. Und nochmal: Ich möchte nicht, dass du dir Sorgen machst. Aber vielleicht könnten wir versuchen, ein wenig nachzuhelfen bei der Sache. Wie wäre es, wenn du ihn fragen würdest, ob es ein Kind in der Klasse gibt, mit dem er sich gerne zum Spielen treffen würde? Dann könntest du das in deinem Haus arrangieren, damit Rocco sich wohler fühlt, und dann weitersehen«, schlug sie vor.

»Das ist eine wirklich gute Idee. Ich werde auf jeden Fall mit ihm darüber reden.« Ich wechselte die Hand, damit die andere Wange auch teilhaben konnte.

»Okay, gut.«

»Und danke, dass du deswegen angerufen hast, Mellie. Es ist beruhigend zu wissen, dass ihr Leute so sorgsam auf die Kinder achtet.« Ich wusste es tatsächlich zu schätzen, auch wenn dieser Anruf einen weiteren Haufen zu dem Kacke-Sandwich hinzufügte, der meine Mutterschaft darstellte.

»Gerne. Einen schönen Abend noch, Laney. Und wir sehen dich und Rocco dann morgen!«, beendete sie das Gespräch fröhlich, was wieder einmal bewies, dass die Menschen, die in der Kinderbetreuung arbeiten, mit anderen Genen geboren werden als der Rest von uns.

Ruhig bleiben und durchknallen

NATE

»Siehst gut aus, Alter!«, sagte ich zu meinem Vater, als er auf seinem Lieblingslehnstuhl faulenzte. Das war das erste Mal, das ich ihn seit dem Herzinfarkt in normaler Kleidung gesehen hatte, anstatt dem Pyjama, und ich war erleichtert, dass seine Wangen rosiger waren. Zwei Wochen waren seit meiner Rückkehr in die Stadt vergangen, und fast eine Woche, seit ich wieder im Haus meiner Leute wohnte. Die Arbeit war ein Shitstorm und ich hatte mich so gut ich konnte bemüht, meinen Vater nicht öfters als nötig zu belästigen, aber es war fast unmöglich zu dechiffrieren, nach welchem organisatorischen Puzzle er arbeitete. Bailey und ich mühten uns höllisch ab, die Köpfe über Wasser zu halten. Nicht, dass wir *ihm* das jemals erzählen würden.

Er hatte die Fernbedienung in der Hand und pausierte das Football-Spiel, das er sich ansah. Mit einem hoffnungsvollen Gesichtsausdruck schaute er mich an. »Sag mir um Himmels willen bitte, dass du was zu essen mitgebracht hast, das nicht nach Pappe schmeckt.« Es war kein Geheimnis, dass die Kochkünste meiner Mutter an einem guten Tag schon nicht berühmt waren, daher konnte ich mir vorstellen, wie das Essen ohne Salz schmecken musste.

»Tut mir leid.« Ich hielt die Hände hoch, um ihm zu zeigen, dass ich nichts dabeihatte. »Mom lässt mich nur zu Besuch kommen, wenn ich verspreche, dass ich nichts ins Haus bringe, dass du auch nur annähernd für essbar hältst. Ich wurde in der Diele von ihr abgetastet wie von der TSA.«

»Hm, das dachte ich mir.« Er ließ sich wieder auf seinen Stuhl sinken. »Dann lenk mich ab. Erzähl mir, was sich bei der Arbeit tut. Hat Mark diese Genehmigung gekriegt? Ich hab die Nummer von dem Kerl in der—«

»Alles erledigt«, unterbrach ich ihn.

»Ja, aber wir werden mächtig Ärger kriegen, wenn wir nicht peinlich genau sind bei dem einen da«, betonte er.

»Ich weiß. Mark und Doug sind beide eine große Hilfe gewesen, und Bailey weiß viel mehr, als sie uns glauben machen wollte. Wir kommen also klar. Ich verspreche dir, dass wir dich auf dem Laufenden halten werden und es dir sagen werden, sollten wir Hilfe benötigen. Ich habe dich bereits Dutzende Male mit Fragen angerufen, und ich könnte permanent vom Haus verbannt werden, wenn Mom uns dabei erwischt, wie wir über die Arbeit reden«, warnte ich ihn. »Das war eine weitere Bedingung für meinen Besuch. Sie sollte sich überlegen, mal beim Secret Service zu arbeiten, sollte dieses ganze Ruhestand-Ding nicht funktionieren. Hat sie ihre Studenten auch immer so an den Eiern gepackt? Wenn ja, dann mache ich mir langsam Sorgen, was tatsächlich in all den selbstgemachten Plätzchen war, die sie ihr immer mitgegeben haben.« Das brachte ihn zum Lächeln.

»Deine Mutter ist eine Heilige.« Er ließ das Spiel weiterlaufen.

»Ja, ich weiß. Wie steht es? Gewinnen wir?«

Er sah mich angewidert an. »Natürlich gewinnen wir. Wir sind die Iren.«

Zur Halbzeit ging ich meine Mom und ein paar vom Arzt genehmigte Erfrischungen holen. Sie saß am Küchentisch und wischte auf ihrem iPad herum.

»He, Mom.«

Sie hielt die Hand hoch, als wollte sie mich stoppen, während ihre Augen auf das Tablet gerichtet blieben. »Nathan, denk nicht mal dran, nach einem Bier zu fragen. Dein Dad darf keinen Alkohol bekommen, egal was für ein jämmerliches Gesicht er zu machen versucht.«

Ich grinste und ging zu ihr, um sie auf den Scheitel zu küssen. »Würde mir nicht im Traum einfallen«, beruhigte ich sie. »Was liest du?«

»Ach, ich suche nur nach ein paar Ideen für gesunde Rezepte. Nichts, was ich bisher gekocht habe, ist gut angekommen, und ich wusste gar nicht, wie viel Natrium in Fertiggerichten steckt. Das ist ja ein Wahnsinn!«

Sie richtete ihre Aufmerksamkeit auf mich und sah mir in die Augen. »Tut mir leid – genug davon. Ich will von dir hören. Wie geht es dir, Nate? Haltet ihr durch, du und Bailey?«

»Wir hängen am seidenen Faden, aber ja, wir schaffen es. Mach dir keine Sorgen.«

»Kann ich irgendwie helfen?« Sie neigte ihren blonden Kopf.

»Klar. Du kannst eines dieser blöden ›Halte durch‹-Katzen-Poster kaufen und es Bailey schenken. Es wäre urkomisch zu sehen, wie sie es aufmacht und versucht, höflich zu sein.« Ich lächelte.

Sie schlug mir auf den Handrücken und sagte verächtlich: »Quäle deine Schwester nicht.«

»Ich werde darüber nachdenken. Es würde ja *schon* Platz in meinem Terminkalender freimachen.«

Diesmal legte sich ihre Hand sanfter auf meinen Arm. »Ich

weiß, dass dein Dad es noch nicht sagen kann, aber du musst wissen, dass wir es beide sehr schätzen, dass du nach Hause gekommen bist, um zu übernehmen.« Okay, ich glaube, es war der Zeitpunkt für den ernsten Teil dieses Besuchs. »Es ist kein Geheimnis, dass das nicht dein Plan war, zumindest jetzt noch nicht, deswegen möchte ich dir nochmals danken. Ich weiß nicht, was wir ohne dich machen würden.« Ihre Augen füllten sich mit Tränen.

»Halt, Moment – kein Grund ganz schmalzig zu werden. Du weißt, dass ich es gerne tue. Und außerdem übernehme ich nicht *wirklich*. Dad wird weitermachen, wenn es ihm besser geht.« Sie sah mich düster an, daher redete ich schnell weiter: »Ich meine, ich weiß, dass es nicht Vollzeit sein wird wie früher, aber immerhin.«

Meine Mutter rutschte auf ihrem Stuhl herum. »Ich weiß. Nie und nimmer wird er das Geschäft ganz aufgeben. Aber du weißt, dass dein Dad keine halben Sachen macht. Ich habe nur Angst, dass er nach und nach alles wieder hochfährt, bis wir wieder genau dort sind, wo wir angefangen haben. Und beim nächsten Mal haben wir dann vielleicht nicht so viel Glück.« Damit hatte sie nicht ganz unrecht. »Deshalb müssen wir diese Genesungszeit dazu nutzen, ihm ein paar Hobbies zu suchen.«

Wie bitte?

»Der Arzt hat gesagt, dass es jede Menge Betätigungsmöglichkeiten für ihn gibt, die blutdrucksenkend wirken und auch recht fesselnd sind. Ich hoffe, dass er vielleicht nicht so erpicht darauf sein wird, sich wieder kopfüber in die Arbeit zu stürzen, wenn er erst einmal anfängt, sich für etwas anderes zu interessieren.« Ihre Begeisterung war offenkundig.

Oh wow. Das würde ja ein Spaß werden.

»ICH HAB EINS«, brüllte Bailey. »Wir könnten ihm ein Paar Gartenclogs kaufen und ein Abo für *Home and Garden*.« Bailey und ich tauschten Ideen für Dads neues Hobby aus, wenn wir uns nicht gerade ausgelassen amüsierten und uns die ultra-maskuline Naturgewalt, als die wir unseren Vater kannten, in einer Palette peinlicher Szenarien vorstellten. Alle beinhalteten Mom, die am Rande stand und ihn anfeuerte. Das beste bisher umfasste den Westminster Kennel Club und einen Felltrimmer.

»Du darfst Mom *nichts* von dieser Unterhaltung erzählen«, wiederholte ich von meinem ihr gegenüberliegenden Platz am Schreibtisch aus, während ich versuchte, meine Gesichtszüge zu schulen.

»Logo, du Idiot«, kam ihre clevere Antwort.

Es war Montagmorgen und wir sollten eigentlich Ausschreibungsunterlagen für ein bevorstehendes Treffen mit einem Klienten durchgehen, aber ich konnte nicht widerstehen und musste einfach Moms Plan vom Wochenende teilen.

»Ach«, setzte Bailey an und brachte uns schließlich zurück zum Thema Arbeit, »Ich habe vergessen, dir das zu erzählen. Doug hat angerufen und hat etwas von potenziellen Schwierigkeiten bei den Zwangsvollstreckungsobjekten auf der Old Oak Ridge gesagt. Es scheint, als wären die Nachbarn nicht allzu begeistert davon, dass bei ihnen ein Gewerbebau errichtet werden soll. Mit seinen Worten: Es braut sich was zusammen.«

Ich winkte ab. »Sag ihnen, sie sollen sich an die Bauaufsichtsbehörde wenden. Von unserer Seite her ist alles in Ordnung. Wenn es ihnen nicht gefällt, Pech gehabt. Sag ihnen, sie sollen abziehen.«

»Nein, liebster Bruder, *du* darfst ihnen das alles erklären. Warum, glaubst du, erzähle ich dir das alles? Du wirst sowieso dort sein, wenn die Mannschaft am Donnerstag mit dem Abbruch beginnt, es besteht also keine Notwendigkeit, dass ich mich einmische.« Sie lächelte lieb.

»Danke.« Ich lächelte zurück, einen Hauch weniger lieb.

NACH BEENDIGUNG aller Besprechungen und Beantwortung aller Anrufe und E-Mails des Tages trat ich kurz nach acht Uhr endlich durch die Tür meiner Wohnung. Den Einkauf hatte ich am Vorabend erledigt, daher wusste ich, dass wenigstens etwas im Kühlschrank sein würde. Und Bier, Gott sei Dank. Wie vorhergesehen, hatte ich mir noch nicht die Hände schmutzig gemacht, seit ich wieder in der Stadt war, und das machte mich reizbar. Ich brauchte nur einen Abend, an dem ich auf der Couch sitzen, ein bisschen fernsehen und ein Bier trinken konnte.

Glücklicherweise *hatte* ich eine Couch, was letzte Woche noch nicht der Fall gewesen war. Ich hatte mich für das Mieten einer Wohnung entschieden, so lange, bis ich Zeit hatte, ein Haus oder eine Eigentumswohnung zu suchen und mich mehr permanent niederzulassen. Meine Mutter hatte mir natürlich mein altes Zimmer angeboten. Ja klar, kannst du vergessen. Und ich hätte auch in Erwägung gezogen, vorrübergehend bei Bailey zu wohnen, dann fiel mir aber ein, dass es Bailey war, und dann kam ich zu dem Schluss, dass meine eigene Wohnung schon passen würde.

Meine Einrichtung und meine Habe waren überwiegend in Austin eingelagert, wo ich in den vergangenen zwei Jahren gelebt hatte. Als ich den Anruf von meiner in Tränen aufgelösten Mom erhielt und sie mir von Dad erzählte, habe ich damals alles fallen und liegen lassen und bin in ein Flugzeug gesprungen. Glücklicherweise war ein Job, an dem ich arbeitete, gerade unter Dach und Fach, daher ließ ich keinen Haufen Unerledigtes zurück. Jedoch blieben zwei Jahre meines Lebens einfach in der Schwebe.

Einige meiner dortigen Kumpel hatten netterweise angeboten, mein Zeug für mich einzulagern, und ich musste meinen Mietvertrag kündigen, aber der Grundbesitzer mochte mich und war selbst ein richtiger Familienmensch, daher hat er mir keine Sanktionen auferlegt, wie er das ansonsten getan hätte. Es hat auch nicht geschadet, dass ich ihm letzten Sommer beim Aufstocken seines Hauses geholfen hatte, und seine Frau schenkte mir ständig Cookies und solches Zeug. Wir hatten ein gutes Verhältnis zueinander. Eigentlich hatte ich sogar etliche gute Verhältnisse und ein ziemlich süßes Leben in Austin gehabt. Ich bedauerte es, fortgehen zu müssen.

Nachdem ich mir mit meinem Vater an diesem vergangenen Wochenende das Spiel angesehen hatte, hatte ich eine Couch und ein paar weitere alte Möbel aus ihrem Keller in meine Wohnung geschafft. Ich dachte mir, damit würde ich schon durchkommen, bis ich eine neue Wohnung finden und meine Sachen aus Austin holen konnte. Wenn die Dinge sich dann ein wenig beruhigten, würde ich hoffentlich Zeit haben, eine bessere Bleibe zu finden. Diese hier war irgendwie ein Drecksloch, wenn auch billig. Und im Augenblick genügten mir geborgte Möbel, Bier und ein Fernseher.

Als ich die Hälfte meines IPA getrunken und eine Episode von *Ice Road Truckers* gesehen hatte, klingelte mein Handy. Ich sah auf das Display.

Scheiße. Reagan.

Ich stellte den Fernseher stumm und nahm das Gespräch entgegen. »He, Reagan, was gibt's?«

»Nate! O mein Gott, es tut so gut, deine Stimme zu hören!«

»Ja, deine auch. Was machst du gerade? Wie laufen die Dinge in Hippie Haven?«

Ihre Stimme verlor ihre anfängliche Aufregung. »Sie nerven ohne dich, Nate. Du fehlst mir.«

Und genau das war, wovor ich Angst gehabt hatte. Das war der Grund, weshalb ich in der vergangenen Woche ihre Anrufe gemieden hatte, obwohl ich mir immer versprach zurückzurufen, wenn die Dinge lockerer liefen. Reagan war ein sehr nettes Mädchen. Ehrlich. Und sie brachte auch zum Ausdruck, dass sie mich ebenfalls für einen netten Kerl hielt. Aber ich hatte den Verdacht, dass sie auch dachte, ich sei der *Richtige*. Reagan war lieb und ziemlich scharf, sie war aber definitiv nicht die *Richtige*. Wer wusste denn schon, ob es da draußen so eine Frau gab? Ich wusste nur, dass Reagan es nicht war.

Wir hatten uns vor ein paar Monaten in einer Bar kennengelernt, bevor ich weggezogen war, und wir hatten uns seither gelegentlich zwanglos getroffen – wobei *zwanglos* hier der Schlüsselbegriff ist. Ich war sehr offen und ehrlich zu ihr, denn das Letzte, was ein Kerl haben will, ist ein Drama mit der Mieze. Doch dann fing ich an, ein paar verdammt deutliche Warnsignale zu erkennen. Sie vergaß ein paar Sachen in meiner Wohnung und als ich sie erwähnte, versuchte sie, es mit einem Lachen abzutun. Dann hörte ich, wie eine ihrer Freundinnen Fragen über ihren festen Freund stellte, und zuerst dachte ich: *Oh, Scheiße, wird sich ein Kerl über mich hermachen, weil ich sein Mädchen georgelt hab?* Bis ich draufkam, dass sie über mich geredet hatten. Ich versuchte, mich zurückzuhalten, und ich habe sie sogar darauf angesprochen, aber es blieb nichts hängen. Ich hatte vorgehabt, mich ganz von ihr zu trennen, als dann mein Vater seinen Herzinfarkt hatte und die totale Hölle ausbrach.

»Ah, das ist lieb.« Ich wusste nicht, wie zum Teufel ich sonst antworten sollte. »Ach ja, ich wollte dir danken, dass du die Kartons geschickt hast. Du hättest dir wirklich nicht die Mühe machen sollen.« Sie war offensichtlich bei mir zu Hause aufgetaucht, als meine Kumpel mein Zeug zusammenpackten. Sie hatte ihnen bedeutet, dass ich sie gebeten hatte, mir ein paar von meinen Kleidungsstücken und persönlichen Gegenständen zu schicken, was ich definitiv nicht getan hatte. Sie packte ein paar Kartons zusammen und schickte sie mir. Es war angenehm, ein paar eigene Sachen zu haben, zweifellos, aber wie ich sie erhalten hatte, ließ nur Probleme vorausahnen.

»Natürlich! Ich wusste, du würdest ein paar von deinen

Sachen haben wollen, und ich wollte etwas tun, um das Gefühl zu haben, mitanpacken zu können. Wie geht es deinem Vater?«

Seht ihr? Echt nettes Mädchen.

»Es geht ihm schon viel besser, vielen Dank.«

»Oh gut. Also, hör zu. Ich rufe an, weil ich unbedingt deine Stimme hören wollte, aber auch, weil ich mir überlegt habe, ob ich dich nicht besuchen soll …«

Christus auf 'nem Fahrrad, jetzt kommt's.

»Ach, Reagan, wow.« *Warum habe ich nicht vor meiner Abreise Schluss gemacht?* »Äh, es ist wirklich lieb von dir, dass du an mich denkst. Die Sache ist die … Momentan ist echt viel zu tun in der Arbeit.« *Sag ihr einfach die Wahrheit, Arschloch!* »Ich meine, ich mach 'ne Menge Überstunden spät abends und dazu kommt noch, dass ich mich um meine Leute kümmern muss … Ich glaube, jetzt ist nicht die beste Zeit«, beendete ich es lahm, wie der riesen scheiß Feigling, der ich war.

»Ach so. Ja klar. Ich meine, ich verstehe. Es ist nur so, dass ich dachte, ich könnte es mit einem Strandausflug kombinieren – du weißt schon, Sonne tanken, bevor der Sommer komplett vorbei ist und so weiter«, versuchte sie es abermals.

Ich fing an zu schwitzen.

»Ich halte es nur momentan für keine gute Idee.« *Niemals, eigentlich. Sag es einfach –eigentlich niemals.*

Stille.

»Okay, keine große Sache. Es war nur ein Gedanke!«, erwiderte sie schließlich, und ihr Unbehagen war offensichtlich. »Also, dann lass es mich wissen, wenn ich dir noch was schicken soll oder du was brauchst.«

»Das werde ich. Danke für deinen Anruf, Reagan. Und für all deine Hilfe. Wirklich.«

»Kein Problem.« Ihre Stimme war leise. »Tschüss, Nate.« Sie legte auf.

Gott, ich bin so ein Mistkerl.

Gesucht: ein Spielkamerad — Betteln nicht ausgeschlossen

LANEY

Es REICHT WOHL, wenn ich sage, dass mein Gespräch mit Rocco bezüglich eines potenziellen Spieltreffens nicht gut verlief. Eigentlich lief es überhaupt nicht. Ich wartete ein paar Tage nach Mellies Anruf, bevor ich das Thema ansprach, und wie ein Schwachkopf wählte ich den Zeitpunkt, als ich ihn eines Abends aufs Bett vorbereitete.

»Worauf freust du dich in der Schule morgen?«, eröffnete ich, während ich ihm half, sein Pyjamaoberteil über den Kopf zu ziehen. Wieso wir uns überhaupt die Mühe machten, jede Nacht einen Pyjama anzuziehen, wo er doch zwanzig Minuten später am Fußboden landete, weiß ich nicht.

»Ich will morgen nicht in die Schule gehen.« Er runzelte die Stirn und zuckte mit der Nase.

»Nicht? Warum nicht?«

»Ich mag die Schule nicht.« Seine Augen füllten sich mit Tränen und da war wieder dieses Nasenzucken. *Was, verdammt noch mal, sollte das denn?*

»Aber die Schule macht doch Spaß«, probierte ich es. »Du kannst deine Freunde treffen und mit Spielsachen spielen und auf dem Spielplatz herumlaufen. Das wird dir alles richtig gefallen.«

»Ich will bei dir zu Hause bleiben.« Er schniefte und ich wischte ihm die Augen mit einem Taschentuch aus der Box neben seinem Bett.

»Aber Kumpel, ich werde nicht hier sein. Ich muss zur Arbeit.« *Töte mich sofort.*

»Dann will ich bei Onkel Gavin bleiben.«

»Baby, Onkel Gavin hat einen neuen Job, erinnerst du dich?«

»Ich vermisse Opi und Omi!« Jetzt kam das ganze Gejammer raus. »Und ich hasse die Schule! Ich gehe nicht mehr hin!«

Wessen brillante Idee war es, das zur Schlafenszeit zu machen? Es war, als wäre ich eine verdammte Anfängerin oder so.

Da das ein ordentliches Fiasko gewesen war, beschloss ich gestern, Mellie eine E-Mail zu schicken und sie zu fragen, ob sie einen guten Kandidaten für einen Spielkameraden für ein Spieltreffen vorschlagen könnte. Ich war überrascht, als ich beinahe sofort eine Antwort erhielt (wieder diese Kita-Betreuerinnen-Gene – die E-Mail enthielt sogar ein Zwinkersmiley-Emoji und einen Sinnspruch am Ende).

Sie schlug Tucker Petersen vor. Ich hatte meine Zielperson.

Mein Wecker ging am Morgen zehn Minuten früher los als sonst und ich schaffte es, Rocco etliche Minuten früher zur Schule zu bringen, vielen Dank auch. Eine Tootsie Roll hatte für die erforderliche Motivation gesorgt, damit er so viel schneller als gewöhnlich ins Auto kam. Wie jeder Elternteil weiß, ist Bestechung ein wichtiges Werkzeug, um zu verhindern, dass einem der Kopf explodiert.

Ich stand vor der Kita-Tür und war entschlossen, mein Ziel zu finden. Ich hatte Tuckers Mom von Roccos erstem Schultag vage in Erinnerung. Wenn ich es richtig in Erinnerung hatte, hatte sie blonde Haare und war ziemlich groß und dünn. *Aha, da war sie!* Und da war Tucker neben ihr.

Gütiger Gott. Auch das noch.

Das Kind trug ein Polo-Shirt mit hochgeklapptem Kragen und, ohne Scherz, als Hose *Seersucker-Pants.* Oh, Pardon, *Slacks.*

Welcher Fünfjährige hätte überhaupt – *Okay, keine Vorurteile, Laney. Das sind bestimmt richtig nette Leute. Super mitunter.* Ich gab mir innerlich einen Klaps an den Kopf und ging lächelnd auf sie zu.

»Hallo, Sind Sie Tuckers Mutter?«, sagte ich so schwärmerisch es ging.

Sie drehte sich zu mir und erwiderte das Lächeln. »Ja, das bin ich.« *Seht ihr? Das lief doch schon mal gut.* »Es tut mir leid, ich glaube, wir haben uns noch nicht kennengelernt.«

»Ich weiß. Ich bin Laney Monroe. Mein Sohn Rocco hat gerade vor ein paar Wochen hier angefangen.« Ich deutete auf meinen Sohn, der – Moment mal, was *machte* er gerade? Er schien sich mit dem ganzen Körper in sein Garderobenfach zu zwängen. *Scheiße.* Ich sah rasch wieder zu ihr, in der Hoffnung, dass sie nicht bemerkt hatte, dass mein Kind sich, nun ja, seltsam benahm. Ohne Glück.

»Ich bin Bess Peterson«, erwiderte sie etwas weniger fröhlich als zuvor, aber sie reichte mir ihre Hand, die ich enthusiastisch schüttelte. Igitt. Sie machte den schlaffen teilweisen Händedruck, der meinen sehr festen – und sehr normalen – Händedruck als viel zu hart erscheinen ließ. Meine linke Hand begann mit dem Aufstieg zu meiner Wange zu einem guten Rubbeln, aber ich stoppte sie, Gott sei Dank, ehe die Dinge noch peinlicher werden konnten.

»Ich freue mich sehr, dich kennenzulernen, Bess. Hör zu, ich weiß, dass du wahrscheinlich gleich losdüsen musst, aber ich wollte Tucker dieses Wochenende zu uns zum Spielen mit Rocco einladen.« Ich warf einen Blick hinunter auf ihren Sohn, dem ich wahrscheinlich zu diesem Zeitpunkt ein wenig verrückt erschien. Aber er achtete nicht auf mich. Er war damit beschäftigt, mit dem Finger in der Nase zu bohren, während die andere Hand an seinem Schritt herumfummelte. *Seht ihr? Unsere Kinder haben jetzt schon so viele Gemeinsamkeiten!*

»Oh, das ist sehr lieb von dir, dass du uns einlädst, aber ich glaube, wir sind dieses Wochenende schon ganz ausgebucht«, sagte sie mit echt klingendem Bedauern. In Ordnung, wir wollen aber noch nicht aufgeben.

»Oh, ich verstehe. Alles in ein Wochenende zu packen nach der Arbeitswoche kann schon ziemlich hektisch sein.« Ich machte ein seltsames Zischgeräusch – oder vielleicht war es eher ein Pfeifen –, so oder so klang ich wie eine absolute Irre. Hätte man mir zig Millionen Dollar gezahlt, hätte ich nicht verhindern können, dass meine Hände zu meinen Wangen wanderten. Dennoch war ich offensichtlich mit dem Grad meiner Beschämung noch nicht zufrieden, denn ich fuhr fort: »Wie wär's mit nächstem Wochenende?«

»Ach, weißt du, ich—« Sie brach ab und scheuchte Tucker zu seinem Garderobenfach – das sich allerdings am gegenüberliegenden Ende der Wand zu Roccos befand. »Schönen Tag, mein Schatz!«, rief sie ihm nach und wandte ihr Lächeln dann wieder mir zu. »Wir scheinen meist eine Menge Dinge geplant zu haben an den Wochenenden, aber ich werde in unserem Kalender nachsehen und mich bei dir melden. Tut mir leid, ich muss wirklich los. Es hat mich gefreut, dich kennenzulernen.« Und weg war sie.

Notiz an mich: In Zukunft Spieltreffen per E-Mail vereinbaren.

Meinen eigenen Rat befolgend, hielt ich auf dem Weg zur Ausgangstür bei Mellies Büro, um mir eine Liste mit E-Mail-Adressen von ein paar weiteren Müttern zu holen. Mit neuen Kandidatinnen bewaffnet, fuhr ich in die Arbeit und verfasste im Kopf den Entwurf für meine unglaublich charmanten E-

Mails, die ich in der Mittagspause verschicken würde, um einen Freund für Rocco aufzutreiben.

AM FOLGENDEN MONTAG war dann mittlerweile klar, dass alle Mütter in der Kita große fette Kühe waren. Okay, das war vielleicht ein bisschen streng. Es ist schwierig den Ton von E-Mails akkurat zu beurteilen, und ich hatte auch nicht *jede* Kita-Mami angeschrieben, aber trotzdem. Was taten all diese Kinder an den Wochenenden, dass sie sich nicht ein oder zwei Stunden zum Spielen nehmen konnten? Fand da eine große Mensa-Konferenz statt, von der ich nichts wusste? Wahrscheinlicher war, dass im Einkaufszentrum großer Abverkauf von College-schuhen in Kindergrößen und echten Poloponys war. *Okay, das war jetzt nicht wertneutral.*

Als ich die fünfte Absage-E-Mail erhalten hatte, wurde das Bild immer klarer. All diese Kinder hatten, seit sie Windeln trugen, gemeinsam dieselbe Kita besucht. Sie hatten ihre etablierten Spielgruppen, und die Mitgliederliste war anscheinend voll. Es war wie *Heathers* für die Nasenbohrer-Clique.

Vermutlich hätte ich versuchen können, ein paar der Eltern von Roccos ehemaliger Schule zu kontaktieren, aber das erschien mir noch unangenehmer. Wenn er mit ihren Kindern nicht gespielt hatte, als er sie täglich sah, warum sollten sie ihre Kinder dann jetzt zum Spielen rüber schicken?

Grrr!

Meine innerliche Tirade wurde vom plötzlichen Auftauchen von Annettes Lockenkopf über der Trennwand meines Arbeits-platzes unterbrochen. »Ich habe den idealen Kerl für dich«, verkündete sie. »Ich werde ein Treffen für euch arrangieren und ich werde als Antwort kein Nein akzeptieren.«

»Ähm, ebenfalls hallo.«

Annette fuhr fort, ohne auf meinen Gruß einzugehen. »Er

heißt Alex und er ist neunundzwanzig. Er hat eine siebenjährige Tochter – geschieden –, er, nicht die Tochter. Er hat gerade bei Dans Arbeit begonnen und er ist *wirklich* süß. Ich habe Dan dazu gebracht, dass er ihn über sein Privatleben ausfragt, und er, Zitat, ›fühlt sich, als könnte er nochmals von vorne anfangen‹. Das ist perfekt, aber ich habe Dan versprochen, dass ich mir deine Erlaubnis hole, ehe ich ihm deine Nummer gebe. Sag ja.« Sie schob sich die Brille auf die Nase und setzte ein übertrieben fröhliches Lächeln auf, während sie mit dem Kopf nickte und versuchte, mich ebenfalls dazu zu bringen.

Eine Ablenkung würde mir vermutlich guttun. Warum zum Teufel nicht?

»Gut.«

WOCHE zwei von Gavins Job und er hatte ihn noch – hurra! Wir hatten soeben früh zu Abend gegessen und ich war fest entschlossen, Rocco an diesem Abend in die Badewanne zu bekommen, selbst wenn es mich umbrachte. Es war schon ein paar Tage her – na schön, fünf Tage, *verurteilt mich nicht* – seit er das letzte Mal gebadet hatte, und er war langsam reif dafür. Während ich Rocco Kartoffelbrei in den Mund schob, erzählte Gavin uns ein paar Details von seinem Tag.

In meinen Gedanken spielte es sich wie eine kleine Show ab, mit dem Titel *Gavin Goes to Work*, so aufregend fand ich seinen neuen Job. Es gab sogar eine flotte Titelmelodie – *ich verstehe, ich brauche ein Hobby*. Mein Bruder mag ja ein Idiot sein, aber er ist *mein* Idiot, und letzten Endes wollte ich einfach nur, dass er glücklich ist. Es klang so, als würde es im Job richtig gut laufen, und seine insgesamt gute Stimmung war ein wirklich *gutes* Zeichen.

Ich wollte gerade das Badewasser einlassen, als die Türglocke ein schmerzhaft trällerndes Geräusch von sich gab. Noch etwas, das auf die immer länger werdende Renovierungsliste gesetzt werden musste.

»Gav!«, rief ich meinem Bruder zu. »Kannst du Roccos Bad für mich einlassen?« Ich ging zur Eingangstür.

Auf der Veranda befand sich ein flachsblonder Junge, der in Roccos Alter zu sein schien, der neben einer lächelnden Frau mit rotbraunen, zu einem Pferdeschwanz zusammengebundenen Haaren stand. Die Frau war groß gewachsen, etwa drei Zoll größer als meine fünf Fuß und fünf Zoll, und sie trug eine schwarze Yogahose und ein Funktionsshirt in einem leuchtenden Fuchsienrot. Der Junge hielt eine Spielzeugpistole in der einen Hand und eine – hmm, war das eine Machete? – in der anderen. Er lächelte zu mir hoch und zeigte mir dabei seine Zahnlücke; seine zwei Vorderzähne fehlten.

»Hallöchen!«, grüßte mich die Frau mit einem sehr starken Südstaatenakzent – nicht breites Carolina, breites Texas. »Ich bin Charlotte Baker. Ich bin Ihre Nachbarin und wohne weiter die Straße runter.« Sie zeigte nach links. »Das ist mein Sohn Aiden. Wir wollten uns nur vorstellen und euch alle in der Nachbarschaft begrüßen!«

»Magst du Waffen?«, fragte mich Aiden.

»Sch!«, sagte Charlotte. »Tut mir leid, sein Opa sammelt antike Waffen.«

Da ich die Welt kleiner Jungs verstand, beschönigte ich es einfach und hielt ihr die Hand hin. »Hey, Ich bin Laney Monroe. Es freut mich, Sie kennenzulernen. Ich habe einen fünfjährigen Sohn, ich kenne mich daher aus.«

»Oh, das ist toll!« Charlotte schüttelte mir die Hand – kein Schlappi, wohlgemerkt. »Hast du das gehört, Aiden?« Dann wieder zu mir: »Ich wette, sie werden sich prima verstehen. Aiden ist sechs.«

Ding ding ding! Meldet sich da gerade ein Spielkamerad?

»Ich bin mir sicher, das würden sie«, erwiderte ich, bevor ich mir kurz überlegte, Rocco herzuholen und vorzustellen. Die

Wahrscheinlichkeit, dass er nackt auftauchen könnte, hielt mich jedoch davon ab, denn das würde sich als ein klitzeklein wenig peinlicher erweisen als NRA-Gerede. »Wir müssen uns verabreden.« Ich sorgte dafür, dass mein Lächeln gerade noch als nicht verrückt rüberkam. Tut mir leid, Madam, aber Sie werden meine Veranda ohne fixe Zusagen verlassen müssen.

»Hast du gewusst, dass ein Samurai-Schwert in nur einem Schwung einem Mann die Hand abschneiden kann?«, fragte Aiden.

Charlottes fallender Komfort-Level war spürbar. »Was hat dein Daddy dir denn da auf YouTube gezeigt?«

Die Augen auf den Preis gerichtet, ließ ich es alles an mir abprallen. »Was auch immer es sein mag, ich bin mir sicher, dass mein Bruder Rocco Schlimmeres gezeigt hat. Jungen sind nun mal so und so weiter.« Du liebe Zeit, ich trug aber dick auf.

»Ach, schlagen die nicht einfach alles?«, sagte sie in schleppendem Tonfall. »Ich glaube, ich mag Sie.« Sie strahlte mich an und, Gott Allmächtiger, was habe ich zurückgestrahlt! Ich glaube, ich mochte sie auch.

Wir unterhielten uns noch eine Weile, bis sie den zweiten Grund für ihren Besuch erwähnte.

»Ich wollte dich fragen, ob du was über das Gebäude gehört hast, das sie angeblich am Straßenende errichten wollen.« Sie deutete wieder in die Richtung ihres Hauses.

»Äh, ich glaube, ich habe was darüber gehört«, gab ich mich bedeckt und betete, dass Gavin sicher im Badezimmer versteckt war und nicht mithören konnte.

»Ein paar der anderen Eltern und ich haben uns das angesehen und sind ein bisschen besorgt. Wer weiß, was für Unternehmen die dort hinbauen. Wir wollen nicht, dass eine Bar in unserer Nähe aufmacht, oder eigentlich alles, wo ein Haufen Fremder herumlungern und nachts Lärm machen würde. Ganz zu schweigen vom extra Verkehr auf der Straße, wenn unsere Kinder draußen spielen.«

Ich muss zugeben, dass mir ähnliche Gedanken gekommen waren, als Gavin die Sache letzte Woche zum ersten Mal erwähnt hatte. Ich hatte soeben dieses Haus gekauft, und obwohl ich ein gutes Geschäft gemacht hatte, weil es reparaturbedürftig war, wollte ich nicht zusehen müssen, wie es an Wert verlor. Und natürlich wollte ich in einer sicheren Nachbarschaft wohnen, insbesondere weil ich an Rocco denken musste.

»Es ist schwierig gewesen, per Telefon an Informationen zu gelangen, deswegen haben diejenigen von uns, die Zeit haben, vor, früh am Donnerstagmorgen dorthin zu gehen, um ein paar Antworten zu erhalten. Zu dem Zeitpunkt beginnen sie mit dem Abriss der Häuser.«

»Mmhm«, gab ich unverbindlich von mir.

»Na ja, jedenfalls«, sie legte kurz ihre Hand auf meinen Arm, »wäre es toll, wenn du auch hinkommen könntest. Ich habe vor, so gegen sieben hinzugehen, um zu versuchen, sie früh abzufangen, und ich kenn ein paar andere Leute, die hinkommen werden.« Sie bekam wieder einen heiteren Gesichtsausdruck. »Oh, hey, und wir werden auch ein kleines Treffen diesen Sonnabend in unserem Haus mit ein paar der anderen Nachbarn und ihren Kindern veranstalten. Du solltest auch kommen und Rocco mitbringen! Die Kinder werden wahrscheinlich nur auf der X-Box herumspielen oder im Garten herumrennen, während wir uns über ein paar Nachbarschaftsangelegenheiten unterhalten, aber es sollte lustig werden!«

Sieg! Mein Wochenende-Spieltreffen!

»Das hört sich großartig an!« Wir tauschten Telefonnummern aus, dann spazierten sie und Aiden winkend davon.

»Aaaalso«, sagte ich, als ich das Badezimmer betrat, wo ein sehr nackter Rocco in der Wanne herumspritzte. »Rate mal, wer dir gerade ein Spieltreffen mit ein paar coolen Kids aus der Nachbarschaft und einer X-Box beschafft hat«, brüstete ich mich. »Ich! Wer sonst?« Vielleicht habe ich auch ein paar meiner coolen Tanzschritte ausprobiert. *Warum hatte ich nie einen Hip-Hop-Kurs belegt?*

»Nein und nochmals nein«, sagte Gavin von seinem Hochsitz auf der abgedeckten Toilettenbrille aus.

Ich liebte fast alles an meinem kleinen Haus, aber ich musste zugeben, dass das Badezimmer neben der Diele etwas klein war. Es hatte eine Wanne/Dusche-Kombination, eine Toilette und ein winziges Waschbecken auf einem Sockel. Leider waren sowohl die Toilette als auch das Waschbecken rosafarben. Ich bin ein Mädchen, aber sogar ich war leicht schockiert.

»Was ist eine X-Box?« Roccos dunkler Kopf neigte sich nach hinten und sein Gesicht legte sich in Falten.

»Vertrau mir, Kind. Du willst X-Box spielen«, sagte Gavin. »Das ist ein elektronisches Spiel, dass du mit anderen Kindern zusammen spielen kannst. Es ist unglaublich – und man kann meistens was töten.« Hoffentlich würden sie *diese* Spiele nicht spielen – obwohl, da es Aidens Spiel war … ja.

»Welche Kinder?« Rocco sah immer noch nicht begeistert von der Idee aus. Und da war wieder dieses Nasenzucken.

»Ein paar der anderen Kinder, die in unserer Nachbarschaft wohnen. Ich habe gerade eines kennengelernt – sein Name ist Aiden und er ist sechs«, schwärmte ich. Roccos Kopf kippte wieder nach vorne und er bombardierte seine Weichteile mit einem Plastikhai im Sturzflug. Ich warf Gavin einen Seitenblick zu.

»Hört sich nach Spaß an, Rock. Du solltest echt hingehen«, steuerte er bei, bevor er aufstand. »Also, ich geh dann mal.« Und er verließ das überfüllte Badezimmer.

»Muss ich mit denen reden?«, fragte Rocco, während er den Hai durch das Badewasser sausen ließ.

»Ich denke schon. Ich meine, ein bisschen zumindest. Warum willst du das denn nicht?«

»Muss ich mit denen spielen und so'n Zeug?« Wieder ein verdammtes Nasenzucken.

»Das ist irgendwie der Sinn an der Sache, Baby.« *Könnte mir jemand bitte einen Code für das Gehirn meines Kindes geben?*

»Ach so.« Immer noch beim Hai. »Nein, ich will nicht hingehen.«

»Ich werde auch dort sein«, hielt ich mich an die Verkaufstechnik. »Die anderen Erwachsenen und ich werden reden und Erwachsenensachen machen, aber ich werde die ganze Zeit dort sein.«

»Im gleichen Zimmer?« Ich bekam wieder seinen Blick, zusammen mit noch einem Zucken. *Was macht dir solche Sorgen, kleiner Mann?*

»Wahrscheinlich im Nebenzimmer, aber du kannst mich jederzeit besuchen.«

»Hmm.« Seine kleinen Lippen verlagerten sich zur Seite, während er nachdachte. »Schon.«

Mehr würde ich nicht kriegen, also war es an der Zeit, das Thema zu wechseln. »In Ordnung, Kumpel, dann wollen wir mal die Haare waschen und dann werde ich dich noch zehn Minuten drinnen bleiben lassen – aber dann musst du rauskommen, keine Widerrede.« So viel Zeit, wie dieses Kind immer in der Wanne verbringen wollte, hätte man meinen können, er wäre eine überlastete Mutter aus einer Calgon-Werbung.

In der Diele blieb ich bei Gavins Tür stehen. Er stand mit nackten Füßen neben der Kommode und fummelte an seinem Handy herum. Er hatte noch immer seine schmutzigen Jeans und das T-Shirt von der Arbeit an, und sein wirres braunes Haar war vom Helm angeklatscht.

»Ich kapier's nicht. Welches Kind will nicht zu einem Spieltreffen? Wolltest du nicht immer abhängen und Dinge für Jungs machen, als du in seinem Alter warst? Ich hing immer mit den anderen Kindern herum, nicht wahr?«, fragte ich ihn. Vielleicht hatte ich irgendwelche Störungen meines selektiven Gedächtnisses.

Ohne von seinem Handy aufzusehen, antwortete er: »Klar, ich denke schon.« Wie immer der gewandte Gesprächspartner.

Roccos Stimme schwebte aus dem Badezimmer heran und sang ein erfundenes Lied über Achselhöhlen. »Sei ehrlich, Gav. Ist Rocco, ich weiß nicht, ein bisschen *seltsam*?«

Sein Kopf war noch immer zu seinem Handy hinunter geneigt, nur sein Blick hob sich zu meinem. »Hören wir beide gerade die gleichen Geräusche aus dem Badezimmer?«

Lieber Superman, dein Bruder ist ein Arschloch

LANEY

Der Donnerstag fing strahlend an und ich meine *grellstrahlend*. Kein Mensch ist dafür gemacht, so früh am Morgen aufzustehen. Ich stolperte in meinem Schlafzimmer herum, nachdem ich das erste Mal seit unserem Umzug ohne meinen kleinen Schlafkollegen neben mir aufgewacht war. *Oh, wonniger Fortschritt!* Mein Wecker hatte früh geläutet, weil ich Rocco und mich für den Tag herrichten und es trotzdem noch schaffen wollte, Charlotte auf der Baustelle zu treffen, ehe ich zur Schule und in die Arbeit eilen musste. Das würde ganz sicher ein Drei-Cola-Light-Morgen werden und ich brauchte meinen Koffeinfix sofort.

Letzte Nacht hatte ich mich längere Zeit im Internet aufgehalten und nach Ticks und nervösem Zucken gesucht, um herauszufinden, ob Roccos neues Nasenzucken Grund zur Sorge bot. Es stellte sich heraus: ja und nein. Scheinbar kommen diese kleinen Ticks bei kleinen Kindern wirklich häufig vor, besonders bei Jungen, und sie verschwinden mit der Zeit meist auch wieder. Leider brachte meine Recherche auch zum Vorschein, dass der Impetus für diese Art von Tick oft ein Gefühl von Stress war. In gewisser Weise verriet mir das also, was ich ohnedies schon wusste. *Bäh.*

Nach einer flotten Dusche und einer hastigen Version meiner üblichen Haar- und Make-up-Routine klemmte ich mir die Haare hinter die Ohren und befand es für gut. Ich gratulierte mir dazu, dass ich mir die Kleidung am Vorabend herausgelegt hatte, zog mir eine schwarzgraue Anzughose mit einem dünnen roten Nadelstreifen und eine mohnrote, ärmellose Bluse mit V-Ausschnitt an. Dazu kombinierte ich ein Paar niedrige, vorne offene Schuhe in der passenden Farbe. Selbst Fiona wäre zufrieden gewesen.

Ich wollte Rocco aufwecken, fand sein Bett jedoch leer vor, die Löschfahrzeug-Bettwäsche in einem zerwühlten Haufen und das Kissen verschwunden. Nachdem ich das Wohnzimmer und die Küche abgesucht hatte, sah ich an dem einzigen sonstigen möglichen Aufenthaltsort nach. Jawohl. Da war er, neben meinen Bruder gekuschelt, den Kopf in das Löschfahrzeug-Kissen geschmiegt und umgeben von einem Wulst aus allen Decken Gavins. Mein Bruder lag neben ihm, in der Embryolage, ohne Decken aber glücklicherweise mit Boxershorts, um meine Augen vor dem Bleichebad zu bewahren, die sie gebraucht hätten, wären die Dinge anders verlaufen.

»Dein Sohn hat mir die Decken gestohlen«, murrte Gavin schläfrig grummelnd.

Ich lächelte – nur, weil mein Kind süß ist, nicht weil ich mich freue, wenn mein Bruder leidet – und ging zum Bett, um Rocco zu holen.

»He, Kumpel.« Ich rubbelte ihm den Rücken. »Zeit zum Aufwachen.« Seine schläfrigen Augen blinzelten wiederholt, als er sich auf den Rücken drehte und die Arme über dem Kopf ausstreckte. »Hast du gestern Abend beschlossen, Zeit mit deinem Onkel Gavin zu verbringen?«

»Ja«, sagte er um ein Gähnen herum, »aber er furzt im Schlaf.«

Gavin, plötzlich hellwach, rief dazwischen: »Tue ich nicht!«

»Tust du doch.«

»Tue ich nicht! Und *du* stiehlst alle Decken!«

Nochmal: Warum will mein Sohn nicht mit anderen Fünfjährigen spielen? Da er offensichtlich bereits bei einem wohnt, sollte es doch ein Klacks für ihn sein.

»Okay, okay, jetzt wollen wir mal aufstehen und Onkel Gavin alleine lassen.« Ich ermunterte Rocco aufzustehen.

»Wie spät ist es überhaupt?«, fragte Gavin.

»Es ist erst zehn nach sieben. Ich musste früher aufstehen, weil ich vor der Arbeit noch etwas erledigen muss.« Ich ging zu seiner Tür.

»Blödsinn. Zu früh«, murmelte er, aber ich hatte plötzlich eine Idee.

»He, da du ohnehin schon wach bist, würde es dir etwas ausmachen, Rocco fertig zu machen und ihm etwas Frühstück zuzubereiten? Um wieviel Uhr musst du zur Arbeit aufbrechen?«

»Ich arbeite heute Morgen auf der Baustelle hier unten an der Straße. Ich muss erst um acht dort sein. Ich *wollte* das ausnützen und ausschlafen«, sagte er spitz. »Warum brauchst du mich für Rocco? Wo gehst du hin?«

Hmm, wie sollte ich das anpacken? Ich wollte Gavin nicht wirklich erzählen, dass ich ein paar Nachbarn helfen würde, seiner neuen Firma das Leben schwer zu machen, lügen wollte ich aber auch nicht. »Erinnerst du dich an die Dame, die neulich mit ihrem Kind vorbeigeschaut hat? Sie wollte, dass ich ihr heute Morgen bei etwas helfe. Ich werde früh genug wieder hier sein, damit du es in die Arbeit schaffst.« Vage; aber bleiben wir fürs Erste dabei.

»Okay, denk ich. Gib mir nur noch zehn Minuten zum Schlummern, Rock, dann mach ich dir das Frühstück.« Gavin legte den Kopf zurück auf sein Kissen und bedeckte sich die Augen mit dem Arm.

Da ich wusste, dass Rocco mit der Uhrzeit nichts anfangen kann und Gavin wie ich keinen inneren Wecker besitzt, stellte ich einen Summer auf zehn Minuten und drehte den Fernseher auf Cartoons. »Wenn der Summer angeht, geh zu Onkel Gavin und sag ihm, dass es Zeit ist aufzustehen. Wenn er nicht aufsteht, dann sagst du ihm, dass ich alle seine Aufnahmen vom Frauen-Volleyball vom Recorder löschen werde«, erklärte ich Rocco, als er sich auf der Couch niederließ. Ich hätte auch mit mir selber reden können. Ich hielt die Show an und versuchte, ihm die Sicht zu nehmen. »Sag ihm, deine Klamotten liegen auf meinem Bett, okay? Ich muss nur für ein paar Minuten die Straße hinunterlaufen, aber ich werde rechtzeitig wieder da sein, um dich in die Schule zu bringen.« Es kam ein Nicken, aber sein Blick verließ den Fernseher nicht. Ich ließ das Programm weiterlaufen und hoffte auf das Beste.

Da ich bei Charlotte weiterhin gut angeschrieben sein aber die Sache so schnell wie möglich hinter mich bringen wollte, schnappte ich mir mein Handy, stahl mich zur Seitentür hinaus und steuerte rasch den Bürgersteig an. Als ich mich dem Ende unseres Blocks näherte, wo er sich mit der Old Oak Ridge Road kreuzte, entdeckte ich Charlotte und Aiden zusammen mit einem Paar, das ich nicht erkannte, und einem kleinen Mädchen, das zu ihnen zu gehören schien. Der Mann hielt auch ein schlafendes Baby im Arm, das in eine rosafarbene Decke eingewickelt war. Aiden stocherte im Boden herum, mit etwas, von dem ich hoffte, dass es ein Plastikmesser war, und er hatte noch etwas dabei, das nach einem Arsenal an verschiedenen Messern aussah, die in einer Art Allzweckgürtel steckten, der um seine Hose gewickelt war.

Hinter der Gruppe erspähte ich zwei Baumaschinen – fragt mich nicht, wie man die nennt – und einen Tieflader, der mit zwei weiteren beladen war. Die Aufschrift auf dem LKW war

»*Built by Murphy*« und neben dem großen Fahrzeug standen drei Männer dicht beieinander und waren ins Gespräch vertieft – wobei der größte von ihnen mit einer Hand ein Handy an sein Ohr hielt, während die andere Hand sich an seinem Nacken festklammerte, er abwechselnd in das Telefon bellte und mit den Männer neben ihm sprach. *Verspannt?*

Charlotte entdeckte mich sofort. »He, Laney! Ich bin so froh, dass du es einrichten konntest!« Aufgeregt winkte sie mir zu.

Ich konnte nicht anders, als ihre Freundlichkeit mit einem Lächeln zu beantworten. »Morgen, Charlotte!«

»Das sind Darcy und Glen. Sie wohnen mir gegenüber auf der anderen Straßenseite und das ist ihre Tochter Haley und dieses niedliche kleine Bündel ist Mackenzie.« Enthusiastisch deutete sie der Reihe nach auf jede der Personen. »Das ist Laney. Sie ist gerade in das alte Haus von Missy Greene gezogen. Sie hat einen Sohn, der nur ein Jahr jünger ist als Aiden.«

Nach dem Vorstellen und dem Austausch von Höflichkeiten kam Charlotte zur Sache und zeigte unauffällig auf die Männer neben dem LKW. Derjenige, der vor einem Augenblick ein Telefongespräch geführt hatte, machte nun ein finsteres Gesicht und deutete wütend auf ein Klemmbrett, das einer der anderen Männer in der Hand hielt. »Okay, also soweit ich weiß, ist einer der Männer der Besitzer der Baufirma, glaube ich. Ich dachte mir, er ist bestimmt derjenige, an den man sich wenden muss.« Sie blickte die Straße hinunter auf unsere Häuser. »Ich hatte gehofft, es kämen noch ein paar mehr Leute, aber wie es aussieht, sind wir momentan die einzigen.«

Der kleine Mackenzie wählte diesen Augenblick, um aufzuwachen und mit dem Quengeln anzufangen. Glen hüpfte daraufhin auf und ab und führte den Schreibaby-Tanz nach einer scheinbar gut eingeübten Routine auf. Charlotte sah mich an. »Laney, macht's dir was aus, mit mir hier rüber zu gehen?«

Nein, Charlotte, ich glaube ich bleibe lieber hier bei dem Baby und diesen Leuten, die ich nicht kenne – geh du allein voraus –, denn mein

Bruder, musst du wissen, hat letzte Woche bei dieser Firma ange-
fangen und es ist der erste echte Job, den er jemals hatte, seit er ein
Idiot war und das mit der Baseball-Karriere verbockt hat, und ich will
ihm das irgendwie nicht versauen. Aber ich werde hier stehenbleiben
und dich anfeuern. Vorwärts, Team!

»Na klar.«

Es gab absolut keinen Grund, weshalb diese Typen denken sollten, dass ich Gavin auch nur kannte. Ich würde einfach meinen Mund halten und Charlotte reden lassen. Ein Kinderspiel.

Ich folgte Charlotte, als sie mit wallendem rotbraunem Haar, schwingenden Hüften und einem hellgelben, enganliegenden T-Shirt mit der Hand hoch in der Luft winkte und auf die Männer zustolzierte. »Juhuu, die Herren!«, rief sie. Ich wusste nicht, dass es tatsächlich jemanden gab, der den Ausdruck »Juhuu« verwendete. Ich liebte dieses Mädel.

Alle drei Männer drehten sich gleichzeitig zu diesem Südstaaten-Knaller um, der Charlotte war. Der Mann links hielt sich das Klemmbrett an die Stirn, um die Augen vor der Sonne abzuschirmen, und auf seinem schönen Gesicht zeigte sich beim Anblick meiner Nachbarin ein breites Lächeln.

Ach, ich kannte diesen Typen. Nun, nicht genau diesen Typen, aber der Typus war unverwechselbar. Er war der Kerl mit dem selbstsicheren Lächeln, der auf jeder Party, in jedem Fitnessstudio, bei jedem Konzert ein bisschen zu nahe stand und beim ersten Gespräch Anspielungen auf seine Schwanzgröße machte. Er war auch der Kerl, der alle und jede Ausrede fand, um sich das Hemd auszuziehen – *ach, ist es heiß hier drinnen, oder geht es nur mir so?* Würg.

Mein Blick ging weiter und ich habe keine Ahnung, wie der Mann rechts auf uns reagierte, denn als mein Blick von dem großspurigen Kerl weiterwanderte, blieb er an dem Ich-bin-wütend-Handy-Typen in der Mitte der Gruppe hängen und entschied sich, dort schön lange zu verweilen und sich auszuruhen. Vielen herzlichen Dank, sagten meine weiblichen Bauteile.

Dieser Typ war groß, er war gut gebaut, er hatte ein kantiges Kinn, das dich schneiden konnte, und trotz der Sonnenbrille, die seine Augen verbarg, und der bösen Miene, die sagte »Denk nicht mal dran, mich anzureden«, rutschte mir das Herz sofort in die Hose. Seine fast schwarzen Haare hatten einen Schnitt nötig und es sah aus, als wäre er eine Woche lang mit den Händen hindurchgefahren. Sein perfektes Kinn bedeckte genau die richtige Menge an Stoppelbart – genug, dass er sexy aussah und ein bisschen derb, aber nicht schludrig. Meine Knie wurden etwas weich.

Funkruf an Superman, ich glaube, ich habe deinen vermissten, ungepflegten, attraktiveren und mürrischeren Zwillingsbruder gefunden. Das war der Zeitpunkt, als ich mir dafür auf die Schulter klopfte, dass ich keine Stöckelschuhe trug, denn hätte ich das getan, würde ich ungefähr in diesem Augenblick den Dreck küssen.

Charlotte, die sich dem Anschein nach in der Gegenwart von heißen Superhelden wie zu Hause fühlte, ging schnurgerade ohne Unterbrechung weiter. »Hallo. Ich heiße Charlotte Baker. Ich wohne hier gleich die Straße hinunter.« Sie hatte sie bereits erreicht und hackte auf ihnen herum, ich trippelte hastig hinterher, um sie einzuholen. Charlotte sah sich zu mir um. »Das ist noch eine Nachbarin, Laney Mon—«

»Laney!«, unterbrach ich sie laut und streckte dem großspurigen Typen die Hand entgegen. »Laney genügt.« Ich mied Charlottes fragenden Blick. *Keine Nachnamen hier nötig, Leute – ich bin für eine zwanglose Atmosphäre.*

»Also, Laney.« Ich bekam das Lächeln und ein Nicken, als der großspurige Typ meine Hand schüttelte. »Charlotte.« Er wechselte zu seiner Masche: das charmante Lächeln bereit, jeden um den kleinen Finger zu wickeln. »Ich bin Mark. Es ist mir eine Freude, euch beide kennenzulernen. Das hier ist

Doug.« Mark zeigte auf den Mann rechts, den zu bewerten ich noch keine Gelegenheit gehabt hatte. Doug schien Ende vierzig zu sein, hatte ins Blonde gehende Haare und den Ansatz eines Bierbauches. Mit undefinierbarer Miene nickte er zum Gruß, bot aber nicht seine Hand an. »Und das ist Nate. Er schmeißt den Laden hier.« Mark drehte seinen Daumen in die Richtung des Mannes, der meinen Blutdruck in die Höhe schießen ließ. Nate, dessen Gesichtsausdruck *vollkommen* lesbar war, wandte seinen finsteren Blick Mark zu, wenig erfreut darüber, den Wölfen zum Fraß vorgeworfen zu werden. »Unbeeindruckt fuhr Mark fort: »Womit können wir den Ladies heute dienen?«

»Na ja«, fing Charlotte an, das charmante Lächeln erwidernd, »ich nehme an, Sie sind die Firma, die das neue Gebäude errichtet.« Als darauf keine Antwort kam, fuhr sie fort: »Nun, also, wir haben ein paar Fragen, wenn das in Ordnung ist.«

Mark, immer noch der Einzige, der sprach, trat ihr näher (*Siehst du? Hab ich dir doch gesagt*) und sagte: »Klar doch. Stets zu Diensten.« An diesem Punkt, das kann man, glaube ich, mit Sicherheit sagen, stellte er sich Charlotte nackt vor.

»Wir haben versucht herauszufinden, welche Art von Betrieben hier in das neue Gebäude ziehen wird. Können Sie uns das vielleicht sagen?«

»Also, Charlotte«, fing Mark an, »das werden wir nicht wirklich wissen, solange das Gebäude noch nicht fertig ist und die Flächen vermietet sind, aber ich kann dir sagen, dass es insgesamt drei Mietflächen werden. Es gibt verschiedenste Firmen, die die Flächen nutzen könnten, aber solange die Mietverträge nicht unterschrieben sind, kann ich mich dazu nicht spezifisch äußern. Würdest du nicht auch sagen, Nate?« Er wälzte das Problem ab, den Blick noch immer auf meine Nachbarin geheftet.

»Ja, Mark, das würde ich sagen«, antwortete der heiße Typ stumpf und verstimmt, mit einer tiefen und ein wenig rauen

Stimme, die perfekt zu dem ganzen sexy, vergammelten Ding passte, das er da laufen hatte. »Lasst uns auf den Punkt kommen, Mädels. Was *genau* macht euch Sorgen?« Sein Blick fiel auf uns, die Ungeduld unverkennbar. Jemand hatte einen scheiß Sandwich heute Morgen gehabt.

»Äh.« Charlotte fing an zu zögern. » Seht ihr, wir haben alle Kinder und wir wollen nicht, dass hier so … *zwielichtige* Typen in der Nachbarschaft auftauchen. Und äh mehr Verkehr könnte auch zum Problem werden …«

»Ich verstehe«, schnauzte Nate. »Ihr wollt also nicht, dass wir unheimliche Arschlöcher in die Nähe eurer Kinder bringen, und die Mieter sollen die Straße meiden. Verstanden. Könnten wir jetzt weiterarbeiten? In zwanzig Minuten taucht eine Mannschaft hier auf und wir haben eine lange Liste mit Scheißzeug abzuarbeiten. Ihr könnte euch zurück zu eurer Mammi-und-ich-Truppe aufmachen.« Er hob das Kinn in Richtung von Darcy, Glen und den Kindern. »Wir fangen jetzt mal an.«

Damit drehte er sich um und ging auf die Fahrerkabine des LKW zu. Und, verflixt und zugenäht, ich konnte nicht anders, als den Anblick von hinten auf mich wirken zu lassen, während mir ein wenig »Huidilelli« in den Gedanken herumschwirrte. Von meinen weiblichen Bauteilen durch und durch angewidert, weil sie sich auf die dunkle Seite geschlagen hatten, wandte ich meinen Blick wieder Charlotte zu.

Ihre Kinnlade hing herunter und sie sah aus, als würde sie gleich weinen. Der Beschützerinstinkt überkam mich und setzte sich (größtenteils) gegen meine niedereren Gedanken durch. Sie war eine nette Person – sie verdiente es nicht, angeschrien zu werden von diesem, diesem großen fetten sexy Blödmann! Sie war freundlich und sorgte sich um ihr Kind und lud Fremde wie uns in ihr Haus zu Spieltreffen ein und wollte nur dafür sorgen, dass alle in Sicherheit leben können! Klar, ihr Sohn könnte oder könnte auch nicht ein zukünftiger Serienmörder sein, aber wir haben doch alle Fehler. Mit welchem Recht schimpfte dieser Typ mit ihr, nur weil sie eine einfache Frage stellte? So nicht, du ungehobelter, arroganter, beleidigender, ein zu enges Shirt tragender *Idiot* – Laney Monroe hat ein Hühnchen mit dir zu rupfen.

»He!«, brüllte ich seinem sich entfernenden, höllisch sexy Rücken nach. »Nate, oder was immer zum Teufel dein Name ist! Komm sofort wieder hierher und entschuldige dich bei ihr. Das war nun wirklich nicht nötig!« Meine Fäuste fanden an meinen Hüften Halt und ich war bereit für den Kampf.

»Es tut mir leid«, versuchte Mark, der nun nicht mehr so großspurig dreinschaute, einzuwerfen, aber die Glocke für seinen Kampf hatte bereits geläutet. Jetzt war es Zeit für die Schwergewichtsrunde. Ich warf ihm einen schnellen Blick zu und der brachte ihn zum Verstummen, daher wusste ich, dass meine Botschaft angekommen war.

Nate war wieder da. »Lady, ich habe dafür keine Zeit. Doug hat Ihrer Freundin bereits am Telefon erklärt, dass sie die Bauaufsichtsbehörde kontaktieren soll, wenn sie ein Problem hat. Die haben uns gestattet, dieses Gebäude hier zu errichten, und solange wir uns an alle Regeln halten, die sie uns vorgeben, die Stadt und der Inspektor – was wir auch tun werden –, ist das *nicht mein Problem!*« Er kam mit seinem Gesicht näher und riss sich die Sonnenbrille herunter, sodass strahlend blaue Augen zum Vorschein kamen, die blind waren vor Verachtung. »Schauen Sie, es wird wahrscheinlich ein netter kleiner Salon werden, wo Sie und all Ihre Freundinnen herumsitzen, sich die Nägel machen lassen und eine Klatschrunde abhalten können, bei der sie so viel Scheiße über mich erzählen können, wie Sie wollen. *Ist mir egal.* Und jetzt, wenn es Ihnen recht ist, werde ich mich wieder an die Arbeit machen, denke ich.«

»Was zum Teufel ist denn hier los?!«, war eine laute und *sehr* vertraute Stimme hinter mir zu hören.

Na prima. Scheiße.

Ich sah über meine Schulter und erkannte Gavin, der vollkommen verdutzt dreinsah. Rocco saß auf seinen Schultern und klammerte sich mit beiden Händen an Gavins Ohren wie an einen Lenker. Doch nicht einmal der Anblick meiner beiden Jungs konnte den tobenden Sturm stoppen, der sich als Reaktion auf diesen absoluten Saftsack vor mir zusammenbraute. Er ging *los*.

NATE

»Ich schaff das schon, Gav!«, rief dieser entrüstete Wutpinkel vor mir über ihre Schulter – Moment mal, war das nicht der neue Junge? *Was geht hier vor sich?*

Warum habe ich mich heute Morgen überhaupt aus dem Bett bemüht?

Ich hätte wissen müssen, dass der Tag grottenschlecht werden würde, sobald ich aufgewacht bin.

Ich hatte irrtümlich mein Telefon, das mir auch als Wecker dient, letzte Nacht in der Küche vergessen, deswegen habe ich meinen Weckruf verpasst und damit auch meine morgendliche Joggingrunde. Ich brauche meine morgendliche Joggingrunde, um den Kopf frei zu kriegen und mir einen Schlachtplan für den Tag auszudenken. Ich denke besser, fühle mich besser und benehme mich wahrscheinlich auch besser, wenn ich gleich als erstes laufen gehen kann.

Und nicht nur meinen Wecker habe ich nicht gehört, auch ein halbes Dutzend Anrufe von der Arbeit. Die verdammte

Verkleidung, die wir bei dem Wohnprojekt heute hätten verbauen sollen, war gestern erst spät angekommen und niemand hatte vor heute Morgen bemerkt, dass es die falsche Sorte war. Mark rief deswegen gleich an. Es war nicht klar, ob der Fehler beim Hersteller lag, oder bei uns, was es noch komplizierter machen würde. Aber so oder so hatten wir dadurch nur eine halbe Mannschaft, die den Tag mit dem Daumen im Arsch verbrachte, während wir hinter dem Zeitplan zurückblieben und Geld bluteten. Nicht ideal.

Ich führte noch ein paar Telefongespräche und wir konnten ein paar Dinge umstellen, aber wir würden trotzdem in Verzug sein, bis wir die richtige Verkleidung bekamen – und wer zur Hölle wusste schon, wann das der Fall sein würde?

Und dahinter lag die Angst, dass sich jemand vertun und es meinem Vater erzählen würde, was wieder eine neue Empörungswelle von ihm und meiner Mutter auslösen würde. Du lieber Gott, ich wollte am liebsten alles hinwerfen und den ersten Flug zurück nach Texas nehmen. Dieser Tag war wie ein Stinktier bumsen – kaum begonnen und schon hatte ich genug davon.

Mark, Doug und ich beschlossen, uns persönlich auf der Baustelle Old Oak Ridge zu melden, wo Doug und ich ohnedies vorgehabt hatten, unseren Tag zu beginnen. Daher hatte ich, ohne Zeit für Kaffee, Frühstück oder meinen Lauf, mich schneller geduscht als je ein Mensch zuvor, und mich dorthin aufgemacht. Es reicht wohl, wenn ich sage, dass ich in keiner aufnahmefähigen Stimmung für weiteren Bockmist war, als ich ankam.

Auftritt der Amateur-Schönheitswettbewerbskönigin und ihrer Freundin. Ihre feurige, fick-heiße Freundin mit den glänzenden dunklen, den halben Weg zu ihrem Arsch reichenden Haaren, den grauen Augen und dem intensiven Blickkontakt, brachte meinen Schwanz zum Glühen. Und der Rest von dem Paket erst recht. Zu sagen, dass ich ein Titten-und-Ärsche-Typ war, ist wie zu sagen, dass das Cookie Monster eine vage Vorliebe für Süßigkeiten hätte. Und, verdammt noch mal, diese Frau hatte T und 'nen A. Sie hatte ein bisschen von dem Christina-Hendricks-Ding aus *Mad Men* laufen. Und sie tischte die passende Haltung mit auf. Vielleicht war Texas doch eine miese Idee.

Ich weiß, dass ich mich wie ein totales Arschloch benahm, und ich bin mir sicher, dass meine heiße kleine Freundin und ihre rothaarige Nachbarin es nicht verdienten, aber ich konnte nicht anders. Der Trupp war beinahe da und ich hatte soeben am Telefon mit der Firma wegen der Verkleidung gesprochen – sie rechneten mit weiteren zwei Wochen, bevor sie die richtige Lieferung erhalten würden. Das war ein scheiß Haufen Geld und Zeit, und ich hatte nicht die Geduld, mich um diese Nachbarschaftsleute zu kümmern, die meine Zeit mit Scheiße vergeudeten, die erst nach Monaten eine Rolle spielen würde, wenn überhaupt. Daher ließ ich das Arschloch auf sie los.

Verklage mich und hol mir dann 'nen Kaffee.

Aber es sah so aus, als würde diese Frau jetzt erst loslegen. Und musste ich jetzt auch noch feststellen, dass sie irgendwie mit einem aus meiner Mannschaft was hatte? Meine Fresse, was war los mit diesem Tag?

Ihre Augen glühten, als sie mich ansah und tief Luft holte zur Vorbereitung auf was auch immer noch kommen würde. Es war unmöglich, das Anheben ihrer perfekten Brüste zu ignorieren, und ich bekam von meinem erhöhten Aussichtspunkt aus nur einen Hauch schwarzer Spitze am V-Ausschnitt ihres roten Shirts zu Gesicht. Das ließ mich beinahe kooperativ sein wollen. Beinahe.

»Hör mal zu, du frauenfeindlicher Saftsack.«

Im Gegensatz zu allem, was ich bestimmt hätte empfinden sollen zu diesem Zeitpunkt, begab sich mein Schwanz in die Habt-Acht-Stellung. (»Ihr habt gerufen?«)

»Sie können nicht dastehen und Ihre unausgegorenen

Annahmen machen und uns behandeln, als wären wir irgendwelche hirnlosen kleinen Feen, die den ganzen Tag lang nur herumschwirren und nichts Besseres zu tun haben, als auf Sie und Ihren Macho-Bockmist zu scheißen.«

Jawohl, noch hart.

»Wir sind alle Hausbesitzer in dieser Straße und wir haben ein Recht darauf zu erfahren, was sich in unserer Nachbarschaft abspielt.«

Sie wedelte mir mit dem Zeigefinger vor dem Gesicht herum und ich wollte hineinbeißen.

»Wir nehmen die Sicherheit unserer Kinder sehr ernst, wie auch den Wert unserer Heime, in die wir unser schwer verdientes Geld gesteckt haben—«

Gott, jetzt sprang sie mir ins Gesicht und ich konnte den dunkeln Ring um ihre steingraue Regenbogenhaut sehen. Würden ihre Augen den gleichen Farbton haben, wenn sie unter mir läge?

»Geld, das wir durch *richtige Arbeit* eingenommen haben, so wie Sie das auch tun, und ich werde nicht hier stehen und zulassen, dass Sie uns behandeln, als wären wir irgendwie weniger wert als Sie und ihre wertvolle Crew, während Sie Ihre großen Muskeln spielen lassen und sich auf die Brust trommeln!«

Große Muskeln? Jetzt kommen wir der Sache schon näher.

»Und jetzt«, befahl sie, »werden Sie sich bei Charlotte dafür entschuldigen, dass Sie sie angefahren haben, und Sie werden ihre Bedenken in einem Tonfall ansprechen, der ein bisschen weniger nach arrogantem Deppen klingt.«

Wenn ich sie nicht von hier wegschaffte, würde ich sie entweder küssen oder auf die Knie fallen und sie bitten, mich zu heiraten. Ich musste eine Ausstiegsstrategie finden – rasch.

»Wie, haben Sie gesagt, heißen Sie?«, fragte ich.

»Laney.« Ihre rechte Hand ging plötzlich nach oben und umfasste ihren Hals.

»Ihr voller Name.«

Sie schluckte. »Laney Monroe.«

»Monroe.« Ich fühlte den Namen auf meiner Zunge und behielt den Blickkontakt zu ihr. »Gehört sie zu dir, Junge?«, brüllte ich zu Gavin, nur damit ich nochmals sehen konnte, wie ihre Augen vor Wut aufleuchteten. Gott, diese Frau war feurig.

»Ich *gehöre* nicht zu ihm!« Ihre Hand fiel herunter und ihre Stimme explodierte vor Entrüstung. »Gott, Sie sind wirklich ein Arschloch, nicht wahr?«

Das ließ sich nicht bestreiten.

Damit drehte sie sich um und ich konnte mir die Show ansehen, als ihr perfekter Arsch zu Gavin und dem Jungen auf seinen Schultern stolzierte.

»Komm, Charlotte. Wir sind hier fertig!« Mir rief sie zu: »Das ist noch *nicht* vorbei!« Und alle drei gingen davon. Ich sah mir die Show noch weiter an und bemerkte, dass Gavin mit sorgenvollem Blick ein paar Mal zu mir herübersah. Er schien sich mit ihr zu streiten. Mit *Laney.* Ich konnte es ihm nicht verübeln – so viel Spaß hatte ich seit Wochen nicht mehr gehabt.

Zehn Minuten später, als der Großteil des Trupps anwesend war, sah ich, wie Gavin Monroe sich näherte, diesmal ohne das kleine Kind und die scharfe Braut.

»Nate, es tut mir so leid«, fing er an. »Meine Schwester kann manchmal ein wenig hitzköpfig sein, aber ich habe mit ihr geredet und ich verspreche dir, dass sie dich nicht mehr belästigen wird—«

»Das ist deine Schwester?«, unterbrach ich ihn.

»Ich weiß, ja. Sie kann ganz schön nerven.«

Ich nickte nur, denn ich war mir nicht sicher, ob Gavin schätzen würde, was ich über den Arsch seiner Schwester zu sagen hatte. »Mach dir deswegen keine Sorgen«, warf ich zurück. »Geh zu Doug. Wir müssen die Dinge hier in Fahrt bringen.«

Und ich würde definitiv ein wenig Zeit in meinem Terminkalender freimachen für eine gewisse Laney Monroe.

»Nein, Mark, mein Dad wird als neues Hobby nicht Modelleisenbahnen sammeln wollen. Und wenn dir deine Nüsse lieb sind, wirst du dich um deinen Kram kümmern und Bailey sagen, sie soll künftig ihre große Klappe halten«, sagte ich zu dem Kretin am anderen Ende der Leitung. Mark und ich waren recht gut miteinander befreundet, aber manchmal hatte ich ernsthafte Zweifel, was seinen Hausverstand betraf.

Es war Freitagabend und ich stand auf Gavin Monroes Veranda, nachdem ich seine Adresse aus seiner Mitarbeiterakte bekommen hatte, und hoffte, dass seine Schwester zu Hause sein würde. Ich musste noch die Türglocke betätigen, als Mark anrief und ich abgehoben hatte, in der Annahme, warum auch immer, dass er tatsächlich wegen der Arbeit anrief. Es stellte sich heraus, dass Bailey ihn in die Suche nach Riordan Murphys neuem Hobby eingeweiht hatte und er nicht widerstehen konnte, sich zu beteiligen.

»Wieso nicht? Ich könnte ihm einen dieser Zugführerkappen besorgen.« Schallend lachte er los.

»Zwei Dinge, Mark. Erstens: Du weißt schon, dass mein Dad dich trotz seines angeschlagenen Herzens zu Brei schlagen könnte, oder? Und zweitens: Denk nicht mal dran, ihn oder meine Mutter auch nur einen Hauch von einem Wind von diesem Gespräch bekommen zu lassen. Ziel ist es, seinen Blutdruck zu senken, nicht, ihn in die Höhe zu treiben. Und außerdem gehören Bailey und ich zur Familie, uns kann er also nicht umbringen. Denk mal drüber nach, wo du bei der Sache stehst.«

»Du bist ein Spaßverderber, Mann. Ich werde stattdessen Bailey anrufen und mit ihr Ideen austauschen«, klagte er.

Seht ihr? Keinen Hausverstand. »Tu das ruhig, Mann, aber komm nicht weinend zu mir, wenn er dich zum Eunuchen macht. Bis später, Mark.«

»Bis später.« Er legte auf und ich drehte mich um, um die Türglocke zu betätigen.

Die Tür war jedoch bereits offen.

»Wenn Sie Gavin suchen, er ist nicht da. Er ist wahrscheinlich in Jakes Poolbillard. Sie sollten es dort probieren – ich höre, das ist ein ziemlich männlich dominierter Haufen – kaum eine Frau in Sicht, Sie sollten sich also wie zu Hause fühlen.« Laney täuschte ein beschissenes Lächeln vor und wollte die Türe wieder schließen, aber ich stoppte das mit meinem Fuß. Ihr Gesichtsausdruck wandelte sich zu einem zornigen Starren.

»Moment, langsam. Ich bin eigentlich hier, um Sie zu sprechen.« Sie versuchte nicht sofort, mir den Fuß zu brechen, also fuhr ich fort. »Ich wollte mich entschuldigen.«

Ihr Blick wurde misstrauisch. »Entschuldigen?«

»Ja. Sie hatten recht. Ich bin ein Arschloch gewesen.«

»Und haben Sie diese Entschuldigung auch an Charlotte gerichtet?« Eine Hand ging zu ihrer Hüfte.

Ohhh, die war clever. »Das werde ich, sobald Sie mir ihre Adresse geben. Kann ich reinkommen, bevor die Nachbarn anfangen, die Polizei zu rufen?«

Nach einer Weile öffnete sie die Tür ein Stück weit. »Na gut. Aber sie müssen sich wie ein normaler Mensch benehmen. Ich habe Besuch und mein Sohn ist da.« Aha, also das kleine Kind war *ihr* Sohn, nicht Gavins. Aber sie trug keinen Ring, wie ich vorhin bemerkt hatte. dennoch sagte ich mir, dass ich vorsichtig sein musste. Sie trat beiseite und ließ die Tür für mich offenstehen. Ich folgte ihr ins Haus und schloss die Tür hinter mir. Dann hielt ich den Türknauf in der Hand. *Häh?* Ich sah sie fragend an. Sie sah auf meine Hand.

»Oh, Scheiße«, sagte sie und entriss mir den Knauf,

während sie die Tür in eine Position schob, die überwiegend geschlossen war.

»Sie machen sich Sorgen, dass mein Gebäude die Sicherheit Ihrer Kinder gefährden könnte, und dann schließt nicht mal Ihre Eingangstür?« Ich konnte nicht widerstehen.

Ihre Hand schoss zu meinem Mund und bedeckte ihn. »Ich dachte, Sie wären hier, um sich zu entschuldigen«, zischte sie.

Ich war von der Wirkung, die ihre Berührung auf mich hatte, zu sehr abgelenkt, um antworten zu können. Ihre warme Hand verharrte auf meinem Mund ein paar Sekunden zu lange, während ihr Blick zu meinen Augen wanderte.

Konnte sie es auch spüren? Scheinbar, denn in der nächsten Sekunde fiel ihre Hand herunter, als wäre sie verbrannt worden, und dann gingen beide ihrer Hände zu ihren Wangen und fingen an, sich über die süßen kleinen Sommersprossen auf und ab zu bewegen, die ich soeben bemerkt hatte. *Süße kleine Sommersprossen? Was war ich jetzt? Ein Mädchen.*

Sie wandte mir den Rücken zu und verließ eilig den Eingangsbereich. Ich konnte nicht anders, als ihr zu folgen.

Es stellte sich heraus, dass wir die Küche ansteuerten, wo eine kleine zarte blonde Frau an einem Herd stand, der uralt war, und in einem Topf rührte. Der kleine Junge von gestern, den ich jetzt als Laneys Sohn kannte, saß an einem blauen Tisch und hatte einen Berg Legosteine vor sich liegen. Er trug ein graues T-Shirt mit einem gelben Küken und den Worten »*Chicks Dig Me*« darauf. Gleich unterhalb des Ärmels des Shirts konnte ich eines dieser Klebe-Tattoos sehen, aber ich konnte nicht erkennen, was es darstellen sollte. Dieses Kind gefiel mir jetzt schon. Damit konnte ich was anfangen.

»Nate, das sind meine Freundin Fiona und mein Sohn Rocco.« Laney stellte uns vor, eine Hand noch immer an der Wange.

Oh Scheiße, kam mir plötzlich der Gedanke. Waren diese Frauen ein Paar und das war ihr Sohn? Ich war sonst meist recht gut im Erkennen von Zeichen, aber ich hätte schwören können, dass Laney auf mich stand, auch wenn sie es nicht wollte.

Die Frau namens Fiona wirbelte herum, sie hatte offensichtlich nicht mit dem Auftauchen eines fremden Mannes in der Küche gerechnet. Sie taxierte mich und ich kann euch sagen, dass sie bei ihrer Kopf-bis-Fuß-Musterung nicht schüchtern war. Ich fing an, mich ein wenig vergewaltigt zu fühlen, so gründlich war sie. Okay, also vollkommen normal – das war eine Erleichterung.

»Fiona, Rocco, das ist Gavins Chef, Nate Murphy. Rocco, sag Herrn Murphy hallo «, wies Laney ihn dezent an.

»Nate. Nate genügt. Wie geht's, Rocco?« Ich winkte dem Kind zu. »Schöne Tätowierung. Hast du die im Knast machen lassen? Ich wette, das haut die Ladies um.«

Grillenzirpen.

»Fünfjährige kapieren Sarkasmus nicht so richtig«, sagte Fiona, neigte sich zu mir und hielt mir ihre Hand hin.

»Oh«, sagte ich dümmlich, als ich sie nahm. Fiona konnte nicht größer als fünf Fuß und vier Zoll sein und sie trug meterhohe Stöckelschuhe, in Wirklichkeit war sie also eher um die fünf Fuß groß. Sie hatte hellblondes Haar und ein winziges Gesicht, das zu ihrem winzigen Körper passte. Sie war auf eine couragierte Weise niedlich, was aber vollkommen im Kontrast war zu ihrer Supergranate von einer Freundin.

»Also, Nate, ich habe gehört, du sorgst ganz schön für Unruhe in der Gegend«, führte Fiona mit einem Augenzwinkern an.

»Ach nein«, warf Laney ein, »ganz und gar nicht. Nate ist nur hier, um sich wegen gestern zu entschuldigen, und dann wird er sich wieder auf den Weg machen.« Sie hatte ihre leicht erschöpft wirkende Ausstrahlung abgelegt und hatte wieder die Oberherrschaft.

»Nein!«, widersprach Fiona und sah mich flehend an. »Du

musst zum Abendessen bleiben. Ich mache Penne mit einer fabelhaften Tomatencremesoße und Fleischbällchen für meinen besten Freund und Hauptdarsteller dort drüben.« Sie neigte den Kopf in Richtung des Tisches, wo Rocco meine Anwesenheit noch immer nicht wahrgenommen hatte und mit dem Bau einer Legokonstruktion schwer beschäftigt war. »Du wirst es lieben!«

Während die beiden Frauen stumm über Gesichtsmimik und Handgesten miteinander kommunizierten, nahm ich die Einladung an, ehe sie zurückgezogen werden konnte. »Hört sich toll an!«

»Bist du der Mann mit den Bau-LKWs?«, sprach Rocco zehn Minuten später seine ersten an mich gerichteten Worte. Wir saßen alle um den scheußlichen blauen Tisch herum, Schüsseln mit zugegebenermaßen köstlicher Pasta vor uns. *Konnte* Fiona kochen!

»Das bin ich«, sagte ich voll Begeisterung, da ich endlich etwas hatte, mit dem ich das Kind für mich gewinnen konnte. Ich brauchte jede Hilfe, die ich kriegen konnte. »Magst du Bau-LKWs?«

»Ja. Onkel Gavin hat mich gestern mitgenommen und wir haben uns welche angesehen, aber wir sind nur eine Minute geblieben. Ich mag den Grabenbagger am liebsten.« Alle seine »S«-Laute kamen als »th«-Laute heraus und ich muss zugeben, das war verflixt niedlich.

»Das ist ein guter.« Ich nickte ihm zu.

Er zuckte mit der Nase und machte sich wieder an seinen Fleischkloß. Wie es schien, durfte ich wegtreten. So viel dazu.

Da Fiona davor die Pasta zubereitete, nützte ich die Gelegenheit, Laney zu erklären, dass meine Schimpfkanonade gestern das Erg:ebnis von Dingen gewesen war, die nichts mit ihr oder ihrer Freundin zu tun hatten. Ich gab ein bisschen den Kriecher und machte auf, unterwürfig zu sein, und sie schien empfänglich dafür. Unter der Bedingung, dass ich mich auch bei Charlotte entschuldigte. Ich stimmte zu und die Angelegenheit war abgeschlossen. Wieso sie es dann vorzog, es bei unserem schönen Essen noch einmal anzusprechen, ist mir ein Rätsel. Ich hoffte, dass durch Fionas und Roccos Anwesenheit die Dinge wenigstens auf freundlichem Niveau bleiben würden.

»Also, Nate, du hast wirklich keine Ahnung, welche Art von Betrieben die Flächen mieten werden?« Sie leckte sich Pastasoße von der Oberlippe und ich hatte kurz Schwierigkeiten, mich auf ihre Frage zu konzentrieren.

»Äh, zum jetzigen Zeitpunkt nicht wirklich, Laney. Ich meine, gewissen Arten von Betrieben würden in dieser Immobilie sowieso keine Genehmigung bekommen. Es gibt Gesetze über den erforderlichen Abstand zu Kirchen, Schulen und Ähnlichem, aber ich kann dir nicht wirklich mit etwas Konkretem dienen.« Ich führte noch eine Gabel mit der köstlichen Pasta in meinen Mund.

»Aber du wirst das Gebäude besitzen, oder nicht? Genau genommen kannst du also bestimmen, ob du es an bestimmte Leute vermieten willst, stimmt's?«

Oh nein, nicht auf die Tour heute Abend. Wir waren bei einem netten Essen, ihre Freundin schien mich auch ganz gut zu leiden und ihr Kind hatte sogar mit mir gesprochen. Das würde ich jetzt nicht versauen.

Ich kaute zu Ende und wischte mir die Lippen mit einer Serviette. »Es spielt eigentlich eine Menge mit rein in diese Art von Entscheidungen. Ist von dem Knoblauchbrot noch etwas da, Fiona?«

»Na klar, Nate.« Fiona reichte mir den Brotkorb. »Ich bin mir sicher, Nates Firma wird ihr Bestes tun, *Laney*. Sie wollen genauso wenig Schwierigkeiten, wie du. Ist das nicht so, Nate?«

Fiona lächelte mich an, dann ließ sie ihren Blick zu Laney schweifen.

»Richtig« antwortete ich und schob dann mein ganzes Stück Brot in den Mund, damit ich kein weiteres Wort sagen konnte.

»Aber lasst uns mal hypothetisch darüber sprechen«, fuhr Laney unbeeindruckt fort. Es war, als würde sie *versuchen*, mich zu ärgern. Was sage ich? Natürlich versuchte sie, mich zu ärgern. »Du würdest doch keine Fläche an eine, sagen wir mal, Arztpraxis vermieten, oder?«

Wirklich verwirrt, zwang ich das Brot in einem schmerzhaften Kloß meinen Hals hinunter und antwortete verkrampft: »Was stört dich an einer Arztpraxis? Du könntest mit Rocco zu Fuß zum Arzttermin gehen.« Ich zeigte auf das Kind.

»Ich will nicht zum Arzt gehen!«, wehrte sich Rocco vehement.

»Niemand geht zum Arzt«, beruhigte ihn Fiona.

»Ja, und irgendein Fixer würde in der Nacht einbrechen und den Medizinschrank plündern. Das geschieht häufiger, als dir bewusst ist«, verkündete Laney, die Hand in der Luft wedelnd.

Ich drehte den Kopf nach links und dann nach rechts und suchte – was? Ich hatte keine Ahnung. »Was bist du? Eine Krimiautorin, die über wahre Kriminalfälle schreibt?«

»Was ist ein Fixer?«, schaltete Rocco sich zur gleichen Zeit ein.

Dass das kein gutes Ende nehmen und nirgends hinführen würde, spürte, so wie ich, auch Fiona und warf ein: »Die Nachspeise ruft!«

GLÜCKLICHERWEISE VERLIEF der Rest des Abends reibungslos. Fiona plauderte unentwegt, Laney tolerierte meine Anwesenheit und Rocco sprach sogar noch eine Handvoll Worte mit mir. Laney und ich tauschten noch ein paar heiße Blicke aus, die ihren möglicherweise mehr von Ärger angetrieben als von Lust, aber ich würde unter diesen Umständen nehmen, was ich kriegen konnte. Ich musste sie aber erst noch alleine zu sprechen kriegen, daher war ich begeistert, als Fiona, als es dann Zeit zu gehen war, Rocco den Flur hinunter führte und Laney zurückblieb, um mich zur Tür zu begleiten.

»Also, danke für das Abendessen«, sagte ich.

»Danke Fiona. Sie hat dich eingeladen.« Laney wollte mich finster anstarren, aber stattdessen bekam ich ein zögerliches Lächeln. Verdammt, war die hübsch! Heute Abend hatte sie ihre Haare zu einem lockeren Pferdeschwanz hochgesteckt und trug ein schwarzes T-Shirt und eine abgeschnittene Jeans, die beide ihre Kurven nicht kaschierten. Ich brannte darauf, sie zu küssen, dachte mir jedoch, dass sie mir zu diesem Zeitpunkt wahrscheinlich eine Ohrfeige verpassen würde.

Als wir uns der Tür näherten, fiel mir wieder der verdammte Türknauf ein. »Laney, du kannst nicht mit so einer Tür schlafen gehen«, erklärte ich ihr.

Sie winkte ab. »Ich weiß. Der fällt ständig runter, aber ich kann das reparieren. Zumindest vorübergehend – bis Gavin dazu kommt.« Sie öffnete die Tür und ich hatte keine andere Wahl, als auf die Veranda hinauszutreten.

»Nichts für ungut, Laney, aber dein Bruder versteht einen Dreck vom Reparieren, was ich bisher so gesehen habe.«

Das brachte mir ein noch größeres Lächeln ein. »Wir werden schon zurechtkommen.«

»Weißt du, ich habe da ein paar Dinge in deiner Küche bemerkt, die man sich auch mal ansehen sollte. Und mir hat man gesagt, dass ich ziemlich geschickt bin im Hand anlegen …«

»Im Hand anlegen oder im Grapschen?«

»Witzig.«

»Fand ich schon.«

»Ich habe dieses Wochenende etwas Zeit. Ich könnte gerne

morgen vorbeikommen und ein paar Dinge reparieren. Um ehrlich zu sein, ich habe so viel Zeit am Telefon verbracht und beim Herumfahren von Ort zu Ort, dass ich tatsächlich seit Wochen kein Werkzeug mehr in der Hand gehabt habe – das bringt mich um.«

Seltsamerweise schien sie anfangs ein Lachen zu unterdrücken und drückte das Kinn an die Brust. Doch dann hob sie den Kopf wieder, schulte ihre Miene und fing an, den Kopf zu schütteln.

»Das wäre fantastisch!« Fiona tauchte aus dem Nichts auf. »Sie wird dich morgen früh empfangen.« Die Tür schlug vor meinem Gesicht zu.

»Ich werde um neun hier sein. Ich werde Kaffee mitbringen!«, brüllte ich durch die Tür, bevor ich mich umdrehte und von der Veranda herunter trat.

»Sie trinkt keinen Kaffee!«, kam die Stimme durch die Tür.

Ich lächelte. Dann musste ich eben kreativ werden.

Wumm!

LANEY

»O MEIN GOTT. Als ich mich umdrehte und diesen Mann sah, ich schwöre, ich hatte auf der Stelle einen Eisprung. *Wumm!* Sofortfruchtbarkeit. Sie sollten den Typen auf Rezept verschreiben – Kinderwunschkliniken im ganzen Land könnten über Nacht zusperren.« Fiona sah mich verträumt an und wechselte dann zu ihrem verärgerten Gesicht (was selbst an einem guten Tag wirkungslos war). »Lucy, du bist jetzt aber im Erklärungsnotstand – du hast nicht akkurat beschrieben, dass der Typ dermaßen zum Anbeißen ist!« Ihr Gesichtsausdruck änderte sich wieder, als die Rädchen sich drehten. »Und hast du gesehen, wie er dich über den Tisch hinweg mit den Augen verschlungen hat?« Sie fächerte sich Luft zu.

Ich legte meine Hand auf ihren Mund und schaute über ihre Schultern. »Kleine Ohren, Fi.«

Sie schälte meine Hand von ihrem Gesicht. »Er ist im Badezimmer. Ich hab ihm gesagt, er soll sich die Zähne putzen, damit ich zurückkommen und lauschen konnte.«

»Du weißt schon, dass er sich nicht die Zähne putzt, oder? Er wird in drei Minuten wieder hier sein, nur mit der Unterwäsche bekleidet, und fragen, was er da drinnen machen sollte«, erklärte ich ihr. Und Nate hat mich nicht verschlungen! Ich kann nicht glauben, dass du ihn für morgen hierher eingeladen hast!«, flüsterbrüllte ich.

»Vielleicht sollte ich meine eigene Partneragentur aufmachen – das kommt wieder in Mode, musst du wissen. Es wäre *Matched by Fiona*.« Sie zeichnete vor sich ein imaginäres Schild in die Luft. »Fast so wie Nates Firma, Built by Murphy. Es könnte so eine Art Familiending sein.« Sie kicherte.

»Nur um dich darauf aufmerksam zu machen – ich werde dich möglicherweise töten. In der Zwischenzeit, ist es so, dass ich dir einen Teil meiner Mitgift gleich schulde, oder geht später auch?«

»Später ist für mich auch okay.«

EINE ZWEITE NACHSPEISE, eine beaufsichtigte Runde mit der Zahnbürste und drei Bücher später lag Rocco endlich im Bett und Fiona und ich saßen entspannt auf der Couch bei Wein und einer privaten Lästerrunde.

»Also was hatte sein Vater?« Nate war noch immer das vorliegende Thema.

»Gavin hat gesagt, dass er vor ein paar Wochen einen Herzinfarkt gehabt hat und Nate wieder hierher übersiedelt ist, damit er sich um das Familienunternehmen kümmern kann, bis er genesen ist«, erzählte ich ihr. »Ich habe Nate am Telefon sagen hören, dass er entspannende Dinge sucht, die sein Vater machen kann, um sich die Zeit zu vertreiben. Hört sich nach einer ziemlich langen Erholungspause an.«

»O mein Gott«, schwärmte Fiona und legte eine Hand auf ihr Gesicht, als hätte ich ihr gerade einen Welpen mit einer riesengroßen rosafarbenen Schleife überreicht. »Das ist ja *so* süß. Er hat gesagt, er ist gerade wieder hergezogen, aber ich wusste nicht alles. Siehst du? Er ist heiß *und* er liebt seine Familie.«

»Ja, genau das habe ich mir immer gewünscht – einen sexy Mann, der seine Familie liebt und Frauen hasst«, schoss ich aus dem Hinterhalt. Ich versuchte verzweifelt, an meiner Wut festzuhalten, aber meine Entschlossenheit ließ langsam nach. Offensichtlich hielt auch ich einen Welpen im Arm, meiner hatte sich jedoch in einem Haufen Kacke gewälzt und musste noch ein wenig hergerichtet werden, ehe er so bezaubernd war wie Fionas.

Fiona schlug nach meinem Arm. »Er hasst die Frauen doch nicht. Na gut, gestern war er total sexistisch – ein echtes Schwein – aber hör dir doch *uns* an. Wir haben ihn in den letzten zehn Minuten auf ein Stück hirnloses Männerfleisch reduziert! Mach dir doch nichts vor – wir sind *alle* ätzend. Aber er hat sich ja entschuldigt, oder nicht? Und er schien auch wirklich daran interessiert, dir zu helfen.« Ihre Augen funkelten mit einem altbekannten Glanz. »Und außerdem: Hast du diesen Arsch gesehen? Wie ich schon sagte: Wumm!« Sie machte das Explodierende-Faust-Ding.

»Hör auf. Das letzte, was meine Eierstöcke brauchen können, ist eine Ermunterung, um Partyeinladungen auszuschicken. Muss ich dich daran erinnern, was vor sechs Jahren passiert ist? Und außerdem hast du einen wichtigen Punkt übersehen. Wir haben unsere sexy Kommentare für uns behalten, *er* hat seine vor allen und jedem laut herausposaunt!«

»Allen und jedem? Sind wir jetzt in einem Jane-Austen-Roman?« Sie stellte ihr Weinglas ab und richtete sich auf der Couch auf. »Ich muss sagen, das Derrière dieses Herren sah äußerst verlockend aus in diesen Kniehosen. Pflichtest du mir bei?«

Ich warf ein Couchkissen nach ihr.

»Na ja, jedenfalls«, fuhr sie fort, »spielt das jetzt keine Rolle, denn er wird morgen vorbeischauen und du kannst nichts dagegen machen. Darf ich herkommen und zusehen? Ich werde Popcorn mitbringen.«

»Gib mir das Kissen zurück. Ich brauche was, mit dem ich dich ersticken kann.«

»Ahh, ich liebe dich auch, Laney.«

Eine Stimme kam aus der Küche. »Es gibt *doch* einen Gott. Ich glaube, sie werden sich küssen.«

Na prima. Gavin und sein treuer Handlanger kamen nach Hause.

»Du weißt schon, dass das meine Schwester ist, oder?«

»Sie ist aber nicht *meine* Schwester«, kam die Antwort von Brett, Gavins bestem Freund seit der Highschool. Sie standen beide hinter der Halbwand und beobachteten uns auf der Couch.

»Hallo, Brett«, schallte es von Fiona und mir gleichzeitig. Es macht Spaß, mit dummen Tieren zu spielen.

Ein bisschen hat er vielleicht gewimmert, während Gavin ins Wohnzimmer weiterging. »Wer schaut morgen vorbei?«

Ich arrangierte mein Gesicht zu einem, wie ich hoffte, unschguldigen Ausdruck.

»Dein heißer neuer Chef.« Fiona warf meinen Arsch den Wölfen zum Fraß vor.

»Nein nein nein Nein NEIN«, eskalierte Gavins Stimme, als er sich mir näherte. »Du hast mir versprochen, du würdest dich da raushalten! Herrgott, Laney! Du hast die letzten zwei Jahre damit verbracht, mir die Hölle heiß zu machen, damit ich das ›überwinde‹, und dann tue ich endlich genau das, was du willst, und du fängst an, alles zu versauen!«

»Sei still! Rocco schläft!«, antworte ich in einem nur etwas leiseren Ton.

»*Du* sei still! Ich glaube das nicht! Ruf ihn an und sag ihm, dass du einen schrecklichen Fehler gemacht hast und dass du und das Mammi-Kommando sich für immer zurückziehen werdet. Mir gefällt dieser Job nämlich und ich will nicht vor meinem ersten Lohnzettel gefeuert werden!«

»Jetzt plustere dich mal nicht so verdammt auf, Donald Duck. Niemand wird gefeuert. Ich hab ihn nicht mal für morgen eingeladen. Er hat sich selbst eingeladen.«

»Na ja, genau genommen habe ich ihn eingeladen.« Fiona hob kleinlaut die Hand. Wir ignorierten sie beide.

»Wann genau war das? Wie kommt es, dass du und Nate überhaupt miteinander geredet habt?«

»Hör zu, es ist keine große Sache. Er kam vorhin vorbei, um sich dafür zu entschuldigen, dass er gestern so ein Arschloch gewesen ist—« Ich hielt die Hand in die Höhe, um ihm vom Unterbrechen abzuhalten. »Und er hat ein paar Dinge bemerkt, die repariert werden müssen, also hat er angeboten, morgen vorbeizuschauen und zu helfen.«

»Brett und ich wollten hier die Dinge reparieren.« Sein Tonfall wurde etwas ruhiger.

Fiona drehte sich zu Brett, der zu diesem Zeitpunkt ebenfalls das Wohnzimmer betreten hatte. »Ich wusste gar nicht, dass du mit Werkzeugen umgehen kannst. Wie lange läuft das schon? Ich brauche dich vielleicht, dass du bei mir zu Hause vorbeischaust und mir bei ein paar Sachen zur Hand gehst.«

Bretts Oberlippe schien zu schwitzen.

»Ungefähr seit er dreizehn ist, glaube ich«, sagte Gavin. Jegliche Spannung war fort und ein unterdrücktes Lächeln ersetzte sie. Wutanfall vorbei.

»Wow, so lange schon?«, erwiderte Fiona.

»Gott*verdammt*!«, schrie Brett. Er griff in seine Tasche und holte ein Bündel Geldscheine heraus. Er klatschte einen Fünf-Dollar-Schein in Gavins bereits ausgestreckte Hand und stürmte in die Küche. »Will jemand ein Bier?«, rief er hinter sich.

WENN IHR ES noch nicht erraten habt, ich bin in keiner Weise, Gestalt oder Form eine »ordentliche« Person. Wenn ich weiß, dass Besuch kommt, stopfe ich alles in mein Schlafzimmer oder in einen Schrank. Wenn ich die Wäsche mache, werden nur ungefähr dreißig Prozent davon jemals gefaltet und landen in der Kommodenlade. Wenn ich ein Mahl zubereite, was ich nicht so oft tue, wie ich es sollte, muss ich zuerst das Messer und das Schneidbrett abspülen, denn sie liegen nach der Essenszubereitung am Vorabend noch immer in der Spüle. Im Grunde genommen drehte ich am nächsten Morgen in Erwartung von Nates Besuch total durch.

Da ich damit rechnete, dass er wahrscheinlich das ganze Haus kontrollieren wollte, blieben mir sehr wenige Möglichkeiten, mein Zeug zu verstecken. Klar, die Küche und das Wohnzimmer hatte er schon am Vorabend gesehen, aber die hatte ich vor Fionas Eintreffen zusammengeräumt – obwohl es mir unbegreiflich ist, warum ich das wegen ihr immer noch tat. Sie wusste sehr genau Bescheid darüber, dass mein »Dekorationsstil« aus herumliegendem Kram und Chaos bestand. Als gestern Abend alle hier waren, waren nicht weniger als sechs Paar von Roccos Schuhen in die Speisekammer gestopft worden, ganz zu schweigen von der ungeöffneten Post, die hinter einer Zimmerpflanze landete, und dem riesigen Haufen Spielzeug und Kleidung auf meinem Bett (oder mittlerweile auf meinem Boden, da ich alles runtergeschubst hatte, als ich gestern Abend schlafen ging). Heute verbrachte ich daher den gesamten Morgen damit, abwechselnd Cola light zu exen und mich so gut es ging darum zu kümmern, das Haus aussehen zu lassen, als würde es nicht in eine Episode von *Hoarders* passen. Beinahe quälten mich Schuldgefühle, als Rocco aus seinem Zimmer kam und fragte, was mit seinem Bett los war.

»Ich hab es gemacht«, erklärte ich ihm und nahm an, dass diese Erklärung genügen würde.

»Hä?«

»Na du weißt schon. Ich habe das Laken untergesteckt und die Steppdecke und das Kissen und sonstiges Zeug aufgelegt.«

»Ich kapier das nicht. Das wird doch eh alles rausgezogen, wenn ich heute Abend zu Bett gehe.«

Mein Kind war ein Genie.

»Genau.« Ich küsste ihn gerade auf den Kopf, als die Türglocke heulend nachklang.

Scheiße, Kacke, Scheiße! Ich war nicht bereit! Ich war völlig verschwitzt und meine Haare bestimmt ein Desaster. Ich brauchte noch mal eine Dusche, nachdem ich wie eine Irre durch das Haus gelaufen war. Na ja, jetzt war es zu spät. Beide Hände rubbelten meine Wangen.

Wie auch immer. Es war ja nicht so, dass ich ihn beeindrucken wollte. *Pshhh.*

Ich folgte Rocco zur Eingangstür, als ging ich zum Henker, und sah zu, wie er den kniffeligen Knauf drehte. Und da stand er, auf meiner Veranda, mein Henker – mit seinen ganzen sechs Fuß und Irgendwas, in einem abgewetzten T-Shirt, das designt war, um Frauen die Sprache zu rauben und eindringliche Signale direkt an ihr Mumu zu senden. Das Shirt stellte seine bemuskelte Brust und die Arme perfekt zur Schau, und eine abgetragene grüne Cargohose stellte, nun ja, all *das* zur Schau. Und dann war da das Gesicht, das noch makelloser als gestern aussah, wenn das überhaupt möglich war – und neben dem blendenden, höschenschmelzenden Lächeln saß ein perfektes Grübchen. Der verdammte Welpe hatte einen vollen Spa-Tag gehabt. Wie zum Teufel sollte ich einem puscheligen Welpen widerstehen, der keine riesige rosafarbene Schleife, sondern ein scheiß Grübchen hatte?

»He, Rocco. Laney.« Nate holte ein Schachtel Krispy-Kreme-

Donuts hinter seinem Rücken hervor. Natürlich tat er das. Mein Magen zelebrierte zusammen mit meinen Feuchtgebieten.

»Donuts!«, kreischte Rocco.

»Ist das meine Eintrittsgebühr?«, fragte Nate.

»Komm doch rein, Nate.« Ich trat beiseite und er reichte mir die Schachtel mit den Donuts. Er bückte sich und hob eine Tasche auf, die neben seinem bestiefelten Fuß stand und die ich nicht bemerkt hatte. Ich nahm an, dass sie seine Werkzeuge und Material enthielt. Er schloss die Tür hinter sich und folgte Rocco und mir in die Küche.

»Du hast ihn also *doch* repariert«, bemerkte er zum Türknauf.

»In gewisser Weise.« Ich verzog einen Mundwinkel und fand mich damit ab, dass er sich hermachen würde über, ähm, mein Haus.

»Ich habe trotzdem einen Ersatz mitgebracht. Ich hoffe, das macht dir nichts aus.«

Rocco befand sich bereits am Tisch und stopfte sich einen Donut hinein. Teile der Glasur klebten an seinen Wangen und seinem Kinn.

Meine Küche war super-pfiffig. Am Vorabend hatte ich jedoch gesehen, wie Nate sie beäugt hatte, und ich bezweifelte, dass er schätzte, wie fantastisch mein schäbig-schicker Tisch und mein uralter Kühlschrank mit Museumswert waren. Ich musste zugeben, dass das Linoleum weg musste, und in meinen Träumen würde ich Arbeitsplatten aus Granit und vielleicht sogar eine Insel bekommen. Aber die Küche als Ganzes war eigentlich recht geräumig, und niemand konnte etwas gegen das große Panoramafenster sagen, dass eine 1A-Aussicht auf den rückwärtigen Garten bot. Ich hatte es mit luftigen weißen Baumwollvorhängen drapiert, mit türkisen Vorhangkordeln, die zu meinem Tisch passten. Ich fand, dass es unglaublich aussah.

Rocco schluckte seinen letzten Bissen hinunter und entdeckte Nates Tasche. »Du hast Werkzeug?«

»Na klar. Ich werde für deine Mom ein paar Dinge reparieren. Vielleicht kannst du mir dabei helfen.« Nate lehnte sich gegen die Theke und verschränkte die Arme vor der Brust. Ich kontrollierte, ob ich mir aufs Kinn gesabbert hatte.

Rocco sah mich an und dann wieder zurück zu Nate. »Ich weiß nicht, ob mir ganz wohl bei der Sache ist.« Nasenzucken.

Nate sah ein wenig überrascht drein und selbst nicht so als wäre ihm ganz wohl zumute. Sicher hatte er damit gerechnet, Rocco mit dem Angebot der Donuts und des Werkzeugs aus sich herauslocken zu können. Auf mein Kind war jedoch Verlass, dass es einen aus dem Konzept bringen kann.

»Ist schon okay, Kumpel. Du kannst machen, was du willst«, sagte ich meinem Sohn, denn ich wusste, dass es nie der beste Plan war, Rocco zu etwas zu drängen. »Aber kannst du dich bei Nate für die Donuts bedanken und dir dann die Hände und das Gesicht im Badezimmer waschen?«

»Danke für die Donuts«, sprach er nach und stürzte dann los zum Badezimmer.

Nate und ich standen da, sahen einander an und schwiegen. Er stieß sich schließlich von der Arbeitsplatte ab und sagte: »Also, macht es dir was aus, wenn ich mich hier mal umsehe?«

»Bediene dich. Es ist nicht so groß, dass man eine Führung braucht, also leg los.« Daumen drücken, dass er in keine Schränke hineinschaut.

Aus irgendeinem Grund lächelte er und sah mich ständig an. Hatte ich etwas im Gesicht? Da war wieder dieses Grübchen, und mein Unterbauch fing an, Gospelhymnen zu singen. Er drehte sich um und steuerte den Flur an.

Ich reckte den Hals und sah ihm nach, bis er weit genug entfernt war, dann stürzte ich mich auf den Karton mit den Donuts und schob mir die Hälfte einer köstlichen Süßigkeit in den Mund. Oh lecker!

Ein paar Minuten (und Donuts) später kam Nate zurück. Ich fuhr mir unauffällig mit der Hand über den Mund, um alle Spuren zu verwischen, und lächelte ihn auf meine Weise an. *Hier gibt's nichts zu sehen.*

Er lenkte seinen Daumen zurück zum Flur und hatte eine undurchdringliche Miene. »Wusstest du, dass dein Kind im Badezimmer ist und von Penissen singt?«

Töte mich sofort.

»Ah, ›The Wiener Song‹. Allzeit beliebt.« Gavin tauchte unerwartet hinter Nate auf.

Nate, ein wenig erschrocken, drehte sich zu ihm um und hielt ihm dann eine Hand hin. »He, Gavin. Schön dich zu sehen, Mann.« Sie tauschten Macho-Höflichkeiten aus.

»Laney hat gesagt, du wirst ihr bei ein paar Dingen im Haus helfen. Du musst das eigentlich nicht machen, Mann«, erklärte Gavin seinem Chef.

»Oh nein, das mache ich gerne. Ich habe deiner Schwester gestern Abend schon erzählt, dass ich mir seit Wochen nicht mehr die Hände schmutzig gemacht habe, und es reizt mich, wieder mal was zu nageln.« So hatte er das eigentlich nicht gesagt. Es schien, als wäre Fiona nicht die einzige hier, der Zweideutigkeiten rausrutschten. *Oh bitte, du weißt, dass du auch daran gedacht hast.*

»Okay, Mann, das ist deine Sache. Ich würde ja dableiben und euch Leuten helfen, aber ich soll meinen Kumpel im Fitnessstudio treffen.« Er zog seinen Rucksack über eine Schulter hoch. »Später.« Er ging an Nate vorbei, und bevor er an mir vorbeiging, zeigte er unauffällig mit zwei Fingern zuerst auf seine Augen und dann auf meine. Ich zeigte ihm den Stinkefinger.

»FÜR WAS IST DER DA?« Trotz seiner vorherigen Bedenken konnte Rocco den Verlockungen der Elektrowerkzeuge nicht widerstehen, wie sich herausstellte. Kaum hatte der Elektrobohrer sein erstes Brummen von sich gegeben, schon klebte Rocco an Nate. Ich andererseits hielt mich im Hintergrund, obwohl ich trotzdem die Aussicht und eine weitere Cola light genoss.

»Das ist ein Schraubendreher für Kreuzschlitzschrauben von Phillips.« Sie schlossen soeben die Installation des neuen Knaufs und des Schlossriegels an der Eingangstür ab. »Man verwendet ihn, um diese Art von Schrauben reinzudrehen.« Er zeigte ihm die kleine Schraube in seiner Hand.

»Kann ich sie in die Hand nehmen? Was ist, wenn du die Schraube rausnehmen musst? Verwendest du dann ein anderes Werkzeug? Gibt es noch andere, die nach Menschen benannt sind? In meiner Klasse gibt es ein Kind, das Philip heißt.«

Nate schien ein bisschen erschöpft, zweifelsohne versuchte er herauszufinden, wie er vier Fragen auf einmal beantworten konnte.

»Ich vergaß dir das zu sagen.« Ich ging hin. »Eine Unterhaltung mit Rocco ist wie eine Pressekonferenz. Es wird immer noch eine weitere Frage geben.«

Er lachte und sah von seiner Position am Boden auf. Verdammt, sah er gut aus. Meine Hand juckte es, nach ihm zu greifen und seine Haare zu berühren.

»Umadressierung und Ablenkung sind deine Freunde«, sagte ich. »Und wenn das alles nichts nützt, ihm einen Quarter aus dem Ohr ziehen kommt immer gut an.«

»Hab's mir gemerkt«, erwiderte er, noch immer lächelnd, und machte sich wieder an die Arbeit an der Tür. »Also, Laney, du hast gestern Abend gar nicht erzählt – was bist du von Beruf? Ich weiß, dass du in einem Büro arbeitest …«

»Ach so, ja.« Ich lehnte mich an die Wand neben der Eingangstür. Smalltalk ist nicht mein Ding. »Du kennst doch diese kleinen Chips auf Kreditkarten, die all deine Daten schützen.«

»Klar. Ich habe gehört, dass alle zu denen wechseln. Du programmierst die?«

»Nein. Aber du weißt doch, wie manche Kreditkartenautomaten immer noch verlangen, dass du wischst, anstatt den Chip zu benutzen. Nun, es gibt Firmen, deren Aufgabe es ist, alle Automaten umzustellen, damit alle den Chip verwenden können. Und das macht meine Firma.«

»Und du bringst das irgendwie in Gang?« Er senkte wieder den Schraubendreher.

Rocco, sichtlich gelangweilt von der Unterbrechung im Geschehen, entfernte sich von uns den Flur hinunter, wahrscheinlich, um sich zu entkleiden oder ein neues Lied über Vaginas zu erfinden.

»Nein. Aber ich schreibe die technischen Abläufe für die Leute, die die *eigentlichen* technischen Verfahren entwickeln, um das geschehen zu lassen.« *O Gott, wie könnte ich bloß noch langweiliger sein?*

»Du bist also irgendwie die Frau hinter dem Vorhang?« Es war süß, wie er versuchte, mich interessanter klingen zu lassen, als ich es war.

»Eher die Frau, die Fachchinesisch in die Sprache für normale Menschen umwandelt.«

Er war mit seinem Zauberstab fertig (*ha!*) und stand auf, um mich anzusehen, also musste ich hochsehen. Seine Lippen waren nach oben gebogen und da war wieder dieses verdammte Grübchen. »Ah, du bist also Übersetzerin. Das ist bestimmt in vielen Bereichen nützlich«, sagte er sinnierend. »Vielleicht könntest du deine Fähigkeiten nutzen und mir dabei helfen, Frauen zu verstehen.«

»Keine Chance.« Ich schüttelte den Kopf und seine Nähe machte mich ein wenig schwindlig. »Unsere Aufgabe als Frauen ist es, als Enigma zu existieren, dessen einziger Sinn es ist, Männer völlig zu verwirren. Aber wenn du mir hilfst, Männer zu verstehen, dann könnte ich vielleicht den Code für dich brechen.« *Oh Scheiße, flirtete ich gerade?*

»Das ist einfach – gib uns Nahrung, Schlaf und Sex, dann sind wir zufrieden.« Seine Mundwinkel zuckten wieder.

»Ich werd's mir notieren.« Meine erwiderte den Gefallen.

»Achte aber darauf, dass du die ursprüngliche Quelle im Literaturverzeichnis anführst.«

»Sei unbesorgt, ich würde nicht im Traum daran denken, dieses Kleinod der Weisheit jemand anderem zuzuschreiben. Du bist ein echter Gelehrter, Nate. Hat dir das schon mal jemand gesagt?« *Definitiv flirtete ich.* Diese Unterhaltung war zu hirnverbrannt, als dass sie etwas anderes als ein Vorspiel zu einer sinnlichen Phase sein konnte.

»Hat dir schon mal jemand gesagt, dass du ein cleveres Mundwerk hast?«

Ehe ich antworten konnte, zog er mich in seine Arme und küsste besagten Mund grün und blau.

Es kann losgehen mit den Schäferstündchen.

Fischen

NATE

IHRE LIPPEN WAREN SAMTIG und sie schmeckte nach Minze und Soda. Eine meiner Hände hob sich zu ihrer Wange, und die glatte Haut, die ich vorfand, half mir zu verstehen, weshalb sie selbst scheinbar so viel Zeit damit verbrachte, sie zu streicheln. Ich könnte einen ganzen Tag nur damit verbringen, einfach ihre Lippen und ihr Gesicht zu küssen und zu liebkosen – okay, also ich bezweifle, dass ich mich auf das beschränken könnte. Als meine andere Hand sich in ihren Haaren verfangen wollte, testete ich den Spalt ihrer Lippen mit der Zunge und sie öffnete ohne weitere Ermunterung, um meiner Zunge Zutritt zu gewähren, damit ich die ihre kosten konnte.

Ich konnte spüren, wie ihr Körper ein wenig zitterte, ob aus Nervosität oder vor Aufregung wusste ich nicht, und das war mir in diesem Augenblick auch egal. Aber ihre Zunge duellierte sich freudig mit meiner, als ich sie zur Wand drehte und sie dort festnagelte. Mein Schenkel fand seinen Weg zwischen ihre Beine und ich drückte dagegen. Mein Schwanz stand in Habtachtstellung, während ich mich gegen ihr Bein rieb mit der Finesse eines Fünfzehnjährigen.

Die Frau machte mich verrückt. Ich konnte mich nicht davon abhalten, eine Hand von ihrer Wange hinunter an ihre Seite zu führen und den Daumen knapp unter ihrer Brust ruhen zu lassen. Sie machte ein leises Geräusch, als sie den Mund wegnahm und nach Luft schnappte, um wieder zurückzukommen, weil sie mehr wollte. Eine ihrer Hände fuhr mir am Hinterkopf durch die Haare, während etwas Kaltes sich in mein Kreuz presste.

Hä? Bevor ich überhaupt begreifen konnte, was es sein könnte, war es fort und ein lautes Klirren war hinter mir zu hören. Laney wurde abrupt aufmerksam darauf und entfernte sich von mir, ein überraschter Ausdruck in den Augen. Der Rest ihres Gesichts blieb gerötet und ihre Lippen von unseren Küssen angeschwollen. Sie konnte sich nicht weit entfernen, denn ich hatte sie noch immer an der Wand festgenagelt, und ihre Brüste hoben und senkten sich, wie sie derart an meine Brust gedrückt blieben. Sie versuchte, um mich herum zu schauen, aber meine Größe verhinderte das.

»Was ist denn los?«, stieß ich aus und konzentrierte mich darauf, den Mund wieder auf ihren zu kriegen.

»Ähm.« Eine Hand ging zu ihrer Wange und ihr Blick huschte weg von mir. »Ich glaube, ich habe mein Soda auf dich verschüttet.«

Ich trat einen Schritt zurück und, tatsächlich, die Dose lag in einer kleinen Pfütze auf dem Boden und eine Hand am Hintern meiner Jeans ließ mich einen großen feuchten Fleck spüren.

»Das ist mir ja so peinlich«, murmelte Laney, die noch immer an der Wand lehnte, jetzt mit beiden Händen an den Wangen.

Ich konnte nicht anders, als sie anzulächeln. »Absolut die Sache Wert.«

Sie erwiderte mein Lächeln. Ihres war ein wenig dezenter

und verschwand dann komplett. »Scheiße. Rocco.« Ihr Blick huschte zum Eingangsbereich.

Meiner folgte ihm, aber es war niemand dort. Ich muss gestehen, ich hatte das Kind komplett vergessen, meine Aufmerksamkeit hatte nur Laney gegolten und richtete sich darauf, wie ich sie in die Hände kriegen konnte. Rückblickend hätte mein Timing wohl besser sein können.

»Es tut mir so leid«, fing sie erneut an und schoss um mich herum zur Küche. »Ich werde ein Küchenkrepp holen und versuchen, dich zu rubbeln, ich meine, *das da*, ich meine, *du weißt schon*—« Sie kam mit den Papiertüchern zurück, riss ein paar Blätter ab und drückte mir die Rolle in die Hand. Es hätte mir nichts ausgemacht, wenn sie versucht hätte, mich zu rubbeln.

»Wenn du möchtest, kann ich dir eine von Gavins Jeans borgen und deine in die Maschine stecken«, bot sie mir vom Boden aus an, wo sie kniete, um die Sauerei aufzuwischen. Ich musste mich zwingen, ihren perfekten Hintern nicht anzustarren.

»Nein, danke. Das geht schon.« Auf keinen Fall würde ich mir die Kleidung ihres Bruders ausborgen. Einfach nein. »Ich muss sowieso bald aufbrechen. Ich werde einfach bei mir zu Hause vorbeischauen und mich dort umziehen. Es liegt nicht weit weg.«

»War mir gar nicht bewusst, dass du in der Nähe wohnst.« Sie erhob sich vom Boden.

Ich konnte ihre erhärteten Nippel durch das T-Shirt hindurch sehen und für einen Augenblick verlor ich den Fokus.

»Ja. Ich besitze eine kleine Wohnung zwischen hier und New Garden. Sie ist ziemlich mies eigentlich, aber das ist nur vorübergehend, daher macht es mir nichts aus.«

Ein undefinierbarer Ausdruck kam über ihr Gesicht. »Na ja, aber lass mich dir wenigstens etwas zu Essen machen oder was zu Trinken geben, bevor du gehst. Ich kann dich nicht gratis arbeiten lassen.« Ihr Lächeln war größtenteils zurückgekehrt, ihr Unbehagen ein wenig verflogen.

»Zu einem Soda sage ich nicht nein, aber diesmal kannst du es mir einfach in die Hand geben.« Ich folgte ihr in die Küche.

»Haha.« Ihre Wangen wurden wieder rosig. Verdammt, stand ihr dieser Look gut.

Ich wollte herausfinden, wie ich sie noch dazu bringen konnte, rot anzulaufen.

»Ich habe Cola light und Mountain Dew.« Sie langte in den Kühlschrank.

»Mountain Dew. Ich hatte heute schon genug Cola light«, neckte ich sie erneut.

»Du nimmst Unterricht im Klugscheißern?« Die Frechheit war zurückgekehrt.

Ich nahm die Soda und lächelte sie an. Das schien ihr zu gefallen, denn sie starrte eine stumme Pause lang nur zurück.

Rocco hüpfte in die Küche und beendete unseren kleinen Moment. Zweimal hingucken bestätigte, dass er zwar noch das Shirt von vorhin trug, seine Hose aber fehlte.

Laneys Hand deckte ihre Augen ab, dann nahm sie sie weg und lächelte mich an. »Hatte ich versäumt dir zu erzählen, dass wir hier im Haus eine Regel haben, dass Hosen nicht verpflichtend sind?« Sie schien erst einen Augenblick zu spät genau zu begreifen, was sie eben gesagt hatte, und ich musste einfach drauf loslachen.

»Du lieber Gott.« Sie bedeckte abermals ihre Augen, doch dann lächelte sie mich an und warf mit einem Geschirrtuch nach mir. »Halt den Mund.«

»Du sollst nicht ›Halt den Mund‹ sagen, Mommy«, sagte Rocco und öffnete die Tür zur Speisekammer. *Quietsch.*

»Ich weiß, Baby. Es tut mir leid. Nate war gerade sehr schlimm und ich hab's vergessen. Ich werde dir jetzt ein Mittagessen machen, damit wir bald zu Spieltreffen hinüber gehen können. Okay?«

Das Kind antwortete nicht. Aber ich bemerkte, dass seine Nase wieder zuckte. Hatte er einen nervenden Popel oder so was Ähnliches?

»Das hört sich ja nach Spaß an«, steuerte ich bei, während ich an der Theke lehnte und meine Soda öffnete.

Noch immer keine Antwort.

»Ich wette, du hast viele neue Freunde in der Nachbarschaft, hm?«

Nur ein Schulterzucken und ein Nasenzucken. Sollte ich ihm ein Taschentuch holen?

»Ich werde Ninja Turtles spielen.« Und weg war er.

»Hab ich was Falsches gesagt?«, fragte ich Laney, die mit dem Kopf im Kühlschrank steckte und Zutaten für das Mittagessen herauszog.

»Nein, ganz und gar nicht. Es fällt ihm nur gerade schwer, gleichaltrige Freunde zu finden, und es hat in letzter Zeit viel Veränderungen gegeben, daher braucht er Zeit, um aufzuholen.«

»Oh.« Ich war ein wenig erleichtert, nicht die Ursache einer Verstimmung zu sein. Ich war auch neugierig, was diese Veränderungen anging, aber ich wollte nicht zu sehr schnüffeln. »Ich vermute also, dass der Umzug hierher eine Veränderung ist, die erst kürzlich stattgefunden hat«, wich ich der direkten Frage aus.

»Gerade erst«, bestätigte sie und stand nun an der Theke und machte ein Erdnussbutter-Gelee-Sandwich. »Vor ein paar Wochen haben wir noch bei meinen Eltern gewohnt, aber sie haben beschlossen, nach Virginia zu ziehen. Und es war auch schon Zeit. Du weißt schon.« Sie pausierte mit dem Messer und sah zu mir auf.

Nein, das wusste ich nicht, aber es hörte sich an, als wäre der Baby-Vater nicht auf der Bildfläche. Ich wollte mehr erfahren, blieb aber stumm, in der Hoffnung, sie würde von sich aus näher darauf eingehen.

»Es war ja toll, all die Hilfe zu bekommen, wenn es um Rocco ging, besonders als er ein Baby war, aber fünf Jahre sind eine lange Zeit und es ist schön, jetzt alleine zu sein.« Lächelnd sah sie sich in der zusammengestückelten Küche um. »Es gefällt mir richtig gut hier.« Ihr Blick landete auf meinen Augen und sie musste den skeptischen Ausdruck in meinem Gesicht gesehen haben. »Fang nicht damit an!« Sie hielt mir das Gelee-Messer entgegen. »Es ist mangelhaft, aber das sind nur Schrullen.«

»Nun, ich helfe gerne bei diesen ›Schrullen‹, wenn du mir gestattest, nächsten Sonnabend wiederzukommen«, bot ich an und hoffte, sie würde annehmen. Die Erinnerung an diesen feurigen Kuss drängte mich dazu, ein früheres Datum als das nächste Wochenende zu fordern, aber vielleicht sollte ich behutsam vorgehen.

Scheiße. »In der Zwischenzeit könntest du mir gestatten, dich zum Essen auszuführen.«

»Oh.« Sie legte das Messer ab und, jawohl, die Hand ging zur Wange. Warum gefiel mir das so verdammt gut? »Ich weiß nicht, Nate. Du bist Gavins Chef und …«

»Na dann lassen wir ihn zu Hause. Er ist ein großer Junge und kann sich sein Essen selbst holen.« Ich versuchte, sie mit dem Klugscheißer-Ding zu überreden. Das erntete mir ein Lächeln.

»Darf ich es mir noch überlegen?«, fragte sie.

»Ich vermute, das ist besser als nein. Lass mich dir meine Nummer geben, damit du mich anrufen kannst, wenn du dich entschließt, ja zu sagen.« Okay, ein bisschen großspurig, aber wenigstens würde ich ihre Nummer kriegen.

Wir tauschten Nummern aus und sie rief Rocco zum Mittagessen herein.

»Weißt du, wenn es dich so freut, mit mir abzuhängen, solltest du uns zu dem Spieltreffen begleiten«, sagte sie mit einem schelmischen Funkeln.

»Spieltreffen?« Ich bin mir sicher, meine Miene bestand zu gleichen Teilen aus Verwirrung und Besorgnis.

»Ja.« Sie grinste volle Pulle. »Das – wie hast du das genannt? Ach ja, die ›Mammi-und-ich-Truppe‹ trifft sich, um sich darüber zu beraten, wie sie die große böse Baufirma terrorisieren kann.«

Ich machte ein total langes Gesicht. *Scheiße.*

»Ach, mach nicht so ein Gesicht, Strippenzieher. Ich scherze doch nur. Du bist zu großspurig geworden, ich musste dir einfach einen kleinen Dämpfer verpassen. Ich werde denen nur sagen, was du mir bis jetzt erzählt hast, den Sarkasmus dabei natürlich weglassen, und ihnen erklären, dass du dein Bestes tun wirst, uns auf dem Laufenden zu halten. Ich werde sogar versuchen sie zu überreden, deinen Wohnwagen nicht zu verklopappen oder so verdammte Hundekotbeutel auf deiner Türschwelle zu deponieren. Zufrieden?« Ihr Lächeln war umwerfend. Ich musste mich zurückhalten, sonst hätte ich sie in ihr Schlafzimmer davongeschleppt, Kind oder kein Kind.

Als ich wieder normal atmen konnte, näherte ich mich ihr und zupfte an einer verirrten Haarsträhne. »Noch nicht, aber ich bin auf dem Weg.« Ihre Wangen verfärbten sich wieder.

»He, Hundescheiße!«, rief kichernd Rocco vom Tisch aus.

Sie senkte das Gesicht. »Lass mich dich zur Tür bringen.«

Ich folgte ihr, nachdem ich Rocco zum Abschied zugewinkt hatte.

»Wow! Dass funktioniert so super. Das gefällt mir echt gut.« Laney drehte am Knauf und schwang die Tür mit Leichtigkeit auf. »Danke, Nate.« Sie legte den Kopf schief und lächelte mich an. Mannomann, wenn das Reparieren eines Türknaufs diesen Ausdruck hervorrufen konnte, was würden andere Dinge dann wohl erzeugen?

Kurz standen wir ein bisschen betreten da, sahen einander an und waren uns beide bewusst, wie nahe Rocco war und wie nahe wir beide daran waren, »Ach, leck mich doch!« zu sagen und dann damit fortzufahren, nun ja, eben jenes zu tun. Also beschloss ich, mich vorzubeugen und sie auf die Wange zu küssen. »Gern geschehen. Und vergiss nicht, mich anzurufen.« Sie lächelte, antwortete jedoch nicht, also drehte ich mich um und stieg von der Veranda.

Als ich mich auf halbem Weg zu meinem Auto befand, rief sie mir nach: »He, Nate! Sag deinem Vater, er soll's mal mit Angeln versuchen. Es ist entspannend und trotzdem männlich. Und es hat sowohl mit scharfen Dingen als auch mit Motoren zu tun – ideal, oder?«

Ich machte eine halbe Drehung und zeigte auf sie. »Das ist gar keine so schlechte Idee.« Ich lächelte. Sie war wirklich gar nicht so übel.

Im Zweifelsfall immer Burger oder Sushi wählen

LANEY

HEILIGER. Strohsack.

Nate Murphy hat die Macht, eine Frau ihren eigenen Namen vergessen zu lassen. *Wie macht er das?* Es ist, als wären sein stoppeliges Kinn und sein Grübchen mein Kryptonit. Da unterhalten wir uns kurz, schon habe ich im nächsten Augenblick meine Zunge in seinem Rachen und verschütte mein Getränk über ihn. Das war eigentlich sogar ein Glück, denn ich hatte nicht nur meinen Namen vergessen, ich hatte zusätzlich auch vergessen, dass mein Fünfjähriger sich zwanzig Fuß entfernt befand! Ich war bereit dazu gewesen, mir die Kleidung vom Leib zu reißen und ihn anzuflehen, mich dort bei der Eingangstür zu nehmen. *Was stimmte bloß nicht mit mir?*

O Gott, und dann hat er mich auch noch zum Ausgehen eingeladen!

Kreisch!

Aber kein Gekreische.

Scheiße.

Das war Gavins Aufgabe und da war Rocco, und das Letzte, was wir gebrauchen konnten, war ein Kerl, der nur vorübergehend in der Stadt war.

Igitt.

Ganz zu schweigen davon, dass mein letztes Date so lange zurücklag, dass damals die Dinosaurier bestimmt noch auf der Erde wandelten. Ich meine, eine Frau hat Bedürfnisse, und ich hatte sie überwiegend auf gewisse Weise selbst befriedigt. Seit Roccos Geburt war ich mit ein paar Typen ausgegangen, aber nichts war von Dauer gewesen. Und die Tatsache, dass ich deswegen überhaupt nicht enttäuscht gewesen war, bewies, dass diese Beziehungen die völlig falschen gewesen waren. Doch die Art, wie ich gleich von Anfang an auf Nate reagierte, machte mich ziemlich sicher, dass diesem Kerl der Liebeskummer an seinem viel zu schönen, zu verdammt perfekten Gesicht praktisch schon anzusehen war. Und an seinen Armen. Und an seinem Arsch. Herrgott, mit all meinen wirren Gedanken hörte ich mich langsam an wie Fiona. *Reiß dich zusammen, Laney.*

Ich musste dieses unglaublich verführerische und verlockende Thema beiseitelegen und mich auf etwas anderes konzentrieren. Ein anderes Treffen – das Spieltreffen. Ich schälte mich von der Rückseite der Tür und ging zu Rocco zurück. Aber in meinem Kalender im Kopf machte ich mir eine vorläufige Notiz für ein gutes altes Telefon-Gequassel mit Fiona. Vielleicht legte ich auch eine Bleistiftnotiz für eine gute alte Fantasiesitzung mit meinem Vibrator an, aber das würde ich niemals erzählen.

CHARLOTTES HAUS WAR GENAU SO, wie ich es mir vorgestellt hätte – warm, bequem und durch und durch südstaatenmäßig. Es gab frische Blumen und gezuckerten Tee und, was das Wichtigste war, allseits Umarmungen zur Begrüßung. Rocco saugte sich an meinem Bein fest, wurde aber mit der Zeit lockerer, als er sah, wie ein paar der anderen Kinder Spiele organisierten. Er enthielt sich dem Fangenspielen im Garten – das überraschenderweise Plastikmesser und Waffen beinhaltete – und spazierte stattdessen in das nächste Zimmer, wo eine X-Box-Schlacht gerade anlief. Er achtete zwar darauf, ständig eine klare Sichtlinie zu mir zu bewahren, ich betrachtete es aber trotzdem als kleinen Sieg.

Sowie ich Charlotte kurz allein sprechen konnte, erzählte ich ihr von (dem Großteil) von Nates Besuch am Freitag und der Information, die er mit mir geteilt hatte. Ich erklärte ihr, so gut ich es konnte, die Ursache für sein unhöfliches Benehmen, und sagte ihr, dass er sich bei ihr entschuldigen wolle. Als ich sie um die Erlaubnis bat, ihre Nummer an ihn weitergeben zu dürfen, gestattete sie es mir liebenswürdigerweise. Womit ich fest gerechnet hatte. Es schien, als wäre in ihren Augen bereits alles vergeben, und sie richtete sie nachdenklich auf mich.

»Bemerke ich, dass da was läuft?«

»Was? Nein, natürlich nicht!«, erwiderte ich, ganz und gar nicht überzeugend in meinem hastigen Dementi.

Sie lächelte nur und hob die Augenbrauen. »Selbst wenn er ein erstklassiger Trottel wäre, müsste ich blind sein, würde ich die Funken nicht sehen, die die Luft um euch beide entzünden.« Sie war viel zu süffisant.

»Ach, halt den Mund«, sagte ich, und sie kicherte nur. Verdammt sei ihr niedlicher kleiner Arsch.

Meine Arbeit war getan. Ich hatte meine wichtigen Informationen weitergegeben, mein Kind hatte ein bisschen Kontakt zu anderen Kindern und ich hatte ein Glas echten gezuckerten Texas-Tee. *Igitt, wie können die Menschen so was mögen?*

»WIE WAR DAS NOCHMAL? Wieso bist du ständig hier, wo du doch ein total abgefahrenes Nachtleben mit heißen Jungs und ohne Verpflichtungen genießen könntest?«

Anstelle des Telefongesprächs hatte sich Fiona dafür entschieden, zum Mädelstratsch in meinem Haus vorbeizuschauen. Ernsthaft, sie könnte jederzeit tun, was immer sie wollte. Sie hatte das Geld, um auf Partys zu gehen oder in den Urlaub zu fahren oder den gesamten SkyMall-Katalog aufzukaufen – *he, ein paar von den Sachen sind echt cool* –, sie zog es jedoch vor, den Großteil ihrer Zeit mit mir und meiner dysfunktionalen kleinen Familie zu verbringen. Zu sagen, dass sie dem Geld entstammte, wäre so, als würde man behaupten, *Double-Fudge-Brownies* von Ghirardelli wären *ganz okay*. Die Frau schwamm im Geld. Glücklicherweise fehlte ihr das »*Bitch*«-Gen vollends. Sie blieb hauptsächlich aus Langeweile in wechselnden Jobs und, wie ich vermutete, um Geschichten aufzutreiben, die sie mir erzählen konnte, wenn wir zusammen waren. So sieht wahre Freundschaft aus.

Um ehrlich zu sein, glaube ich aber, dass Fiona nicht wusste, was sie mit ihrem Leben anfangen wollte, daher fiel es ihr leichter, sich zu beschäftigen und die Entscheidungen des Lebens hinauszuzögern. Ihre Familie hatte so viel Geld, dass sie nicht arbeiten musste, wenn sie es nicht wollte.

Im völligen Unterschied zu all den reichen Snob-Stereotypen waren ihre Eltern wunderbare Menschen, die alle Entscheidungen, die Fiona traf, komplett unterstützten – und ich meine wirklich *alle* Entscheidungen. Sie konnte beschließen, in irgendein Großstadtzentrum zu ziehen, um unterprivilegierte Kinder zu unterrichten, oder auf einer dreijährigen Luxusexkursion durch Europa zu touren, oder sich am ganzen Körper tätowieren zu lassen und nackt für eine Doppelseite in einem Magazin zu posieren. Nichts als Liebe und Anerkennung würde ihr entgegenschlagen. Es war die einfachste und authentischste Beziehung zwischen Eltern und ihrem Kind, die ich jemals erlebt hatte.

Als Fiona neun Jahre alt war, hatte sie ein Todesurteil in Form einer Diagnose erhalten, die ihr eine aggressive Leukämie bescheinigte. Unerschöpfliche Geldquellen, Gebete und eine Fülle an medizinischen Wundern hatten dafür gesorgt, dass sie überlebte und nicht nur das. Sie hatte sich über die vollständige Remission hinaus ins Erwachsenenalter als gesunde, glückliche und wunderbare Person entwickelt.

Natürlich hatten die aggressiven Behandlungen zu ihrer geringen Körpergröße geführt sowie zu einem geringen Risiko, dass sie im Laufe ihres Lebens erneut an Krebs erkranken würde, aber sie war unser Augenstern. Jeder, der sie und ihr sonniges Gemüt kannte, genoss es und schätzte sich glücklich, sie zu kennen.

Leider hatte ich das Pech, dass ihr sonniges Gemüt sich an diesem bestimmten Abend hinter der völligen Verzweiflung in ihrem Gesichtsausdruck verbarg.

»Was?! Das ist einfach keine gute Idee. Aber glaub mir, ich verstehe die schiere sexuelle Anziehungskraft dieses Mannes noch mehr als du. Ich schwöre, es gab einen Moment, als er mich küsste, da dachte ich, ich hätte heute Morgen vergessen, Unterwäsche anzuziehen.«

Sie sah mich rätselnd an. Wir wussten beide, dass ich nicht der Typ Frau war, die keine Unterwäsche trug. Nicht mit meinem üppigen Hintern.

»Klar hatte ich daran gedacht – sie hatte sich bloß durch die Wucht seines Testosterons selbstentzündet. Heilige Hölle, war der gut!« Ich fächelte mir Luft zu, als ich daran dachte.

Beide kicherten wir wie Idiotinnen.

»Wo sind Rocco und Gavin?«, fragte sie, nachdem wir uns beruhigt hatten.

»Sie sind mit Brett zu den Schlagkäfigen gegangen.«

»Ahh. Das ist so süß.«

Manchmal vergaß ich, dankbar dafür zu sein, dass Gavin so viel Zeit mit Rocco verbrachte, und für die Erlebnisse, die er ihm anstelle eines Vaters bot, dessen Aufgabe es wäre. Es war an der Zeit, lockerer zu werden, was ihn betraf.

»Ja. Leider hat Rocco eine ziemlich unathletische Mutter und einen Musiker zum Vater. Gavins Träume, durch Rocco zu leben, könnten früh enttäuscht werden«, sagte ich.

Fiona, die sich vom Hauptthema des Abends nicht abhalten lassen wollte, fuhr unbeirrt fort: »Du wirst also wirklich nicht mit Nate ausgehen?«

»Igitt. Glaub mir, es ist total verlockend für mich, aber was geschieht, wenn wir uns streiten und Gavin landet dazwischen? Oder, was eher wahrscheinlich ist, was geschieht, wenn Rocco und ich uns beide in ihn verlieben und er sich zu seinem nächsten Abenteuer aufmacht? Denn das wird er, wie du weißt. Sobald sein Vater wieder auf den Beinen ist, ist er fort. Das kann ich keinem von uns antun. Und selbst wenn er wundersamer Weise beschließen sollte zu bleiben, warum sollte er sich eine alleinerziehende Mutter und ihr Kind aufbürden? Ich bin mir sicher, er sucht nur eine unterhaltsame Ablenkung, damit die Zeit vergeht, und da mache ich nicht mit.« Das Gefühl der Trauer, das mich überkam, stand in keinem Verhältnis zu der kurzen Beziehung, die ich zu diesem Zeitpunkt mit Nate gehabt hatte. Ich spürte jetzt bereits, dass ich mich übernahm, und wir hatten uns erst ein einziges Mal geküsst. Ein weltbewegender Kuss, aber trotzdem.

»Aber du verdienst einen Hammer-Typen und ein sexy Liebesleben, Laney! Jeder Kerl, den ich vorschlage, passt überhaupt nicht – er ist zu klein, er hat einen komischen Akzent, er trägt einen Fedora-Hut, er schwitzt zu viel – *was auch immer!* Ich kann nicht hier sitzen und dir zusehen, wie du noch einen Sonnabend damit verbringst, dir auf Hulu *The Mentalist* anzusehen und von Simon Baker zu träumen – er ist sowieso zu alt für dich. Du brauchst ein echtes Rendezvous mit einem echten lebenden Penis – deine Penis-Fliegenfalle braucht einen Snack! Nichts für ungut.«

Meine Güte, es scheint, Fiona hat heute Abend die schweren Geschütze aufgefahren. »Wow, lass dich von mir nicht zurückhalten.« Ich sah sie mit zusammengekniffenen Augen an. »Erstens, hast du auf deinem Weg hierher bei einer Bar angehalten und dir einen Shot Wodka oder sieben genehmigt? Zweitens, du scheinst vergessen zu haben, dass einer der Kerle, mit denen du mich verkuppeln wolltest, achtzehn Jahre alt war – er war noch nicht mal im Stimmbruch! Mehr brauche ich dazu nicht zu sagen.«

Ich streckte, auf eine Widerrede gefasst, eine Hand aus und fing sie ab. »Aber, meine liebe Fiona, zufällig hat Annette diese Woche ein Date für mich organisiert. Er erfüllt alle unsere Kriterien und er hat auch selbst ein Kind. Ich habe mich nicht spezifisch erkundigt, ob er einen echten, lebendigen Penis hat, aber ich nehme an, das versteht sich von selbst. Ich rechne mit seinem Anruf und beabsichtige, sofern das erste Gespräch kein Desaster wird, anzunehmen. Also bitte!«

Sie strahlte mich an und ich konnte nicht anders, als ein wenig glücklich zu sein, dass ich sie zum Lächeln gebracht hatte. »Na gut, wenn es nicht der heiße Baumeistertyp sein kann, können wir diesem anderen Typen ja mal eine Chance auf Snack-Time geben. Und wo ist jetzt der Wein?«

MEIN TELEFON SUMMTE mit einem Text.

Nate: Ich bin bei Hops reingekommen und muss mich nicht anstellen. Sag mir nur wann. BTW, seit wann ist das so'n Irrenhaus? Das ist noch immer 'ne Burgerbude, oder?

Laney: Ich weiß! Seit die mit den »besten Burgern« auf irgendeiner Liste gelandet sind, kommt man nicht mehr rein.

Nate: Ich habe bemerkt, das ist noch immer kein Ja zu einem Date.

Laney: Ich hab Charlottes Telefonnummer für dich.

Nate: Mit Charlotte will ich aber nicht ausgehen. Ich will mit dir ausgehen. Außerdem kostet es zu viel Energie, mit verheirateten Frauen auszugehen. Und im Täuschen bin ich nicht gut.

Laney: Klugscheißer. Ich meinte, ich habe ihre Nummer für die Entschuldigung, die du ihr schuldest. Ich hab es nicht vergessen.

Nate: Ich auch nicht. Also, was dieses Date betrifft …

Laney: Ich habe Rocco, es ist also nicht so einfach.

Nate: Du hast auch Gavin und ich bin schließlich sein Chef. Ich kann nachsichtig sein, falls er später anfangen will …

Laney: Genau! Nichts da. Ich glaube, wir sollten keine Beziehung anfangen.

Nate: Du denkst zu viel nach.

Das war am Dienstag und ich zog es vor, mich nicht noch einmal verwickeln zu lassen, denn sonst würde ich in Schwierigkeiten geraten. Am selben Abend erhielt ich den Anruf von Annettes Typen, Alex. Er hörte sich am Telefon ganz nett an, obwohl es doch die erwartbaren peinlichen Momente gab, die man hat, wenn man versucht, ein Date mit einer völlig fremden Person zu organisieren. Wir einigten uns relativ rasch auf Donnerstagabend und ich muss sagen, dass ich ziemlich erleichtert war, als ich das Gespräch beenden konnte. Ich hatte vergessen, wie stressig das Daten war – warum tun sich die Menschen so was an?

DER DONNERSTAG KAM, ehe ich bereit dafür war, und es war der offizielle Date-Abend. Das einzige Problem war, dass ich nicht mit jenem Kerl verabredet war, den ich tatsächlich wollte, egal was der logische Teil meines Gehirns sagte. Nate hatte mir seit Dienstag weitere Textnachrichten geschickt und ich konnte nicht anders, als davon bezaubert zu sein. Verdammt!

Fiona, die fest entschlossen war, mich heiß zu machen auf

das Date, tauchte zeitig am Abend auf und brachte einen Haufen Kleider und hohe Schuhe mit. Da sie und ich auch nicht annähernd dieselbe Größe tragen, musste mein verwirrter Gesichtsausduck erkennbar gewesen sein.

»Na gut, ich habe bei ein paar Boutiquen angehalten. Na und?«

Ich hätte versuchen können, mit Fiona zu streiten, aber sie und ihre Kreditkarte aufzuhalten, ging nicht. Also ließ ich sie in der Stunde, die folgte, meine Haare und mein Make-up machen und mich wie eine Barbiepuppe – mit echten menschlichen Maßen – von ihr anziehen. Sie verbrachte die Zeit überwiegend damit, abwechselnd ihre eigene Genialität zu feiern und mir nutzlosen Tratsch zu erzählen, der sowohl total frivol als auch durch und durch unterhaltsam war. Wie es nur die beste Freundin machen würde, hatte sie angeboten, die Babysitterin für Rocco zu sein, während ich mein Date hatte. Ich hätte ja Gavin gebeten, aber ich bekam langsam das Gefühl, ihn ein wenig auszunutzen, und ich wusste, dass er abends sein, na ja, Trinken oder was auch immer zu erledigen hatte. In Wahrheit hatte ich keine Ahnung, was er dieser Tage so trieb.

»Das ist definitiv das Richtige.« Fiona trat zurück und bewunderte ihr Werk, Finger an den Lippen.

Ich sah hinab auf das enganliegende rosafarbene Kleid. Es war ärmellos und hatte breite Träger – denn, seien wir mal ehrlich, um nichts in der Welt könnte ich auf einen BH verzichten – und einen Bleistiftrock, der knapp oberhalb des Knies endete. In der Mitte verlief von oben nach unten eine Art vertikale Rüschen. Ich zupfte zart an den Rüschen. »Du meinst nicht, dass das zu viel ist?«

»Es peppt es auf und lenkt den Blick auf die Vertikale – macht schön schlank«, sagte sie.

Schlankermachen war mir sehr recht, aber trotzdem. »Meinst du nicht, ich sehe ein bisschen aus wie eine … Vagina?«

Sie hielt erschrocken den Atem an, als die Türglocke läutete. »Schuhe!«, brüllte sie.

Na schön, zu spät. Ich zog mir die Folterinstrumente an, die sie mir zuwarf, und ging hinaus ins Wohnzimmer. Ich hielt an, als ich zum x-ten Mal bemerkte, dass das schiefe Brett am Boden des Eingangsbereichs gerade lag, wo es einst unzählige gestoßene Zehen verursacht hatte, als wäre das sein einziger Sinn und Zweck auf dieser Welt gewesen. Nate hatte es am Sonnabend repariert und, verdammt noch mal, jedes Mal, wenn ich durch den Flur ging, musste ich doch glatt an ihn denken. *Seufz*. Ich verdrängte die Gedanken an Nate und betrat das Wohnzimmer, wo Gavin auf der Couch saß.

»Türglocke«, sagte er ach so hilfreich. Dann musterte er mich von oben bis unten. »Das ist eine Menge Rosa. Nicht bös gemeint, aber du siehst irgendwie aus wie eine—«

»Sie müssen Alex sein!« Fiona öffnete die Eingangstür mit einer schwungvollen Bewegung.

Ich *wusste* es! Scheiße! Jetzt war es zu spät.

Alex trat ein. Annette hatte nicht gelogen – er war richtig süß. Eher kurze blonde Haare, in einem kunstvollen Durcheinander hochgegeelt, und eine dünne Nase, auf der eine coole Hipsterbrille mit schwarzem Gestell ruhte. Er war größer als ich in meinen hohen Schuhen, das war schon mal gut, und er hatte tolle Wangenknochen, aber keine Stoppel, wie ich bemerkte. Na gut. Er trug ein graues Button-down und eine schwarze Hose. Eine skinny Hose. Hm. Was hielt ich denn davon?

Fiona rauschte aus dem Weg wie die perfekte kleine Gastgeberin, die sie war. Sie deutete auf sich selbst. »Ich bin Fiona, die beste Freundin. Das ist Gavin, der Bruder.« Sie ersparte Gavin auch nur die geringste Geste und deutete dann auf mich, als würde sie Alex der Queen vorstellen. »Und das ... ist Laney.« Mann, würde sie als nächstes etwa einen Knicks machen?

Das Gesicht von Alex brach in ein Lächeln aus. »Wow, Laney, du siehst wunderhübsch aus. Ich liebe Pink.«

Hüstel. Halt die Klappe, Gavin!

»Danke, Du siehst auch hübsch aus.« Hatten die diese Hose in deiner Größe nicht? Ich hatte über meine Gefühle, was diese Hose betraf, wohl doch schon entschieden.

Herrgott, Laney, hör auf, eine blöde Ziege zu sein!

Er hatte wirklich ein tolles Lächeln – schön, sogar weiße Zähne. Aber kein Grübchen. Na gut, das ist okay. Nicht jeder kann ein umwerfendes Grübchen haben.

Komm schon, gib ihm eine Chance!

Fiona sah mich an und schien mir den gleichen Befehl kommunizieren zu wollen. *Lass uns das durchziehen!* »Also, dann viel Spaß, Leute!«, sagte sie munter und geleitete uns zur Tür hinaus.

Die Fahrt zum Restaurant verlief wie zu erwarten bei einer ersten Verabredung – besonders lange Schweigephasen und ein wenig Über-den-anderen-hinweg-Reden in dem Versuch, die Verlegenheit zu überwinden. Normale Dinge bei einem ersten Date eben.

»Ich habe mir gedacht, wir probieren dieses neue Sushi-Lokal aus«, sagte Alex.

»Oh, okay.« Ein bisschen riskant bei einem ersten Date, oder nicht? Nicht jeder mag Sushi. *Halt die Klappe! Du magst Sushi doch.* »Hört sich richtig gut an!«

Wir erreichten das Restaurant und er öffnete mir meine Tür. Einen Kerl mit guten Manieren muss man einfach lieben. Er hielt seine Hand in meinem Kreuz, bis wir an unserem Tisch waren, was nett war, wenn es auch keine Schmetterlinge im Bauch verursachte.

Nachdem wir es uns bequem gemacht und die Karte angesehen hatten, bestellten wir bei der Kellnerin. Ich hielt mich an die einfachen Dinge wie California-Rolls, Tunfisch und ähnliches, aber Alex hielt sich beim Experimentieren nicht zurück

Das meiste, was er sich bestellte, konnte ich nicht aussprechen, und ich hatte ein wenig Angst davor, ihm beim Essen zuzusehen. Iiih.

»Also, Annette sagt, du und Rocco, ihr habt euer Haus gerade erst gekauft? Das ist toll. Macht die Wohnungssuche nicht Spaß?«, sagte er grinsend. Sarkasmus. Gefällt mir.

»Ja, das steht gleich an zweiter Stelle hinter einer Wurzelbehandlung auf meiner Liste mit meinen Lieblingsbeschäftigungen. Aber jetzt, wo es vorbei ist, liebe ich es.« Ich entspannte mich und nippte an meinem Wasser.

»Ich musste mir letztes Jahr auch eine neue Bleibe suchen. Ich dachte, Allison, meiner Tochter, würde die Eingewöhnung schwerfallen. Ihre Mutter ist in unserer alten Wohnung geblieben, weißt du, und wir teilen uns das Sorgerecht.«

Ich nickte verständnisvoll.

»Aber Allison ist ein Engel gewesen – hat die Scheidung wie ein Champion verarbeitet. Könnte mir kein besseres Kind wünschen.«

Das ist süß, dachte ich mir. Ich musste diesem Kerl eine Chance geben. »Wow, das ist toll für dich. Ich habe gehört, so etwas kann recht schwierig sein, es hört sich also an, als hättest du Schwein gehabt.« Ich lächelte ihn an. »Bei meinem Umzug ist nicht mal eine Scheidung im Spiel und ich glaube, Rocco wird eine Therapie benötigen, um damit klarzukommen«, scherzte ich.

»Hat nichts mit Glück zu tun. Allison ist einfach das perfekte Kind.« Mit ausdruckslosem Gesicht.

Brrr, mal langsam, Mister. Gibt es nicht ein ungeschriebenes Gesetz, dass man sein eigenes Kind nicht perfekt nennen soll, außer man bedient sich eines tiefgründigen Sarkasmus? Ehe ich mir eine Antwort ausdenken musste, kam unsere Kellnerin mit unseren Speisen und dem heißen Sake, den wir bestellt hatten. Ich glaube, Teile der Speisen, die Alex gehörten, lebten noch.

Er nahm seine Stäbchen in die Hand. »Also, was machst du gerne zur Unterhaltung, Laney?«

»Ach, du weißt schon: arbeiten und mich um mein Kind kümmern hauptsächlich. Das heißt, wenn ich nicht gerade mit meinem Privatjet nach Aruba düse, natürlich.« Ich steckte mir eine California-Roll in den Mund. Lecker.

Alex schüttelte den Kopf und schluckte seinen Bissen hinunter. »Du musst dir Zeit für dich selbst nehmen. Du solltest mit dem Joggen anfangen. Es ist super für Herz und Kreislauf.«

Nannte er mich gerade dick? »Joggen und ich passen eigentlich nicht zusammen.« Wurde man von den eigenen Dingern schon ein paar Mal beinahe erschlagen, dann weiß man, wann man aufhören muss. »Wandern gehe ich aber gerne, nur ist es mit einem Fünfjährigen schwierig. Rocco will nach dreißig Schritten schon umdrehen«, versuchte ich erneut witzig zu sein.

»Allison liebt das Wandern. Wir fahren auch viel gemeinsam mit dem Rad.«

Das glaube ich gerne. Und ich bin mir sicher, deine Radlerhose sitzt noch enger als deine Hose. »Das hört sich nach einer Menge Spaß für euch an.« Mein Appetit ließ rasch nach. Ich nahm stattdessen einen großen Schluck von meinem Sake.

»Das ist es. Sie ist wirklich weit fortgeschritten für ihr Alter.« Er nahm einen Bissen von etwas, das nach einem Tentakel aussah.

Natürlich ist sie das. Diese Verabredung war offiziell zu Ende. Warum wollte er mit mir ausgehen, wo er doch das perfekte Mädchen bei sich zu Hause hatte? »Nun, wenn ich es schaffe, dass Rocco in seinem eigenen Bett schläft, wenn er zehn ist, werde ich es als Sieg auf meiner Seite verbuchen«, leierte ich, während ich vergeblich nach unserer Kellnerin Ausschau hielt.

Er, der meine Stimmung völlig fehlinterpretierte, fuhr fort: »Meine Ex und ich haben ein Erziehungskonzept angewendet, das ›Familienbett‹ heißt. Allison schläft heute noch bei mir.«

Uuuund da ist noch das. Langsam fing ich an, den Grund für seine Scheidung zu verstehen – und auch den Grund, weshalb Allison ein Einzelkind war.

»Du solltest Roccos Wunsch nach Nähe annehmen«, beharrte er.

Ich kippte den Rest meines Sakes hinunter.

Die Rechnung, bitte.

»Es ist also nicht gut gelaufen?« fragte Fiona und sah enttäuscht drein.

Ich weiß nicht, wodurch ich mich verriet, ob es meine finstere Miene war oder meine vollständige Ernüchterung, als ich mich auf die Couch fallen ließ, das Vagina-Kleid um mich herum ausgebreitet. Ich war überrascht, Gavin auf dem Lehnstuhl vorzufinden, in den er sich in derselben Jeans und demselben T-Shirt zurücklehnte, das er zuvor angehabt hatte. Ich hatte gedacht, er würde mittlerweile bei Jakes ordentlich einen im Tee haben.

»Offensichtlich« steuerte er bei. »Der Typ war ein echter Volltrottel.«

Ich konnte mich nicht dazu aufraffen, dagegen zu sprechen. »Bin ich zu schnell im Urteilen, wenn ich es unheimlich finde, dass er es vorzieht, mit seiner Siebenjährigen im selben Bett zu schlafen?«

Ekel ließ Fiona das Gesicht verziehen, während Gavin ruhig blieb. »Mit dieser saftarschigen Dumpfbacke kann man nur auf einem Smartphone voller Schwanzfotos enden. Betrachte es so: Du bist gerade nochmal davongekommen. Und lass es hinter dir.«

»Bäh«, äußerten Fiona und ich gleichzeitig.

NATE

ICH HATTE NOCH NICHT AUFGEGEBEN. Mehrere Tage der geflirteten Textnachrichten waren vergangen, kein Date angenommen, aber ich hatte noch mein Ass im Ärmel in Form eines vorläufigen Plans für den Sonnabend, an dem ich die Arbeit an ihrem Haus wiederaufnehmen würde.

Nate: Wieder Krispy Kreme oder soll ich Granny's nehmen?
Laney: Oooh. Schwere Entscheidung. Überrasche mich.

Und einfach so hatte ich meine bestätigte Einladung, morgen vorbeizuschauen. Es war Freitagnachmittag und ich musste beim Haus meiner Eltern vorbeischauen, um die Unterschrift meines Vaters auf ein paar Dokumente zu bekommen. Ich hatte ihn seit ungefähr einer Woche nicht mehr gesehen, daher freute ich mich darauf, seinen Fortschritt persönlich überprüfen zu können. Meine Mutter hatte mir am Telefon erzählt, dass er sie verrückt machte, weil er zu aktiv zu sein versuchte, und er scharrte bereits mit den Hufen, weil er wieder Auto fahren wollte. Das hörte sich ungefähr richtig an.

Sie war auch noch immer voller Leidenschaft dabei, ihm ein Hobby zu suchen. Bailey hatte Anfang der Woche ein paar Puzzlespiele rübergebracht, wie von ihrer Mom erbeten, und das war nicht sehr gut angekommen. Es fand ein Wortwechsel statt zum Thema Altersheime und Bingo und ein alternativer – und ziemlich kreativer – Vorschlag wurde gemacht, wo man sich die Puzzles hinstecken könne. Baileys Besuch dauerte nicht lange.

Als ich ankam, schloss ich mir die Eingangstür auf und stellte überrascht fest, dass auch Bailey wieder da war. Offensichtlich eine Masochistin.

»Ich dachte, du hättest heut Nachmittag einen Termin«, sagte ich.

»Abgesagt«, erwiderte sie und exte eine Kaffee von Starbucks, als wäre er ihr Lebensblut.

»Weiß Mom, dass du Koffein ins Haus mitgebracht hast?«

»Ich habe sie abgelenkt, als ich bei der Tür hereinkam, daher kam ich damit durch.«

»Wie ist dir denn das gelungen?!« Ich war immer noch jedes Mal abgetastet worden, wenn ich das Haus betrat.

»Da ist er ja!«, rief meine Mutter, die in den Flur kam und mich in einer riesigen Umarmung verschluckte. »Mein Nathan.«

Ich sah über die Schulter meiner Mutter und entdeckte das blöde Grinsen meiner hinterhältigen kleinen Schwester sofort. Sie zuckte nur mit den Schultern und formte mit den Lippen: »Es nervt, du zu sein.« Ich zeigte ihr umgehend den Stinkefinger.

Diesen Gesichtsausdruck kannte ich nur zu gut bei Bailey. Es war der gleiche, den sie jedes Mal hatte, wenn sie sich aus Schwierigkeiten herausmogelte, indem sie mich den Wölfen zum Fraß vorwarf. Als Teenager hatte ich viele Nächte unter Hausarrest auf meinem Zimmer mit dem Schmieden von Racheplänen verbracht, weil Bailey genau diese Art von

Scheiße getrieben hatte. Es spielte keine Rolle, dass ich *nicht* hinter der Garage Gras geraucht hatte oder durch mein Schlafzimmerfenster geklettert war, um spät noch auszugehen – es war das Prinzip hinter der Sache. Ich war mit einigen meiner Rachestrategien ziemlich erfolgreich gewesen und die beste war die, als ich die ganze Schule dazu überredete, sie den Großteil ihres ersten Semesters »Sabrina« zu rufen. Das war die Abkürzung von »Sabrina the Teenage Bitch« und das Beste daran war, dass man es vor den Lehrern verwenden konnte – das machte Bailey auf übelste Weise stinksauer. Ah, das waren noch Zeiten.

Aber das war damals – das hier war jetzt. Und ob sie mir dafür büßen würde – sobald ich herausfand, was zum Teufel sie diesmal getan hatte.

»Hallo, Mom«, sagte ich ein wenig argwöhnisch und erwiderte ihre Umarmung einen Hauch weniger enthusiastisch.

Sie ließ mich los und umfasste mein Gesicht. »So gutaussehend.«

Oh scheiße. Es war schlimmer als ich dachte.

»Und jetzt erzähl mir alles über sie. Ich kann es kaum erwarten, sie kennenzulernen! Bailey hat gesagt, dass sie einen Sohn hat. Das ist doch wunderbar! Es fehlt mir, keine Kinder um mich zu haben.«

Jesus H. Macy.

Bailey spießte ich mit meinem besten »Du-wirst-gleich-totsein«-Blick auf und hielt sie abrupt auf, als sie versuchte, sich davonzuschleichen.

»Lass uns in die Küche gehen und was trinken, dann kannst du mir alles über sie und ihren kleinen Jungen erzählen«, säuselte meine Mutter.

Da ich verzweifelt versuchte, mich aus dieser Unterhaltung herauszuwinden, fragte ich: »Wo ist Dad? Er muss mir unbedingt ein paar Papiere unterschreiben.«

Sie winkte ab und führte Bailey und mich zum Tisch. »Er ist

unter der Dusche. Er wird gleich da sein und dann kannst du dich um das kümmern. Setzt euch.«

Ich hatte kaum eine andere Wahl, also setzte ich mich und plante im Geiste den sehr schmerzhaften Tod meiner Schwester. *Gibt es die Folterbank noch?* Nein. Da hatte sie aber wieder mal Glück.

Für jeden eine Tasse Entkoffeinierten, dann fing die Inquisitionsbefragung an. »Bailey hat gesagt, du hast sie auf der Arbeit kennengelernt. Ist sie Katholikin? Ich wette, sie ist Irin, nicht wahr? Ach, spielt keine Rolle – ich bin mir sicher, sie ist so oder so wunderbar.« Ihr Blick wanderte zwischen mir und meiner Schwester hin und her.

An dieser Stelle mischte Bailey sich ein und versuchte, sich zu retten. »Das ist genau das, was Mark gesagt hat. Ich weiß eigentlich nicht viel darüber, nur das, was er mir erzählt hat.«

Dieser Bastard. Mark war neugieriger, als ihm guttat, und ich hätte wissen müssen, dass er den Mund nicht halten konnte. Er hatte Laney jedoch auf der Baustelle Old Oak Ridge gesehen, daher hatte es sich nicht vermeiden lassen, über sie zu reden. Jeder Kerl dort sprach eine Woche lang über sie, sehr zu Gavins Ärger. Was die Jungs natürlich noch mehr Scheiße verzapfen ließ.

»Okay, brems dich ein, Mom. Ich habe diese Frau gerade erst kennengelernt und wir waren noch nicht miteinander aus, also warte bitte noch mit den Hochzeitsplänen.«

»Aber du hast doch Zeit mit ihr verbracht, oder? Das hört sich für mich nach Rendezvous an. Wie ist sie so? Ich bin mir sicher, sie ist richtig hübsch, nicht wahr?«

»Sie heißt Laney. Sie ist schön.« Ich konnte nicht anders – es kam einfach raus.

Bailey warf mir einen überraschten Blick zu, denn sie war es überhaupt nicht gewohnt, dass ich überhaupt etwas über eine Frau sagte. Warum hatte ich das Gefühl, mir ins eigene Knie zu schießen?

»Ich wusste es.« Unsere Mutter lächelte. »Und wie alt ist ihr Sohn?«

»Er ist fünf, glaube ich. Sein Name lautet Rocco.«

»Ahhh«, waren zwei weibliche Stimmen gleichzeitig zu hören.

Herrje.

»Ich weiß was!« Meine Mutter richtete sich plötzlich auf. »Du solltest sie zu unserem großen Essen am Sonntag einladen! Dann können wir sie alle kennenlernen. Und es wäre eine großartige Ablenkung für deinen Vater.«

Ehe ich protestieren konnte, dass nichts dergleichen geschehen würde, schaltete sich Bailey ein. »Nicht das schon wieder, Mom. Eine Freundin oder ein potenzielles Enkelkind wird Dad nicht davon abhalten, wieder zur Arbeit zu gehen. Du musst auch mit dieser Hobby-Sache aufhören. Du hast ja gesehen, wie er auf die Puzzlespiele reagiert hat. Was ist als nächstes dran? Synchronschwimmen?«

Bailey sah mich an und grinste plötzlich. »Das werden wir auf die Liste setzen müssen, Nate – kannst du dir das vorstellen?« Sie fing an zu kichern, bevor ihr bewusst wurde, dass sie uns soeben beide ankotzte. *Habe ich schon erwähnt, wie sehr meine Schwester nervt?*

Die gute Stimmung unserer Mutter löste sich sofort in Luft auf und die Luft wurde dick. Ihre Hände klammerten sich so fest an ihre Kaffeetasse, dass ihre Fingerknöchel weiß wurden. »Also ihr denkt, das ist alles ein großer Scherz«, sagte sie mit einer stillen Intensität, die wir noch nie zuvor erlebt hatten. »Wartet nur, bis ihr die Person, die ihr mehr als alles auf der Welt liebt, ängstlich und schmerzerfüllt auf dem Boden liegen seht. Dann werdet ihr sehen, wie lustig es ist, sich das Gehirn zu zermartern und nach allem und jedem in deiner Macht Stehenden zu suchen, um sie bei dir zu halten – um sie nicht zu verlieren. Lacht so viel ihr wollt, aber wenn Puzzlespiele oder Ekelkinder oder das gottverdammte Synchronschwimmen mir euren Vater eine Sekunde länger hierbehält, werde ich natürlich dann alle Hebel in Bewegung setzen. Und nun, wen ihr mich entschuldigen würdet. Ich werde eurem Vater die Medizin herrichten.«

Stellt euch vor, wie das war, als ihr euch in eurem Leben am beschissensten gefühlt habt, und multipliziert das mal zehn. So jämmerlich fühlten Bailey und ich uns am Küchentisch nach der wohlverdienten Niederlage, den unsere Mutter uns beschert hatte.

»Mann, wir sind solche Arschlöcher«, sagte Bailey.

»Jawohl.« Sie hatte den Nagel auf den Kopf getroffen.

»Ich werde ihr nachgehen.« Bailey stand von ihrem Stuhl auf und verließ den Raum.

Ich blieb sitzen und ertrank in der Schuld. Ich hatte nicht einmal mehr ein Bedürfnis, Bailey zu bestrafen, so schlimm war es.

Zehn Minuten später steckte Bailey ihren Kopf durch die Tür, um mir mitzuteilen, dass sie sich davonmachen würde und dass sie sich entschuldigt hatte und versucht hatte, unsere Mutter zu besänftigen.

Sah so aus, als wäre nun ich an der Reihe. Ich entdeckte sie im Wäscheraum, wo sie die T-Shirts meines Dads faltete.

»Mom, ich muss mich bei dir und Dad wirklich entschuldigen. Sich lustig zu machen über deine Bemühungen war hartherzig«, fing ich an. »Ich glaube ... Ich glaube, wir haben herumgeblödelt und sind Arschlöcher gewesen, weil wir es nicht wahrhaben wollten, dass der vielleicht stärkste Mann, den wir kannten, nicht der Superheld ist, als den wir ihn immer hingestellt haben. Und noch schwieriger sich vorzustellen ist, dass *er* diese Tatsache auch zugibt. Natürlich ist er ein Mensch, aber nur weil sein Herz langsamer schalten will, bedeutet das nicht, dass er nicht dasselbe harte Alphatier und derselbe Problemlöser ist. Aber du hast recht – er muss langsamer schalten. Und wir müssen kooperativer sein und dir helfen, das zu erreichen, was für euch beide gut ist.«

Sie sah zu mir auf und sagte: »Ich nehme deine Entschuldigung an, aber beim nächsten Mal versuche bitte nicht so viele Fluchwörter zu verwenden.« Sie drückte mich seitlich und ich küsste sie auf den Kopf, erleichtert darüber, dass mir vergeben worden war. »Das ist für uns alle schwer – auf so viele Veränderungen Rücksicht nehmen zu müssen«, sagte meine Mom.

»Ja, die Veränderungen haben mich definitiv ins Schleudern gebracht. Du weißt, dass ich in der Arbeit für die Firma aufgehe und sie mich stark in Anspruch nimmt, nicht wahr?«

»Natürlich. Und du weißt, dass wir das überaus zu schätzen wissen, Nate.«

Wer A sagt, muss auch B sagen. »Es ist nur, dass ich es idealerweise wirklich gernhätte, wenn Dad zurückkäme und die administrativen Angelegenheiten übernehmen würde, damit ich die andere Seite übernehmen kann. Aber ich habe Verständnis dafür, wenn das nicht passieren kann. Ich möchte nur, dass du weißt, dass ich so oder so für dich da bin. Aber ich würde lügen, wenn ich sage, es fehlt mir nicht, bei der Arbeit Hand anlegen zu können.«

Sie legte das T-Shirt, das sie in der Hand hielt, auf den Stapel. »Nathan, du und dein Vater, ihr seid unterschiedliche Männer. Das ist für niemanden von uns ein Geheimnis. Er hat seine gesamte Karriere damit zugebracht, die sprichwörtliche Quadratur des Kreises zu versuchen, während du Jahre damit verbracht hast, das Kantholz *buchstäblich* in das Loch einzupassen. Du musst nicht zu deinem Vater werden, nur um zu versuchen, alle zu retten. Das führt nur dazu, dass du unglücklich wirst und es uns wahrscheinlich übelnimmst. Und das ist das Letzte, was ich mir für irgendeinen von uns wünsche.« Sie legte ihre Hand an meine Wange. »Wir werden schon noch eine Lösung finden. Und ich wette, wenn du deine Augen öffnest und anfängst, dich umzusehen, dass es unter den Menschen, die mit dir und deinem Vater zusammenarbeiten, eine Menge gibt, die gewillt wären, sich noch mehr anzustrengen.«

Scheiße, daran hatte ich ja gar nicht gedacht. Wieso hatte ich automatisch den Großteil der Verantwortung übernommen?

»Also«, sie lächelte mich an und nahm das Shirt wieder in die Hand, »um wieviel Uhr kann ich am Sonntag mit euch allen rechnen?«

Uuund Schachmatt durch meine Mutter.

ICH ENTSCHIED mich für Granny's, da ich insgeheim für Jimmies schwärmte – oder »Streusel« für die Ungebildeten. Die Eingangstür öffnete sich, ehe ich überhaupt die Gelegenheit hatte, die erste Stufe zu erklimmen, und Rocco stürzte auf die Veranda. »Gibt's welche mit Schokolade?«

Ah, ein Mann nach meinem Geschmack. »Natürlich«, erklärte ich ihm, als würde nur ein vollkommener Idiot ohne ein Schokolade-Donut daherkommen. Er schnappte sich die Schachtel und rannte hinein.

»Rocco! Was sind das für Manieren?!« Laney tauchte in der Tür auf.

»Ach ja. Danke, Nate!«, war die rasch sich entfernende Stimme zu hören, die meiner Vermutung nach von einem Donut gedämpft wurde.

Ich schenkte Rocco zu diesem Zeitpunkt jedoch genau null Aufmerksamkeit. Laney stand in einem Aufzug vor mir, den ich nur so beschreiben kann, dass der Teenager Nate sich zwei volle Wochen auf sein Zimmer zurückgezogen und abgekapselt hätte. Das weiße Tanktop war dünn, der pinke Spitzen-BH spielte Guck-Guck an mehreren Stellen und ihre gegenwärtig strammen Nippel dehnten den Stoff. Das Trägerhemd lag auch um die Taille eng an und ihre Hüften waren in einem Jeansrock nach außen ausgestellt, der auf halber Schenkelhöhe aufhörte.

Wie ich diesen Morgen durchstehen sollte, ohne meine Mund auf etliche ihrer Körperteile zu setzten, hatte ich keine Ahnung. Trug sie dieses rattenscharfe Outfit nur für mich? Musste sie wohl, oder? Ich blieb bei ja und dass ich mein Glück herausfordern und hoch pokern würde, sobald sich die Gelegenheit bot. Da Rocco in der Nähe war, würde es jedoch ein langer Morgen werden, an dem ich die riesige Latte ignorieren musste, die sich in meiner Hose gebildet hatte. Wie schaffte es diese Frau, mich bloß mit einem Blick und einem Trägerhemd in einen Siebzehnjährigen zu verwandeln?

Ich trat ein und achtete darauf, meine Hand auch ja über ihre Taille streifen zu lassen und ihre Wange zu küssen. Sie roch nach Kokosnuss und einem Hauch Blumen. Ihr scharfes Einatmen blieb nicht unbemerkt. Es tat sich tatsächlich was.

Ich verbrachte den Morgen damit, dezent mit Laney zu flirten und beiläufig ihre Arme und den Rücken so oft wie möglich zu berühren. Rocco nahm seine Position als mein Gehilfe wieder ein, verlor diesmal das Interesse jedoch rascher. Als Gavin aus dem Fitnessstudio heimkam und anbot, Rocco auf eine Pizza auszuführen, raste das Kind zur Tür, ohne sich auch nur einmal umzusehen. Perfekt. Zeit, die ich mit Laney alleine verbringen konnte.

Mein normalerweise selbstsicheres Auftreten in der Gegenwart von Frauen wollte sich heute jedoch nicht so ganz einstellen und ich begriff den Grund dafür mit einem gemischten Gefühl aus Furcht und Unsicherheit. Meine gestrige Gefühllosigkeit meiner Mutter gegenüber bedeutete, dass ich mich vor Schuldgefühlen verzehrte, und ich wusste, ich würde in den sauren Apfel beißen und mich vor Laney zu Tode blamieren müssen. Ich würde eine Frau fragen, ob sie meine Eltern treffen wollte, obwohl sie noch nicht einmal einer Verabredung mit mir zugestimmt hatte. Gab es noch einen anderen Weg, wie ich mich noch mehr zum Deppen machen oder unsympathisch rüberkommen konnte, als auf diese Weise?

Ehe ich mich jedoch deswegen noch weiter stressen konnte, spazierte Laney mit einem Wäschekorb in das Schlafzimmer und leerte in auf ihr Bett. »Kannst du mir erklären, was der Sinn dahinter ist, dass man Wäsche faltet?«, fragte sie.

»Ähm, ich vermute, damit du sie später wiederfindest.« Ich wusste nicht, wie ich antworten sollte. Meine Garderobe bestand einzig und allein aus Jeans, Cargohosen und miesen T-Shirts, die allesamt nicht viel Pflege erforderten.

»Wahrscheinlich.« Sie seufzte und klang so enttäuscht, dass ich nicht wusste, wie Wäsche derart deprimierend und ein solches Beruhigungs- und Schlafmittel sein konnte.

»Ist Wäsche wirklich so deprimierend?«, als ich damit fertig war, eine Diele am vorgesehenen Platz festzukleben.

Sie schien sich aus ihrer plötzlich seltsamen Stimmung wachzurütteln und stieß ein kurzes Lachen aus. »Nein, ich war vermutlich nur gerade in mich selbst vertieft.« Sie schüttelte abermals den Kopf und lächelte mich an. »Also, wie ist es so, an seinem freien Tag als Schuldknecht zu arbeiten?«, fragte sie.

»Also ich muss dir sagen, es hat schon Vorteile, in einem Innenraum zu arbeiten. Es gibt zum Beispiel eine Klimaanlage und ich muss mir nicht anhören, wie Passanten dumme Dinge sagen wie ›He, wenn du damit fertig bist, komm doch zu mir nach Hause und reparier ein paar Dinge!‹« Ich imitierte einen idiotischen Hinterwäldlerton samt dazugehörigem falschem Kichern.

Sie machte ein langes Gesicht. »Ich sage das ständig. … Das ist nett gemeint.«

Sie sah dermaßen entmutigt aus, dass mir etliche Minuten lang die Worte fehlten. »Hmm, also das ist mir jetzt peinlich.« Mehr hatte ich nicht.

Wir sahen einander mehrere Takte lang stumm an. Dann endlich verfiel sie, Gott sei Dank, in den verdammt niedlichsten Kicheranfall, den ich in meinem Leben jemals gehört hatte. Unmöglich konnte ich nicht erwidern, indem auch ich lachte, und bald bogen wir uns beide vor Lachen. Die Situation rechtfertigte vielleicht nicht das Ausmaß unserer Heiterkeit, aber es fühlte sich so verdammt gut an, es mit ihr zu teilen. Ich war riesig stolz.

DA ES NIEMALS EINEN idealen Zeitpunkt gibt, um sich zu blamieren, wählte ich den Augenblick direkt bevor ich Laneys Haus verließ. Ich sammelte meine Sachen ein und ging in die Küche, wo sie an der Theke stand und in einer Schüssel etwas verrührte. »Was wird das?«

Ihr Kopf drehte sich zu mir und sie hatte etwas, das nach Mehl aussah, auf ihrer Wange. »Chocolate-Chip-Cookies. Ich dachte mir, wenn die Donuts uns schon nicht ins Zuckerkoma versetzt haben, dann werden die das wenigstens zustande bringen.« Sie lächelte und wandte sich wieder ihrer Aufgabe zu.

Ich näherte mich von hinten und steckte meinen Finger in die Schüssel. Ich hatte den Teig schon bei meinem Mund, ehe sie mir eins auf die Hand geben konnte. »Schoo guut.«

»He! Blindverkosten darf nur der Bäcker!«

Ich schluckte den geklauten Bissen. »Das ist nur die Bezahlung für die Arbeit von heute!« Dann drückte ich mich an ihren Rücken und zwang sie näher an die Theke. Ich konnte hören, wie ihr der Atem wegblieb. Ich neigte mich nahe zu ihrem Ohr hin und flüsterte »Du hast Mehl im Gesicht«, nur damit ich zusehen konnte, wie sie ihre Hand auf diese Art und Weise zu ihrer Wange hob, die ich so gewinnend fand. Ich wurde nicht enttäuscht.

»Warum hast du nicht schon früher was gesagt?« Sie war nervös geworden und fing an, sich ein wenig zu winden, was der Situation in meiner Hose nicht zuträglich war, in Anbetracht dessen, dass mein Körper den ihren an der Theke verankerte. Ich hatte keinen Zweifel, dass sie die Reaktion meines

Körpers auf sie spüren konnte, also entschied ich mich für einen sanften Kuss unter ihrem Ohr. Sie gab ein wenig nach und schmiegte sich an mich und es gelang mir, sie umzudrehen, um Zugang zu ihrem Mund zu erhalten.

Unsere Küsse waren feucht, heiß und leidenschaftlich. Keiner von uns kriegte genug, und als meine Hand den Weg zu ihrer Brust fand, wölbte sie den Rücken und presste sich noch stärker an mich. Ich rieb ihre feste Brustwarze mit meinem Daumen, woraufhin sie ein leises Stöhnen ausstieß. Meine andere Hand streichelte ihren Rücken hinunter, packte ihren Hintern und zog sie noch näher an meinen Unterleib. Ich fühlte mich unendlich besser, als ich mir vorgestellt hatte, und ich hatte viel Zeit damit verbracht, es mir vorzustellen.

Ich konnte es nicht erwarten, sie aus diesem Rock heraus zu bekommen und meine Hand durch meinen Mund zu ersetzen. Ihre Arme umschlungen mich und eine ihrer Hände ging nach unten zu meinem Hinterteil, während die andere mein T-Shirt packte. Ich geriet langsam außer Kontrolle und war bereit, sie auf die Theke zu setzen und sie auszubreiten. Ich wusste, dass ich mich bremsen musste, sonst würde ich sie mit Sicherheit verschrecken. Widerwillig nahm ich Abstand, drückte noch ein letztes Mal ihren Hintern, und wir atmeten beide schwer. Sie hob wieder die Hand, doch diesmal, um sich an die Lippen zu fassen, die nach unseren Küssen angeschwollen waren.

»Hältst du es immer noch für eine schlechte Idee, mit mir auszugehen?«, fragte ich.

Sie lächelte und ihre Wangen blieben rosa, während wir beide unsere Atmung beruhigten.

»Ich sag dir was«, sagte ich und fuhr mit der Hand weiter an ihrer Seite auf und ab. »Du musst bei unserem ersten Date nicht einmal mit mir alleine sein. So seltsam sich das anhört, aber ich würde dich und Rocco gerne morgen zum Essen ins Haus meiner Eltern einladen.« Ich hielt den Atem an und hoffte auf das Beste.

Ein verdutzter Blick huschte über ihr Gesicht. »Pardon, hast du mich gerade gebeten, morgen deine Eltern kennenzulernen?«

»Es ist nicht so, wie sich das anhört. Meine Mutter ist eine schreckliche Köchin, aber sie möchte Besucher haben, die mit meinem Dad herumhängen, und mir fällt es schwer, es ihr abzuschlagen. Denk nicht zu lange darüber nach – sag einfach ja.«

»Äh, also gut, dann okay. Ich glaube, wir können kommen.« Dann fügte sie rasch hinzu: »Kann ich Gavin mitnehmen?« Es schien, als wollte sie sichergehen, dass das kein Date werden würde. Solange sie kam, war mir jedoch egal, wen sie mitbrachte.

»Na klar. Je mehr, desto besser. Dann haben wir mehr Leute, mit denen wir im Krankenhaus herumhängen können, wenn wir alle eine Lebensmittelvergiftung bekommen.«

Sie machte ein langes Gesicht.

»Scherz. Aber im Ernst jetzt. Du wirst vielleicht etwas essen wollen, bevor du hinfährst.«

Ich bot an, sie abzuholen, aber sie versicherte mir, dass sie selbst hinkommen könnten, daher war es Zeit für mich zu gehen, nachdem ich ihr die Adresse genannte hatte. Wir gingen gemeinsam zur Tür und ich musste sie einfach für einen weiteren kurzen Kuss an mich ziehen. Sie schmeckte nach Keksen.

»Ich werde dich später anrufen«, sagte ich und ging zu meinem Truck. Ich hatte Angst, dass ich niemals gehen würde, wenn ich es jetzt nicht tat.

Als ich mein Auto erreicht hatte, rief ich Bailey an und erzählte ihr, dass die Monroe-Truppe morgen kommen würde und sie am besten ihren Arsch ans Telefon bewegen und auch jemanden einladen sollte – um die Dinge so zwanglos wie möglich zu halten. Ich konnte sofort erkennen, dass sie versuchen würde abzuspringen, also setzte ich, wie jeder gute Bruder es machen würde, Erpressung ein, um meinen Standpunkt deutlich zu machen.

»Ach, habe ich vergessen, dir zu erzählen, dass ich Vance deine Nummer gegeben habe?« Vance war der gruselige Elektriker, an den wir gelegentlich Aufträge vergaben, und er stand total auf Bailey. »Ich habe gesagt, dass du auf seinen Anruf warten würdest und dich wirklich darauf freust, ihn besser kennenzulernen. Ich glaube, er hat ein Abendessen bei sich zu Hause erwähnt – an die Details erinnere ich mich nicht, aber ich bin mir sicher, es wird nichts mit irgendeiner Lotion auf der Haut zu tun haben oder so.«

»Ich hoffe, du erstickst an deinem eigenen Schwanz. Das hast du nicht wirklich getan, oder?«

»Noch nicht. Aber ich habe seine Nummer auf Kurzwahl gespeichert.«

»Fick dich. Um wieviel Uhr müssen wir dort sein?«

LANEY

»ICH HABE HEUTE eine E-Mail erhalten, von der ich weiß, dass sie von dir war, aber der Absender war ›*Mommy Buttlover*‹. Was zum Teufel?« Das war Fionas Begrüßung, als ich sie an diesem Nachmittag anrief, um mich bei ihr über Nate auszujammern. Sie versuchte, nicht zu lachen, und es gelang ihr hundsmiserabel.

»Christus auf ’nem Knallbonbon – ich weiß. Ich werde Gavin *umbringen*. Niemand wird seinen Leichnam erkennen. Er hat Rocco veranlasst, Siri zu sagen, sie soll mich von nun an ›*Mommy Buttlover*‹ anstatt ›Laney‹ nennen, und sie hat meinen E-Mail-Absender geändert! Ich habe heute fast jedem in meinem Adressbuch bezüglich einer Geburtsanzeige geantwortet. Alle werden sehen, dass ›*Mommy Buttlover*‹ findet, dass das Baby wie sein Daddy aussieht. Gott, wie peinlich!«

»Noch dazu verwirrend.« Mittlerweile gackerte sie und auch ich musste ganz klein wenig lächeln.

»Ich hasse mein Leben«, brachte ich heraus.

»Nein, tust du nicht. Dein Leben ist großartig – tolles Kind, hübsches Haus, sadistischer Bruder … was willst du mehr? Außer vielleicht … den heißen Typen vom Bau?« Ich konnte sehen, dass ich den wahren Grund für meinen Anruf nicht würde ankündigen müssen. Dafür kannte sie mich viel zu gut.

»Ich bekomme langsam das Gefühl, heißer Typ vom Bau wird Teil meines Lebens werden, ob ich das will oder nicht.«

»Ich wusste es, ich wusste es«, sagte sie in einem Singsang laut in mein Ohr.

»Wir machten voll wieder rum in meiner Küche und er hat mich gebeten, morgen zu seinen Eltern zum Essen zu kommen«, platzte es aus mir heraus.

Stille.

»Das ist doch komisch, oder?«, stellte ich eher fest, als es als Frage zu formulieren.

»Nun, der Teil mit dem Rummachen ist überhaupt nicht komisch – der Teil ist sogar zum Träumen – und bitte erzähl mir, dass du seinen Arsch berühren konntest und er so perfekt war, wie er aussieht.«

»Ja und, *oh Mann*, ja.«

»Ich wusste es!« Das Lied war wieder da.

»Okay. Halt die Klappe. Die Rummachstunde war so heiß, ich kann es nicht einmal ansatzweise richtig beschreiben. Meine Brüste sind physisch angeschwollen – ich wusste nicht mal, dass das geht. Aber das mit dem Essen stresst mich!«

»Schon gut, beruhige dich. Wie genau hat er dich gefragt? War es so: ›Hey, Laney, wir haben ein paar Mal rumgemacht, also werden wir offensichtlich heiraten. Komm doch morgen vorbei, um Mom und Dad kennenzulernen, dann können wir gemeinsam hübsche Babys machen«, oder war es eher: »He, ich fahre zu meinen Eltern, um mir was zu essen zu holen. Willst du auch mitkommen?«

»Ich würde sagen, es war eher wie das zweite. Er hat auch Rocco und Gavin eingeladen.«

»Wieso bist du dann aufgeregt? Ich finde, das ist süß.«

»Wirklich? Bist du sicher?«

»Ja. Du machst dir zu viele Sorgen. Geh und unterhalte dich gut und berichte mir dann. Und jetzt komm wieder zurück zu Nates Arsch – ich brauche mehr Details!«

»Wieso reden wir nie über dein Liebesleben?«

NACH DEM GANZEN Siri-Debakel war es nicht allzu schwierig, Gavin aufgrund von Schuldgefühlen zu verpflichten, zu den Murphys zum Essen mitzukommen. Immerhin ging es auch um kostenlose Speisen. Ich verabsäumte es jedoch, ihn vor Frau Murphys angeblich schrecklichen Kochkünsten zu warnen. *Kann man mir das verübeln?* Ich fütterte Rocco vor der Abfahrt ein Sandwich, damit er gerüstet war – Gavin kam alleine zurecht.

Auf der Fahrt hin war ich ein wenig abgelenkt. Charlotte und ich hatten uns an diesem Morgen in einem nahegelegenen Park getroffen und ich hatte gehofft, Rocco würde mit Aiden spielen, aber er bat mich meist nur, ihn an der Schaukel anzustoßen, während Aiden herumrannte und imaginäre Bösewichte niederschoss und Angriffe vom Klettergerüst aus startete. Charlotte und ich unterhielten uns gut und ich mochte sie immer mehr – wenn ich jetzt doch bloß unsere Kinder dazu kriegen konnte, sich anzufreunden.

Da ich mich ein bisschen niedergeschlagen fühlte nach dem Parkbesuch, hatte ich meine Mom angerufen, um auf den neuesten Stand zu kommen und herauszufinden, ob sie etwas zur Beruhigung beisteuern konnte. Sie kannte Roccos kleine Eigenheiten, da sie seit seiner Geburt mit ihm zusammengelebt hatte. Ich setzte sie über die Sache mit der Nase und sein jüngstes Verhalten ins Bild.

»Ich habe das Gefühl, es wird schlimmer, seit wir in das

neue Haus gezogen sind.« Ich wollte nicht sagen »seit du weggezogen bist«, denn es war definitiv nicht ihr Kreuz, das sie tragen musste – sie hatte bei weitem mehr getan als normale Großeltern. »Und jetzt machen seine Lehrer sich Sorgen.«

»Herzchen, alle Mütter machen sich Sorgen über ihre Kinder. Rocco geht doch noch nicht mal richtig zur Schule, erst nächstes Jahr – und in einem Jahr kann sich vieles ändern. Und darf ich dich an eine andere Person in unserer Familie erinnern, die eine ganz eigene Angewohnheit hat – jemanden, der sich das Gesicht reibt, wenn sie gestresst ist?«

Ach ja, warum habe ich daran nicht gedacht? Na schön. Kacke. Scheint, als hätte ich mehr von meinen eigenen Problemen an das Kind weitergegeben, als mir bewusst war.

»Und außerdem sind Kinder einfach nur kleine Erwachsene – hast du schon jemals einen Erwachsenen getroffen, der normal war? Natürlich nicht. Jeder von uns hat seine eigene Art von Verrücktheit. Liebe ihn einfach und das ist alles, was du tun kannst«, sagte sie.

»Ich kann mir nur nicht helfen, ich habe halt das Gefühl, dass *ich* ihm das angetan habe. *Ich* habe ihm den Vater vorenthalten und *ich* habe ihn von den Menschen, die er liebt, weggeholt. Und jetzt sieht es danach aus, als hätte *ich* ihm einen Tic gegeben, um Gottes willen!« Ich fühlte mich sowohl gut als auch fürchterlich, weil ich es laut aussprach.

»Laney, alle Eltern kritisieren sich selbst und fühlen sich manchmal ›weniger als‹. Und wir *alle* machen Fehler. Ich habe das niemandem erzählt, aber ich habe deinen Bruder auf den Kopf fallen lassen, als er ungefähr zwei Monate alt war – genau auf seinen weichen kleinen Oberkopf!«

»Ich weiß.«

»Woher weißt du das? Nicht mal dein Vater weiß das?«

»Na ja, es ist eine glaubwürdigere Erklärung als die Möglichkeit, dass du mit Drogen experimentiert hast, als du mit dem Idioten schwanger warst.«

Seht ihr? Ich wusste, durch meine Mutter würde ich mich ein bisschen besser fühlen.

Nun befanden wir uns auf dem Weg zu den Murphys und ich versuchte, meine Sorgen wegen Rocco aus dem Kopf zu kriegen und stattdessen auf den bevorstehenden Abend zu fokussieren (d.h. mich deswegen zu sorgen). Wenn das so weiterging, würde ich nächste Woche ein Magengeschwür haben. Konnte es kaum erwarten.

»Ich rätsle immer noch, wie ich mich dazu habe überreden lassen«, sagte Gavin vom Fahrersitz seines verbeulten Jeeps aus. Ich widersprach niemals, wenn Gavin fahren wollte, denn er ist der absolut schlechteste Beifahrer, der dem Fahrer dazwischenredet. Ich lief ehrlich größere Gefahr, in einen Baum zu steuern, wenn Gavin sich in meinem Auto befand, als wenn ich eine Blinde gewesen wäre.

»Werden die Cookies haben?«, fragte Rocco vom Rücksitz aus, wo er einen Transformer zerlegte.

»Ich weiß es nicht, Schätzchen. Herr Murphy muss eine spezielle Diät einhalten und ich glaube nicht, dass er Cookies zu sich nehmen darf.«

»Aber ich muss keine spezielle Diät einhalten«, antwortete er, wie nur ein Kind das kann.

»Keine Sorge, Rock. Wir werden dir eines von Moms Cookies besorgen, wenn wir wieder zu Hause sind«, versicherte ihm Gavin, der nie verlegen war, meinem Kind etwas Süßes zu verweigern.

»Weißt du, Gav, du solltest froh sein, dass ich dich dazu überredet habe. Es könnte für deine Karriere förderlich sein«, zog ich ihn auf. »Dadurch kriegst du eine Chance, dich nicht nur beim Chef einzuschmeicheln, sondern sogar beim *großen* Chef.«

»Haha. Ich will doch nicht wie ein Mistkerl, ein *douche*, wie wir auf Englisch sagen, aussehen.«

»Was ist ein *douche*?«, fragte Rocco.

Ich warf Gavin einen bösen Blick zu. »Das ist nur so eine Erwachsenensache, Rocco. Dieses Wort solltest du niemals sagen.«

»Aber was ist es?«

»Es ist eine spezielle Art von Seife für Erwachsene«, antwortete Gavin, der nie begriff, dass in den Händen eines Kindes zu viel Wissen zu viel Macht bedeutet.«

»Nein, Rock, es ist ein böses Wort, das manche Erwachsene verwenden. Ignorier deinen Onkel einfach.«

Gavin kam auf das ursprüngliche Thema zurück. »Ich möchte mich nicht einschmeicheln – ich werde mich einfach ruhig verhalten, während Nate den Abend damit verbringen wird, dich unter die Lupe zu nehmen.« Ein übertrieben theatralisches Schaudern durchfuhr seinen Körper. »Ich fasse es nicht, dass du mit meinem Chef gehst.«

»Ich gehe nicht mit ihm! Und das ist definitiv nicht der richtige Zeitpunkt, um darüber zu reden.« Ich deutete auf die Ohren, die im Kindersitz hinter uns mitlauschten.

»Egal. Ich weiß, was los ist, auch wenn du es nicht tust. Alles, was ich dazu zu sagen habe, ist, dass du mir das gefälligst nicht versauen sollst, Laney«, warnte er.

»Ich versaue gar nichts. Wir sind nur in ihrem Haus zum Essen eingeladen.«

»Sagte der ahnungsloseste Mensch auf dem Planeten. Ach, und achte darauf, dass du diesmal schön was überziehst.« Ich musste ihm eine verpassen, auch wenn er der Fahrer war.

Zehn Minuten später erreichten wir ein schönes zweistöckiges Backsteingebäude in einer eleganten Wohngegend mit großen, saftigen Rasenflächen und wunderschönen, entlang des gesamten Grünstreifens der Straße verstreut wachsenden Kreppmyrten. Rocco und ich stiegen als erste aus und gingen zur Tür, während Gavin ein paar Dinge, die ich mitgenommen hatte, hinten aus dem Wagen nahm. Ich trug einen Blumenstrauß bei mir sowie eine Keksdose, die Muffins enthielt, die ich für Nates Dad gebacken hatte und die für Herzkranke geeignet waren. Ich ließ Rocco die Türglocke betätigen. Die Tür öffnete sich sofort und da stand Nate in all seiner schlampigen Pracht. *Seufz.* Er trug ein anderes Paar ausgebleichte Jeans und ein altes Rolling-Stones-T-Shirt, während seine Haare aussahen, als hätte er sich mit den Fingern gekämmt. Vielleicht war ja auch er nervös.

»Ihr habt es geschafft«, sagte er zum Gruß, dann beugte er sich vor, legte eine Hand auf meine Taille und setzte einen zarten Kuss auf meine Wange. »Kommt rein.« Er trat zur Seite, um uns durchzulassen. »He, Rocco, wie geht's?« Rocco erwiderte nur mit einem kurzen Winken und einem Nasenzucken und blieb an meiner Seite geheftet.

Nate schien es von sich abperlen zu lassen. »Meine Mom ist in der Küche und erledigt noch irgendwelche Dinge in letzter Minute, sonst hätte sie euch selbst begrüßt.«

»Ach, das verstehe ich doch völlig. Kein Problem. Gavin holt nur ein paar Sachen aus dem Auto – er wird in einer Minute hier sein.« Meine Nerven fraßen sich in meinen Magen, als Nate uns in ein Wohnzimmer führte und uns aufforderte, uns zu setzen. Ich blieb stehen und konnte ein Scheppern in der Küche hören. »Bist du sicher, dass ich deiner Mom nicht bei irgendwas helfen kann?«

Nate sah unsicher drein. »Dann ertönte ein lautes Fluchen aus der Küche. »Äh, vielleicht sollten wir doch.« Ich folgte ihm, Blumen und Muffin-Dose in der Hand.

»Rocco, geh und hilf Onkel Gavin die Sachen aus dem Jeep herbringen, okay? Ich bin hier in der Küche.« Und das war dann, als ich Herrn und Frau Murphy zum ersten Mal zu Gesicht bekam. Er war vorgebeugt, schaute in das offene Backrohr und fluchte wild vor sich hin, während sie mit einem Spatel auf ein brennendes Geschirrtuch einschlug.

»Mom!«, rief Nate aus, entriss ihr das Tuch, warf es direkt in die Spüle und drehte den Hahn auf.

»Ich habe nur gefragt, ob es nicht verbrät. Ich habe dir nicht aufgetragen, dich verdammt nochmal in Brand zu setzten!«, kam die raue Stimme von drüben beim Herd.

»Ich habe versucht, es herauszuziehen. Es ist nicht meine Schuld, dass sich das Geschirrtuch an der Heizspirale verfangen hat! Nate, kannst du das Huhn für mich aus dem Ofen ziehen?«, fragte Frau Murphy, während sie sich die blonden Haare aus dem Gesicht blies und auf das rauchende Tuch in der Spüle schaute.

»Ich bin kein Krüppel, Erin! Um Himmels willen, ich kann doch einen verdammten Bräter aus dem Backrohr heben.«

»Noch nicht kannst du das – erst, wenn der Arzt sein Okay dazu gibt.«

»Nate, reich mir das Tuch. Nein, das andere. Ich ziehe das Ding jetzt raus, ehe deine Mutter das Haus niederbrennt.«

Nate warf mir einen Blick zu, der sagte, dass er es mehr als alles, das er jemals in seinem Leben gemacht hatte, bereute, mich zu sich eingeladen zu haben. Ich schickte ihm nur das breiteste Lächeln, das ich hatte. Seltsamerweise trug das Chaos im Raum dazu bei, dass meine Nervosität sich vollkommen legte. Es stellte sich heraus, dass meine Mutter recht gehabt hatte – jeder ist wirklich auf seine Art verrückt. Und zu der Art der Murphys gehörte Schreien und den Deppen machen und Fluchen und Beschimpfen. Besser hätte ich mich nicht wie zu Hause fühlen können.

»Äh, Mom, Dad, das ist Laney.« Zwei Köpfe schwangen gleichzeitig zu mir.

»Mensch, wirklich! Laney.« Frau Humphrey führte eine Hand zu ihren Haaren und die andere an ihre üppige Hüfte. »Du musst denken, dass ich verrückt bin. Es tut mir ja *so* leid!«

»Überhaupt nicht«, sagte ich lachend. »Das erinnert mich sogar an zu Hause. Es freut mich sehr, Sie kennenzulernen, Frau Murphy. Ach ja, ich habe diese hier für Sie mitgebracht.« Ich streckte ihr die Blumen und die Muffins entgegen.

Sie kam zu mir herüber, packte die Gaben, schob sie Nate in die Hände und machte sich dann daran, mich in eine Vollkörperumarmung zu hüllen, desgleichen ich noch nie zuvor erlebt hatte. »Nenne mich Erin.« In diesem Augenblick dachte ich, dass mir meine Mutter mehr fehlte, als mir bewusst war. »Und vielen Dank für die prächtigen Blumen und was immer in dieser Dose ist – ich bin mir sicher, dass es köstlich sein wird«, sagte sie und umarmte mich weiter.

Der Klang der Türglocke bewog sie schließlich, mich loszulassen, und sie wandte sich zur Diele.

»Das werden Laneys Sohn und ihr Bruder sein«, erklärte Nate, als Erin davoneilte, um die Tür zu öffnen.

»Also, Laney«, fing Herr Murphy an. Er war genauso groß wie Nate und ich konnte die Ähnlichkeit sofort erkennen. Sie hatten die gleichen blauen Augen. Das Haar des alten Mannes war jedoch grau durchzogen und er hatte etwas überschüssiges Gewicht auf den Rippen, aber die Ähnlichkeiten waren nicht zu leugnen. »Ich habe gehört, du hast etwas Zeit mit meinem Sohn verbracht. Ich hoffe, er behandelt dich, wie es sich gehört.«

»Er ist der perfekte Gentleman. « Na ja, meistens. »Er hilft mir sehr viel im Haus. Dank ihm hört sich meine Türglocke nicht mehr wie eine ertrinkende Katze an und ich stolpere nicht mehr über meinen unebenen Boden auf dem Weg in die Küche.«

»Gut. Na ja, du sagst es mir einfach, falls er sich daneben benimmt, dann werde ich sofort dafür sorgen, dass er sich benimmt.« Er lächelte mich an und es war klar: da war eine identische Kopie dieses Grübchens.

Nate verdrehte die Augen. »Du siehst gut aus, Alter, aber ich glaube immer noch, ich könnte es mit dir aufnehmen.«

»Ja, probier's nur«, erwiderte er und die Zuneigung der beiden zueinander war offensichtlich.

Da sprang Rocco in die Küche, gefolgt von Gavin, der einen nicht erkennbaren Ausdruck im Gesicht hatte. Er näherte sich

Nate und sagte leise: »Kumpel, ich will dich nicht beunruhigen, aber deine Mom hat mich im Eingang gerade befummelt. Ich glaube, ich könnte schwanger sein.«

Nate kicherte. »Ah, das Abtasten. Sie hat nach Schmuggelware gesucht. Keine Angst – deine Keuschheit ist gewahrt.«

Ich wollte nicht mal wissen, worum es dabei ging, daher übernahm ich rasch, als Erin wieder in die Küche kam, die Vorstellung. Rocco war schüchtern, wie gewöhnlich, und ich bemerkte ein paar Nasenzuckungen, doch die drei vertrauten Erwachsenen im Raum und Erins natürliche Herzlichkeit ließen ihn bald ein bisschen aus sich herausgehen.

Die Überraschung des Abends war jedoch, wie angetan Rocco von Nates Dad war, dessen Name Riordan war, wie ich erfuhr. Der ältere Mann hatte ein scheinbar endloses Repertoire an kinderfreundlichen Witzen auf Lager und bald löste er auch bei Rocco Kicheranfälle aus. Ich konnte nicht verhindern, dass meine Augen feucht wurden. Nate bemerkte das sofort und legte eine Hand auf mein Kreuz. Dort nahm er sie erst wieder weg, als seine Schwester Bailey zusammen mit einem Freund ankam und wir uns alle zum Essen hinsetzten. Nates Hand ging dann zum Rücken meines Stuhls und blieb für die gesamte Dauer des Essens dort.

Erin hatte die Blumen, die ich mitgebracht hatte, als Schmuck in die Mitte des Tisches gestellt und dankte mir überschwänglich für die Muffins, die ich mit Apfelsoße anstatt mit Butter gebacken hatte. Keiner konnte vermutlich sagen, wie die schmecken würden, aber es war den Aufwand wert gewesen.

Angeregt war die Unterhaltung bei Tisch und ich konnte mich nicht erinnern, wann ich das letzte Mal so viel gelacht hatte. Die Gesellschaft machte das ungenießbare Huhn definitiv wett, und ein Blick zu den anderen zeigte alle kreativen Versuche der Anwesenden, ihr ungegessenes Huhn auf ihren Tellern zu verstecken. Glücklicherweise platzte Rocco nicht mit irgendwelchen peinlichen Kommentaren über das Essen heraus. Stattdessen stopfte er sich nur den Mund mit Brötchen voll und tauschte noch ein paar Witze mit Riordan aus. Im Verlauf der Konversation um uns herum bemerkte ich, dass Bailey mich nicht besonders subtil unter die Lupe nahm. Doch Nates regelmäßige Striche über meine Schulter und meinen Hals ließen mich die Haltung bewahren und ich versuchte nur, sie anzulächeln.

Ich konnte einige Ähnlichkeiten zwischen Bailey und dem Rest ihrer Familie erkennen. Sie hatte die gleichen blauen Augen wie Nate und Riordan, aber ihr Haar hatte sie offensichtlich von Erin. Es hatte einen schönen Blondton und sie trug es zu einem Pferdschwanz zusammengebunden, mit breiten Stirnfransen schräg über die Stirn. Sie war auch sehr groß gewachsen – ich würde raten vielleicht fünf Fuß und sieben Zoll –, was nicht überraschend war angesichts der Größe ihres Bruders, und sie schien eine Vorliebe für lässige Kleidung mit mir zu teilen.

Während Bailey sich während des gesamten Essens ganz natürlich mit allen unterhielt und uns mit ein paar Geschichten erfreute (sowie ein paar unglaublich gut getimten Beleidigungen auf Nates Kosten), war ihre Freundin Kia weniger unterhaltsam. Sie plapperte wie eine Sechzehnjährige an einem Koffein-Tropf und schien nicht zu bemerken, dass keine ihrer Geschichten ins Schwarze trafen. Wir waren natürlich alle zu höflich, um es uns ansehen zu lassen, und antworteten stattdessen mit einem Kopfnicken gefolgt von einem Themenwechsel. Ich erwischte Nate dabei, wie er Bailey von Zeit zu Zeit Blicke zuwarf, auf die diese mit breitem Lächeln reagierte. Es war dann nach einer besonders nervtötenden Geschichte über einen verpatzten Nagelstudio-Termin, dass Gavin feststellte, dass er lange genug höflich gewesen war. Wieso er es für eine gute Idee hielt, eine Konfrontation am Tisch seines Chefs zu provozieren, ist mir unbegreiflich, aber wie ich zuvor bereits gesagt habe, ist Gavin ein Idiot.

»He, Kia, hast du vielleicht zufälligerweise eine Aus-Taste oder vielleicht auch nur eine Pause-Taste. Mein Kopf explodiert gleich.«

Mir war das extrem peinlich. Kia fiel die Kinnlade bis auf die Tischplatte, so schockiert vor Entrüstung war sie. Erin bedeckte sich den Mund mit einer Serviette, die verdeckte, was meiner Meinung nach möglicherweise ein Lächeln war. Riordan stahl ein weiteres Brötchen. Nate und Bailey sahen sich quer über den Tisch an und brachen dann gleichzeitig in stürmisches Gelächter aus.

Arschlöcher!! Was lief hier?

»Du.« Ich deutete auf Nate. »Diele.« Ich stand auf und sagte zum Rest des Tisches nur: »Wenn ihr uns einen Augenblick entschuldigen würdet, wir sind gleich wieder da.« Ich konnte sehen, wie Erin Bailey auf den Arm schlug und Kia beleidigt aufstand und ihre Tasche holte. Gavin lehnte sich grinsend zurück, zu verdammt großspurig, um zu bedenken, dass er sich möglicherweise soeben seine professionelle Reputation vermasselt hatte. *Igitt!*

Riordan und Rocco gingen wieder zu ihrer eigenen Tagesordnung über. »Sag es mir, wenn du den schon gehört hast. Ein Kerl mit einem Holzbein spaziert in eine Bar—«

»Was ist ein Holzbein?«

In der Diele war Nate auf mich vorbereitet und verteidigte sich bereits, ehe ich Luft holen konnte. »Hör zu, du musst Bailey verstehen. Es gehört bei uns zum Alltag, dass wir uns quälen, und als ich ihr gesagt habe, dass sie jemanden zum Essen einladen muss, damit du dich wohler fühlst, entschied sie sich für die nervigste Person auf ihrer Kontakteliste. Ich hätte es kommen sehen müssen, aber ich war so nervös, weil ich dich nicht zum Ausflippen bringen wollte und wollte, dass dieser Abend gut verläuft, dass ich komplett die Gelegenheit übersehen habe, die ich ihr dadurch gegeben habe. Es ist meine Schuld, aber ich garantiere dir, dass alle dort drinnen, mit

Ausnahme von Kita oder Kia, oder wie auch immer sie heißt, fanden, dass die ganze Szene urkomisch war.«

Was sollte ich mit ihm bloß machen? Da ich keine Antwort hatte, entschied ich mich für einen Schlag auf seinen Arm. Er lachte und nahm mich in die Arme.

NACH VIELEN WORTEN des Dankes und einer weiteren Runde der Umarmungen gingen wir alle zur Eingangstür. Riordan entschied sich, in der Küche zu bleiben, um das Geschirr zu spülen, aber er stieß mit Rocco zum Abschied die Fäuste zusammen und winkte uns allen nach.

»Was ist denn das alles?«, sagte Erin, als wir uns der Eingangstür näherten und sie ein paar Kisten und einen langen zylindrischen Behälter an der Wand lehnen sah.

Ich biss mir auf die Lippe. »Ich wollte nicht anmaßend sein, aber ich hatte diese ganze Anglerausrüstung aus dem Haus meiner Eltern, die ich mit Rocco benutzen wollte. Wir haben noch keine Zeit dafür gehabt und sie ist nur verstaubt, also dachte ich mir, Riordan wäre vielleicht interessiert daran, sich darin zu erproben. Es gibt ein paar tollte Teiche und Stau-Becken hier in der Gegend. Das ist wahrscheinlich doof, aber ich bin immer sehr gerne mit meinem Vater fischen gegangen und er hat immer gesagt, es wäre einer der besten Zeitvertreibe im Leben. Wie ich schon sagte, das ist eine dumme Idee, aber wenn Sie daran interessiert sind, können Sie sie gerne benut-zen«, sagte ich abschließend und fühlte mich plötzlich schüchtern.

Erin hüllte mich in eine weitere riesige Umarmung und flüs-terte mir ins Ohr: »Du bist ein Engel, Laney.« War vermutlich doch keine so dumme Idee.

Auf den Gehweg vor dem Haus stoppte mich Bailey. »Tut mir leid, wenn die ganze Sache mit Kia dich beunruhigt hat. Ich hatte mich so sehr darauf konzentriert, Nate zu ärgern, dass ich nicht wirklich bedacht habe, wie komisch es für dich sein musste. Ehrlich, dieses Mädel hatte schon lange die größte Lady-Latte wegen Nate, dass ich sogar erleichtert bin, dass ich sie heute Abend hergebracht habe. Hoffentlich wird sie mich jetzt, nachdem sie gesehen hat, dass er offiziell vergeben ist, in der Sache in Ruhe lassen«, sagte sie.

Ich hatte keine Antwort parat. Glücklicherweise schien sie keine zu brauchen, als sie winkte und zu ihrem Auto joggte.

Nate begleitete uns restliche Personen zum Jeep. Er öffnete die Beifahrertür für Rocco und mich. Ehe er sie schloss, beugte er sich zu mir herunter. »Schick mir eine SMS, damit ich weiß, dass ihr sicher zu Hause angekommen seid.«

Alle Zeichen deuteten darauf hin, dass Laney Monroe sich soeben einen festen Freund geangelt hatte.

Iiih!

Das ist eine Grauzone

NATE

Nate: Also welcher Abend wäre diese Woche für dich am besten?

Laney: Wofür?

Nate: Für unser zweites Date.

Laney: Wann habe ich unserem ersten Date zugestimmt?

Nate: Das habe ich vorausgesetzt. Du warst bei meinen Eltern und einer psychotischen Person zum Essen. Ich sollte das eigentlich als zwei Dates werten.

Laney: Ha.

Nate: Nur damit du's weißt: Gavin kann mittwochs oder donnerstags babysitten.

Laney: Du verwickelst meinen Bruder in die Sache? Das ist Erpressung – du bist sein Chef.

Nate: Das ist eine Grauzone. Wie wär's mit Mittwoch? Ich werde für dich kochen. Keine Angst, ich hab's nicht bei meiner Mutter gelernt.

Nate: Mir wachsen hier drüben schon graue Haare vom Warten.

Laney: Mittwoch. Ich kann um 6:30.

Nate: *Ich werde dich abholen. Später, Laney.*

Laney wusste wirklich, wie sie mir unter die Haut gehen konnte. Ich will ja nicht angeben, aber ich wusste, dass sie auf mich stand, daher kapierte ich nicht, woher ihre Abneigung kam. Noch nie hatte ich mich derart anstrengen müssen, um eine Frau dazu zu bewegen, mit mir auszugehen, und noch nie bin ich so begierig darauf gewesen, mit einer Frau auszugehen. Sie machte Dinge mit mir, die ich nicht erklären konnte. Ich hatte unsere zwei Küsse wohl hunderte Male in meinem Kopf Revue passieren lassen, oftmals in der Dusche unter voller Beteiligung meiner Hand, was ich gerne zugebe. Ich musste auch zu den seltsamsten Zeitpunkten an sie denken – zum Beispiel, wenn ich Lebensmittel einkaufte und ein paar Chocolate Chip Cookies sah, da erinnerte ich mich an die, die sie gemacht hatte (und den Kuss, der damit einherging). Oder, als ich Material im Home Depot abholte, da kaufte ich eine Taschenlampe, weil mir aufgefallen war, dass Laney keine zu besitzen schien. Die Frau war fest verankert in meinem Kopf.

Vielleicht war der Widerwille auf Rocco zurückzuführen – das ergab vermutlich einen Sinn. Ich war noch nie mit einer alleinerziehenden Mutter zusammen gewesen, unweigerlich war das wohl kompliziert. Ich muss gestehen, ich habe nicht die geringste Ahnung von Kindern, aber ich mag sie ganz gerne. Ich hatte bloß nie die Gelegenheit gehabt, viel Zeit mit ihnen zu verbringen. Rocco schien ein cooler kleiner Kerl zu sein – ein bisschen schüchtern vielleicht und irgendwie unberechenbar, aber das war okay. Langsam wurde klar, dass es kein Honiglecken ist, alleinerziehende Mutter zu sein, aus meiner unerfahrenen Perspektive schien Laney es jedoch hervorragend hinzukriegen. Rocco benahm sich gut und alle schienen ihn zu mögen.

Mann, schön langsam war auch ich der Ansicht, dass meine Mom vielleicht doch recht gehabt hatte, dass man meinen Dad mit dem Kind zusammentun könnte. Sie hatten gestern Abend am Esstisch ihr eigenes kleines Klubtreffen veranstaltet. Ehrlich gesagt war ich ein wenig neidisch gewesen. Ha, das war ja unerwartet! Ich wollte, dass Rocco mich meinem Vater vorzieht – das war vielleicht ein wenig kindisch, aber so war es. Ich machte mir eine geistige Notiz, mir ein paar jugendfreie Witze im Internet zu suchen.

Aber ich hatte ein Ja von Laney für Mittwoch erhalten und ich war fest entschlossen, sie für mich zu gewinnen. Scheiße, jetzt musste ich sie mit meinen Kochkünsten beeindrucken, die ich vielleicht ein klein wenig übertrieben angepriesen hatte. Da Spaghetti so ziemlich das Einzige sind, das ich kochen kann, sah es danach aus, als würden wir italienisch essen.

AM DIENSTAG ERHIELT ich einen Anruf wegen eines weiteren Problems mit einem Projekt am östlichen Rande der Stadt, daher verbrachte ich den Großteil des Vormittags dort. Bailey und ich trafen uns gestern mit Doug und, genau wie meine Mutter es vorhergesagt hatte, war er begierig darauf, mehr zu leisten und uns bei der Lösung dieses Problems, der Schreibarbeit und der Einteilung teilweise zu helfen. Mit dem heutigen Debakel war das Geschäft für mich abgeschlossen und ich war fest entschlossen, Doug bei dieser neuen Angelegenheit hinzuzuziehen und ihn das übernehmen zu lassen. Diese neue Entschlossenheit ließ mich auf meinem Weg zu meinem Truck heute Nachmittag grinsen. Und da klingelte mein Telefon. *Laney.* Mein Grinsen wurde zu einem ausgewachsenen Lächeln und ich glaube, ich fing möglicherweise auch an zu stolzieren.

»He, meine Schöne, was gibt's?«

»Nate, Gott sei Dank.« Sie klang gestresst.

»Was ist los?« Ich spürte, wie es mir auf den Magen schlug.

»Tut mir leid, ich wollte nicht in Panik geraten, ich befinde mich nur ein bisschen in der Klemme und ich wusste nicht, an wen ich mich sonst wenden sollte.«

Meine Atmung normalisierte sich. »Ich bin froh, dass du mich angerufen hast. Was kann ich tun?«

»Ich stecke hier völlig in der Arbeit fest. Wir haben einen Termin, den wir nur werden einhalten können, wenn wir alle Überstunden machen. Roccos Tagestätte schließt um 6:15 Uhr, Fiona ist nicht in der Stadt und Gavin geht nicht an sein Telefon. Es ist jetzt schon fast 5:00 und ich habe niemanden, der ihn abholt. Könntest du ihn bitte, bitte für mich abholen und bei ihm bleiben, bis ich Gavin erreiche? Oder könntest du irgendwie Gavin suchen und ihn Rocco holen lassen? Irgendwas!« Sie klang wieder panisch.

»Beruhige dich. Ich mach das. Ich bin hier fertig, es besteht also kein Grund, Gavin einzubeziehen. Ich kann vorbeischauen und den Pimpf abholen. Wo ist die Schule?«

Sie stieß einen großen Seufzer aus. »Danke, Nate. Vielen, vielen Dank. Ich werde die Schule anrufen und dich autorisieren müssen, damit du ihn überhaupt abholen darfst, aber das wird nicht lange dauern. Er erwartet mich normalerweise um 5:15 Uhr, glaubst du also, du könntest bald los?«

Ich sagte ihr, dass das kein Problem sei, und erhielt die notwendigen Informationen von ihr, einschließlich jener zum Versteck ihres Hausschlüssels – doch tatsächlich oben auf dem Türrahmen. Dieses eine Versteck würde sich ab heute ändern.

Da ich nun wusste, dass es ihr besser ging und alles in Ordnung war, fand ich, dass ein wenig Necken angebracht war. »Ich muss schon sagen, es wundert mich ein wenig, dass du *mich* angerufen hast, Laney. Wir gehen ja nicht mal miteinander oder so.«

»Halt die Klappe, Sparky.«

ICH FUHR ZU CORNERSTONE DAYCARE. Um etwa die gleiche Zeit wie alle Eltern der Stadt, wie es schien. Ich zeigte meinen Ausweis der Frau im Empfangsbüro, wie Laney es mich angewiesen hatte, und ich fand Roccos Klassenzimmer genau dort, wo sie gesagt hatte. Wenigstens hatte die Lehrerin ihm erklärt, dass er mit mir anstatt seiner Mom rechnen sollte, sonst wäre ich besorgter gewesen, als ich es ohnedies schon war. Es war ja nicht so, dass das Kind und ich bereits super dick miteinander befreundet waren.

Als ich den Raum betrat, war da dieser Kerl, ungefähr in meinem Alter, der sein Kind beauftragte, seine Sachen aus den Spinden am anderen Ende des Raumes zu holen. »Tucker, schnapp dir deine Sachen – wir müssen los!« Das Kind trug ein leuchtend pinkes Shirt mit aufgestelltem Kragen und blaue Shorts mit – waren das beschissene Flamingos? Ich schaute wieder zu dem Kerl und rechnete damit, dass man ihm ansehen würde, wie peinlich ihm das war, wie jedem Mann, dessen Kind so angezogen war. Aber nein. Nichts. Entweder hatte die Frau dieses Kerls ihn mit eisernem Griff an den Eiern oder sie war eine Meisterin des Oralen.

Ich sah mich nach Rocco um, in der sicheren Erwartung, dass das, was er anhaben würde, cool sein würde. Denn, sein wir mal ehrlich, seine Mom war umwerfend. Ich wurde nicht enttäuscht. Rocco saß an einem Tisch und baute einen riesigen Wolkenkratzer aus Lego und trug ein T-Shirt mit der Aufschrift »*Support Our Troops*« und einem Sturmsoldaten darauf. *Klassisch.* Ich bemerkte auch, dass er sich etwas vorzusummen schien und seine Nase wieder dieses Zucken hatte.

»Yo, Rocco!«, rief ich, damit er wusste, dass ich da war. Ehe er den Gruß erwidern konnte, ging das Kind mit dem rosafarbenen T-Shirt zu ihm hin.

Der Vater, der unter dem Pantoffel stand, deutete auf den Legotisch. »Gehört er zu ihnen?«

Aus irgendeinem Grund, über den ich nicht allzu viel nachdenken wollte, antwortete ich: »Jap.«

Der Kerl verschränkte die Arme und nickte. »Also wissen Sie, es ist wirklich toll, dass er mit all den anderen Kindern in der Schule ist.«

Was. Zum. Teufel.

»Nein, weiß ich nicht. Bitte klären Sie mich auf.« Meine Stimme war grell und mein Körper verwandelte sich in Stein.

Er hätte nicht unbehaglicher aussehen können, wenn ein Dutzend Playboy-Bunnies auf seinen Schwanz gezeigt und gelacht hätten. »Na ja, er hat doch ein paar Probleme, stimmt's?«

Und genau da sah ich aus dem Augenwinkel, wie der kleine Flamingoscheißkerl mit der Hand ausholte und Roccos Wolkenkratzer umwarf.

Wir waren hier fertig. Ich verwendete meine Bruce-Banner-Prä-Hulk-Stimme, wie ich fand, und zog gegen den Kerl los. Mit dem perfekten Grad an stiller Kraft. »Das einzige *Problem* hier ist, dass er mit einem Haufen hochnäsiger Arschlöcher wie Ihnen und Ihrem Kind zur Schule geht. Sagen Sie Ihrem Kind, dass ich, sollte es sich jemals wieder mit Rocco anlegen, meinem Kind freie Hand geben werde, es in die Nüsse zu treten. Und wenn Sie schon dabei sind, versuchen Sie mal, etwas Rückgrat zu zeigen und Ihrer Frau zu sagen, sie soll dort einkaufen, wo man Kleidung für Jungen verkauft.«

Ich schritt zu dem Platz, wo Rocco deprimiert saß und auf sein zerstörtes Meisterwerk starrte. »He, Junge. Sollen wir hier abhauen und uns ein Eis kaufen gehen?«

Seine feuchten Augen sahen zu meinen auf und er zuckte mit der Nase. Dann nickte er und nahm meine Hand.

Ein Stopp bei SweetFrog (Was ist übrigens mit DQ passiert?) und ein weiterer bei Home Depot und schon waren wir auf dem Weg zu Laney. Rocco blieb recht still, aber ich hatte ihm ein paar Lächler entlockt und wir hatten ein paar Witze ausgetauscht. Seine waren offensichtlich erfunden und ergaben null Sinn, aber ich lachte trotzdem. Ich bin kein Idiot.

Ich holte den »versteckten« Schlüssel herunter und legte, nachdem ich die Tür aufgesperrt hatte, den Schlüssel in das Schlüsselversteck in Form eines Steins, den ich im Home Depot gekauft hatte und nun an eine unauffällige Stelle neben der Seitentür legte. Ich dachte mir, ich würde mal probieren, ob Rocco Ball spielen oder etwas draußen spielen wollte, also begab ich mich auf die Suche nach Spielzeug für Draußen. Der Mantelschrank bei der Tür erschien mir als der beste Platz, um mit der Suche zu beginnen. Als ich ihn öffnete, rieselte mir eine Lawine aus Taschen, Mänteln, Schuhen und, seltsamerweise, ungeöffneter Post vor die Füße. Hmm. Was nun? Da ich keine Sportgeräte entdeckte, beschloss ich, alles wieder hineinzustopfen und so zu tun, als wäre ich niemals dort gewesen. Es schien, als würde Laney ein bisschen Unordnung nichts ausmachen, um es nett auszudrücken. Danach hielt ich es für das Beste, Rocco um Hilfe zu bitten, und wir fanden einen Fußball im Schlafzimmer.

Ich war kein Fußballspieler und ich glaube, man konnte sagen, Rocco noch weniger, aber wir unterhielten uns trotzdem gut, indem wir den Ball im Garten herumkickten. Wir erfanden unser eigenes Spiel, dessen Regeln er jedes Mal, wenn er verlor, wieder änderte. Doch das war mir vollkommen egal. Das Kind und ich hatten Spaß. Rocco lief zu dem großen Baum im rückwärtigen Garten ihres Hauses und erklärte sich zum Sieger. Ich lag schließlich auf dem Boden und gab auf. Dort blieb ich eine Minute lang und starrte in die Äste des Baumes, und dann kam Rocco zu mir herüber und legte sich direkt neben mich. Ich legte die Hände hinter den Kopf, da bemerkte ich, dass er meine Bewegungen nachahmte. Das war möglicherweise das Entzückendste, was ich jemals gesehen hatte, und ich spürte, wie es mir die Brust zusammenschnürte. Dann fiel mir etwas ein.

»Weißt du, was du brauchst, Rocco?«

»Was?«

»Ein Baumhaus.«

»Echt?« Seine Stimme war voller Ehrfurcht.

»Echt. Lass uns eins bauen.«

Seine kleine Faust stieß in die Luft. »Ja!«

Damals verlor ich das erste kleine Stück meines Herzens an dieses kleine Kind.

ALS ES 6:30 Uhr wurde, waren wir beide am Verhungern und sonst war noch niemand zu Hause. Wir hatten uns beim Fußballspielen schmutzig gemacht, Roccos Lösung war also, alle Kleidungsstücke abzulegen. Ich zog es vor, meine anzubehalten, trotz der zuvor genannten »Hosen-nicht-verpflichtend«-Richtlinie in Laneys Haus. Ich machte uns ein paar Erdnussbutter-Sandwiches und legte noch eine Banane drauf, damit ich mir wie ein verantwortungsvoller Aufpasser vorkam.

Laney und Gavin kamen beide um 7:00 Uhr nach Hause. Sie traten beide zur selben Zeit durch die Tür und ich hörte, wie Laney sich über Gavin wegen des Ladens des Handys hermachte. Er konterte mit einer Beleidigung, und das erinnerte mich so sehr an Bailey und mich, dass ich lächeln musste. Rocco und ich waren auf der Couch und sahen uns irgendeine idiotische Zeichentrickserie über ein kahlköpfiges Kind mit einem echt seltsamen Namen, den ich mir nicht gemerkt habe, und seine übertrieben gefühlsbetonte Familie an. Ich denke, Rocco hat es nicht einmal gefallen, aber es war der einzige Cartoon, den ich finden konnte.

»He, Nate«, begrüßte uns Gavin als erster. »Tut mir leid, wegen der Sache mit der Kita. Mir ist nicht aufgefallen, dass mein Handyakku alle war.«

»Kein Problem. He, sieht gut aus auf der neuen Baustelle. Ich habe gehört, du lernst ziemlich schnell.«

Gavin kratzte sich etwas verlegen am Kopf. »Ja, es läuft ziemlich gut für die. Ich lerne auch viel.« Er ging zur Couch hinüber und hielt Rocco die Faust entgegen. »He, Kumpel!« Sie stießen Fäuste an und er drehte sich um und ging zur Diele. »Ich geh dann mal unter die Dusche. Ich habe festgestellt, dass ich nicht so viel Glück bei den Damen habe, wenn ich direkt von der Arbeit in die Bars gehe.«

»Das ist ein Lernprozess, mein Freund«, feuerte ich zurück.

»He, Rocco«, sagte Laney leise, als sie als Nächste näher-kam. Sie trug eine durchsichtige Bluse mit irgendeiner Art Trägerhemd darunter und ihr Hintern wurde, wieder einmal, in einer engen schwarzen Hose perfekt in Szene gesetzt. Ich musste mich äußerst beherrschen, sie nicht auf meinen Schoß zu ziehen und zu begrapschen. »Es tut mir so leid, dass ich dich heute nicht abholen kommen konnte, Kumpel, aber ich verspreche dir, ich werde morgen dort sein.« Die Schuldgefühle waren in ihrem Gesicht deutlich zu sehen. Jetzt fühlte ich mich wie ein Perversling und wollte sie an mich ziehen und knud-deln. »Hattest du Spaß mit Nate?«

Roccos Kopf drehte sich vom Fernseher weg und seine Augen leuchteten. »Mommy! Nate und ich werden ein Baum-haus bauen!«

Laney legte den Kopf schief und hob die Augenbraue bis zum Himmel. Vielleicht war das die Art von Angelegenheit, die man zuerst mit der Mutti besprechen sollte.

OBWOHL ICH MICH bei Laney vielleicht in Schwierigkeiten befand, war meine Stimmung euphorisch, als Rocco mich auf seinem Weg zu Bett umarmte. Ich wartete auf der Couch und schaltete den Fernseher auf ESPN, während Laney ihn zu Bett brachte. Sie tauchte fünfzehn Minuten später aus seinem Zimmer wieder auf und setzte sich neben mich. Ich drehte mich zu ihr, um ihr meine volle Aufmerksamkeit zu schenken.

Sie räusperte sich. »Zuerst einmal möchte ich dir danken, dass du Rocco abgeholt und auf ihn aufgepasst hast. Ich weiß wirklich nicht, was ich hätte tun sollen, wenn du nicht für mich dagewesen wärst.« Sie legte ihre Hand auf meinen Arm.

Bevor sie weiterreden konnte, sagte ich: »Aber ich hätte keine Pläne für den Bau eines Baumhauses machen sollen, ohne mich zuerst mit dir zu besprechen. Zu dem Zeitpunkt hab ich nicht daran gedacht, aber ich hab's kapiert. Ich bin bei der ganzen Kindersache noch Anfänger, du musst also ein wenig nachsichtig mit mir sein.« Ich setzte auf mein charmantestes Lächeln.

»Gottverdammtes Grübchen«, hörte ich sie murmeln.

»Wie war das?«

»Nichts. Du hast recht. Du hättest mich zuerst fragen sollen, aber hauptsächlich, weil ich nicht möchte, dass du ihm Dinge versprichst, die aus irgendwelchen Gründen nicht stattfinden werden. Ich komme damit nicht klar, wenn er noch mehr enttäuscht wird, als er ohnedies schon ist.«

Ich spürte, dass ein noch viel größeres Problem vorlag, aber ich zog es vor, es vorerst nicht weiter zu verfolgen und erst später zu versuchen, es in Angriff zu nehmen, sowie wir uns besser kannten. »Du musst dir keine Sorgen machen. Ich bin zu einhundert Prozent mit an Bord beim Baumhaus. Eigentlich kann ich es gar nicht erwarten. Ehrenwort.« Ich legte die Hand aufs Herz.

»Ich glaube dir. Und vielen Dank, Nate.«

Also wenn das keine Einladung war, einen Kuss zu wagen, dann weiß ich nicht. Aber wie ein Vollidiot tat ich es nicht. Stattdessen nütze ich den Augenblick, um ihr von dem kleinen Vorfall in der Kita zu erzählen.

»Komm her.« Ich winkte sie zu mir und machte ihr einen

Platz in meiner Armbeuge frei. Sie zögerte nicht, ihn einzunehmen. Warme, geschmeidige Frau, die sich an mich schmiegte; hier konnte ich für lange Zeit glücklich sein.

»Ich nehme an, mit Rocco ist alles glatt verlaufen«, sagte sie.

»Es war sogar fantastisch«, erwiderte ich, und ich bin mir sicher, meine Aufregung war in meiner Stimme zu hören. »Aber ich muss dir erzählen, dass ich ein wenig sauer war wegen ein paar Dingen in seiner Schule.«

Ich spürte, wie sich ihr Körper anspannte. »Welche Dinge?«

»Laney, ich weiß nicht, ob diese Leute deine Freunde sind oder ob du diese Kita nur zufällig entdeckt hast, aber ich habe keine freundlichen Schwingungen vernommen. Nimm's mir nicht übel.«

»Mist.« Ihre Hand verdeckte ihre Augen.

»Es mag so ein zufälliges, einmaliges Ereignis gewesen sein, aber so ein kleiner Arsch hat Roccos Projekt versaut und sein Dad hat irgend so einen Bockmist von wegen, dass Rocco irgendwie ›anders‹ als die anderen Kinder ist, vom Stapel gelassen. Die ganze Sache ist mir einfach nur auf den Sack gegangen und ich hab dem Kerl gesagt, er soll zur Hölle gehen, und ich habe vielleicht auch seinem Kind gedroht ...« Ich verstummte, als mir zum ersten Mal bewusstwurde, wie vollkommen lächerlich sich das alles anhörte. Scheiße.

»Du hast einem Kind gedroht?« Der Mund fiel ihr herunter und ihre Augen feuerten Blitze auf mich ab.

»Na ja, vielleicht nicht dem Kind so sehr, aber ich bin mir ziemlich sicher, ich habe die Männlichkeit des Mannes beleidigt und ein oder zwei Drohungen dazugepackt.«

Stille.

»Zu meiner Verteidigung muss ich sagen, dass das Kind Frauenkleidung anhatte und trotzdem die Frechheit hatte, etwas umzuwerfen, was ich persönlich für ein geniales Lego-Meisterwerk hielt, an dem Rocco hart gearbeitet hatte.«

Laney sah auf ihren Schoß hinunter, dann hob sie den Blick

und sah mir wieder in die Augen. »Hieß das kleine Arschloch vielleicht zufällig Tucker?«

Ich fühlte mich ein wenig bestätigt und antwortete: »Aber ja, ja so hat er geheißen.«

»Okay, ich kann bestätigen, dass auch ich von vielen der Mütter dort keine guten Schwingungen erhalten habe, einschließlich seiner. Aber Nate, du kannst den Menschen in der Kita nicht drohen. Wer weiß schon, wie die Dinge dort laufen? Die könnten die Bullen rufen oder so. Oder zumindest könnten wir wegen gefährlichen Drohungen hinausgeworfen werden. Weißt du, dass die jetzt diese Nulltoleranzregeln haben?!«

»Na schön, wo sind dann diese Nulltoleranzregeln, wenn Kind-in-rosa-Hemd Rocco tyrannisiert und sein Vater ihn noch dazu beleidigt? Ich weiß nicht viel über Kinder, aber Roccos Wolkenkratzer war mindestens vierzehn Stockwerke hoch und es wurde gerade ein Fahrstuhl installiert, glaube ich. Hört sich für mich an, als hätten die Einfaltspinsel nicht mithalten können, also haben sie sich der Sabotage bedient. Hast du noch nie so einen Film gesehen? Rocco ist der brillante Erfinder und Tucker ist das leistungsschwache Muttersöhnchen, der etwas beweisen will.«

Sie legte wieder eine Hand auf meinen Arm und eine andere an meinen Nacken. »Nate, ich muss die folgenden Worte aus deinem Mund hören: ›Ich verstehe, dass diese Kinder fünf und wir nicht in einem Film von Martin Scorsese sind.‹«

Ich fing an zu lachen, aber ihre Miene blieb todernst, also sagte ich ihre lächerliche Erklärung auf. Scheibenkleister. Aber ich fügte meinen eigenen Nachtrag hinzu. »Laney, ich verspreche dir, es gibt nichts, worüber du dir Sorgen machen musst. Der Vater von Flamingo-Kid wurde so weit gedemütigt, dass er keiner Sterbensseele auch nur ein Wort unseres Gesprächs erzählen wird. Aber trotzdem ist es keine so

schlechte Idee, sich nach einer anderen Kita umzusehen, hm?«
In der Hoffnung, nicht zu weit gegangen zu sein, wartete ich.

Bevor ich mich versah, setzte sich die heißeste Frau des
Planeten auf mich und ich hatte endlich ihren Hintern in
meinen Händen. Du lieber Herrgott, war mein Leben schön.

Scarlett O'Hara hatte in einem Punkt absolut recht

LANEY

Seine Hände waren auf meinem Hintern und ich schlug meine Bedenken in den Wind. Jeder Zentimeter meines Körpers strebte zu seinem hin, und jede feste Linie seiner Brust, seiner Arme und Schenkeln kollidierte mit meinem Körper. Mein unmittelbarer Gedanke war, dass uns zu viele Kleidungsstücke trennten, aber wir befanden uns in meinem verdammten Wohnzimmer, daher musste ich meine Gedanken davon abhalten, in diese Richtung zu rasen.

Seine harten Schenkel waren ein Traum und ich wollte ihm die Jeans herunterreißen, um sie mit meinen Händen und meinem Mund zu liebkosen. Bemuskelte Schenkel fand ich besonders anziehend, und Nate hatte sie massenhaft. Ich weiß nicht, ob es nur die körperliche Arbeit bei seinem Job war, oder ob er zusätzlich nebenbei trainierte, aber sein Körper war von besonderer maskuliner Schönheit. Ich rieb mich an seinem Becken von meiner gespreizten Position aus und wurde von dem steifen Beweis seines Verlangens, auf den ich durch den

Jeansstoff hindurch traf, nicht enttäuscht. Es war offensichtlich, dass sein Körper so begierig darauf war wie meiner, aber ich war mir nicht sicher, wie weit ich heute Abend gehen wollte. Ich war noch immer total ausgeflippt, weil er in unserem Leben aufgetaucht war und in wenigen Monaten wieder verschwinden würde, daher wusste ich, dass ich vorsichtig sein musste. Es fiel mir nur schwer, diese Botschaft sowohl meinem Herzen als auch meiner Mumu mitzuteilen. Er war so verdammt heiß. Und er stand so verdammt sehr auf mich. Das war eine Kollision der Schicksale, die in meiner Welt nicht vorkam. Ich war zu schwach, um zu widerstehen.

Ich fuhr mit meiner Zunge seine Ohrmuschel entlang und saugte an seinem Ohrläppchen. Das gab anscheinend den Ausschlag. Nate hob mich hoch und ging mit mir hoch zu meinem Schlafzimmer, die Hände auf meinem Hintern, und ich hatte keine andere Wahl als mich festzuklammern. Das war schockierend und ein wenig peinlich auf verschiedenen Ebenen, deren geringste der chronisch unordentliche Zustand meines Schlafzimmers war.

Lasst mich das erklären.

In all diesen Liebesromanen heben diese durchtrainierten und attraktiven Kerle ständig die Mädchen hoch und werfen sie auf das Bett oder machen in der Vertikalen rum – und das, ohne einen einzigen Muskel anstrengen zu müssen. So eine Frau bin ich nicht. Ich habe Titten und einen Arsch, und das meine ich nicht so wie: »Oh, sieh dir nur ihren strammen Arsch an.« Ich habe Doppel-D und einen Hintern sehr in Proportion. Das führt mich recht oft in die Übergrößenabteilung und dann zu einem Schneider, der die Sachen auf meine kleineren Teile anpasst. Jeder redet gern von Möpsen und Ärschen, als wären sie begeistert darüber, dass die alte Bombenfigur wieder in Mode ist, aber ich kann Euch zwei Dinge verraten: (1) So ein Gestell geht ganz schön auf den Rücken, und (2) Schneider sind nicht billig.

Daher war das, als Nate mich in mein Schlafzimmer trug, an sich ein Ereignis, dass ein romantischer Meilenstein hätte sein sollen, samt einem im Hintergrund laufenden *»Up Where We Belong«*, stattdessen aber eine Episode, die mich mit Selbstzweifel und Bildern von mir in der Notaufnahme erfüllte. Eine Hernie zumindest war durchaus möglich in diesem kleinen Szenario – geht's noch romantischer?

Erstaunlicherweise schafften wir es jedoch ohne Verletzung und er legte mich sanft auf das Bett. Er sah ehrlich nicht mitgenommen aus und sein lüsterner Blick deutete an, ich sollte meinen Unsicherheiten lieber den Laufpass geben. Jetzt ging's gleich richtig zur Sache. *Ja, Mann!*

»Du trägst zu viel Kleidung«, knurrte er, während er mich von seinem erhöhten Standpunkt neben dem Bett aus anstarrte. »Leg die Hose und die Bluse ab. Ich kümmere mich dann um den Rest.«

Du heilige Scheiße. Da legte jemand wohl gerade seine Alpha-Hose an.

Seine bedeckte Stimme und seine Selbstsicherheit waren so verdammt anziehend, dass ich die Anweisung nicht schnell genug befolgen konnte. Kleidungsstücke flogen davon und ich schaute, wie ich so dalag, in meinem Höschen und dem schwarzen Trägerleibchen, von meinem Bett auf und konnte nicht ganz fassen, dass das gerade passierte. Ich erinnerte mich nicht einmal, wann ich das letzte Mal Geschlechtsverkehr gehabt hatte. Was ich sicherlich als deprimierend hätte empfinden müssen. Im Moment war mein Gehirn jedoch stark anderweitig beschäftigt.

»Du bist so verdammt atemberaubend.« Die Pupillen in seinen stechend blauen Augen waren groß.

War das echt? Noch nie hatte mich jemand so angesehen.

Nate beugte sich, noch immer vollständig bekleidet, zu mir herunter und küsste mich auf den Bauch. Er schob den Stoff meines Leibchens mit der Nase hoch und fing an, mit der

Zunge über meinen Bauch zu fahren, über meinen Nabel und dann quer entlang des Randes meines Slips. »Du riechst so gut«, murmelte er und hob dann mein Trägerleibchen, um meinen schwarzen Spitzen-BH freizulegen. Er zog mir das Leibchen über den Kopf, kehrte zurück zu meinen Brüsten und schwebte über ihnen. »Ich fasse es nicht, wie perfekt du bist«, sagte er fast andachtsvoll. Sein Blick verlagerte sich zu meinen Augen und brannte durch mich hindurch. »Darf ich?«, fragte er und ich fühlte mich so sprachlos und unsicher, dass meine Hände einfach an meinen Seiten liegenblieben, während er meinen Körper erkundete. Ich glaube, sie waren so schockiert wie ich.

»Ja«, war alles, was ich hervorbrachte.

Seine Finger streiften sanft über meine spitzenbedeckten Brustwarzen, die durch seine zarte Berührung granulierten. Dann ersetzten seine Lippen seine Finger und er fing an, mich durch die Spitze hindurch abzulecken und an mir zu saugen. Ich hielt es nicht länger aus und musste mir an die Schultern greifen und die Träger herunterziehen, damit er vollen Zugang zu meinen schmerzenden Brüsten erhielt. Er stöhnte, als er meine dunklen rosigen Nippel das erste Mal zu Gesicht bekam, ehe er sie mit seinen Lippen und seiner Zunge bedeckte. Ich schrie auf, als er in jeden leicht hineinbiss.

Meine Hände, die sich endlich von Nates laserfokussierter Aufmerksamkeit erholt hatten, griffen nach ihm, und ich war mehr als frustriert, als ich erneut feststellte, dass er noch bekleidet war. Fest entschlossen, das zu beheben, griff ich mir den Rand seines Shirts, dabei den Anflug eines Flaums auf seinen Unterbauch streifend. Rasch zog ich ihm das Shirt über den Kopf und binnen einer Millisekunde zogen meine Hände jeden Hügel und jedes Tal seiner Schultern, seiner Brust und seiner Bauchmuskeln nach. Die Perfektion in Person. Gott, war er fest und glatt und seine Haut war unglaublich empfindlich, wenn man sein gelegentliches Zittern als Anzeichen werten konnte. Ich könnte ihn die ganze Nacht lang liebkosen und würde mich dabei niemals langweilen. Natürlich müsste ich auch meine Lippen und meine Zunge zur Mitarbeit einladen. Ich umkreiste eine der Brustwarzen mit meiner Zunge und er reagierte mit etwas, das zwischen einem Stöhnen und einem Lachen lag. Gott, wie ich das liebte.

Bald war meine Spielzeit vorbei, wie es schien, denn seine Hände packten meine Handgelenke fest und hielten sie auf das Bett gedrückt, während sein Mund hinuntertauchte zum Bund meines Höschens und die Spitze zwischen die Zähne nahm. Er sah auf in mein Gesicht und ich schwöre, in dem Moment blieb das Leben, so wie ich es kannte, stehen. Ich weiß nicht, was es war, etwas Tiefes, mehr als Sex oder Reizen oder Freundschaft packte mich an der Brust und das Atmen fiel mir schwer.

Was bedeutete das? Ich hatte noch nie solch ein Gefühl erlebt und ich konnte an Nates Augen erkennen, dass er es auch spürte. Ich fühlte mich berauscht und sonderbar, und sein Blick verriet mir, dass er von Ähnlichem heimgesucht wurde.

»Mommy?« Die Tür ging quietschend auf.

Nein nein nein nein nein! Rocco! Hatten wir doch glatt die Tür nicht verschlossen!

Aus irgendeinem verdammten Grund kapieren Kinder nicht, dass sie Momente der Offenbarung nicht stören dürfen. Ich warf mir ein Laken über den Körper und tat mein Bestes, um Nate auf den Boden zu treten. (Tut mir leid, Nate!)

»Was ist denn, Kumpel? Wieso schläfst du nicht?« Mein Herz schlug durch meinen Brustkorb.

»Es gibt zwei Gründe, aber den ersten weiß ich nicht mehr.« *Bäh.* »Ich weiß, der zweite ist, dass ich morgen eine neue Packung Zeichenstifte in die Schule mitbringen muss«, sagte er, als er auf mein Bett kletterte. Den hemdlosen Mann auf dem Boden auf der anderen Seite bemerkte er nicht.

»Das ist schon in deinem Rucksack, Schätzchen«, erklärte ich ihm.

»Ich glaube, der erste Grund ist, ich muss mit dir schlafen, aber ich bin mir nicht ganz sicher.«

Nate und ich hatten am Rande etwas Tiefgehenden gestanden – für heute Nacht war das aber nun erst mal vorbei. Und während ein Teil von mir danach schrie, es jetzt sofort in der Sekunde zurückzuholen, beschloss der andere, eher rational zu sein. Ich war überrascht, dass ich es überhaupt so weit hatte kommen lassen, abgesehen von der Tatsache, dass ich mich wahnsinnig hingezogen fühlte zu diesem Mann und seine starke Anziehungskraft spürte.

Ich manövrierte mich, mit dem Laken noch um mich gewickelt, vom Bett herunter und deckte Rocco mit dem restlichen Bettzeug zu. Dann tat ich so, als wäre ich eine Statue, bis seine Augen sich schlossen und seine Atmung sich verlangsamte. Nate, der ebenfalls eine Statue nachahmte – eine, die wahrscheinlich ein paar blaue Flecken von dem plötzlichen Plumps auf den Boden aufwies – wartete auf mein Signal und dann schlichen wir uns beide aus dem Zimmer. Sein Shirt zog er sich an, als ich ihn zur Tür brachte. Ich war es nicht gewohnt, dass die Hormone durch meinen Körper kursierten wie bei wildgewordenen Mädchen, daher war ich irgendwie unruhig bei unserer Verabschiedung.

Er nahm mein Gesicht in die Hände. »Ich muss dir wohl nicht sagen, dass ich mich auf unser Rendezvous morgen Abend wirklich freue. Ist 6:30 Uhr noch okay?«

Beinahe wollte ich ihm sagen, er soll mich um 6.30 Uhr morgens abholen, damit wir beenden konnten, was wir begonnen hatten, aber ich hielt meine Libido unter Kontrolle und stimmte zu. »Hört sich großartig an.«

Er küsste mich dezent, diesmal auf die Lippen, und der Kontakt war bei Weitem zu kurz. »Kann es kaum erwarten, dich morgen zu sehen.«

Das war zu perfekt. Ich musste wieder auf den Boden der Realität zurückkehren. Gleich würden die bösen Stiefschwestern hereinstürmen und mir das Kleid ruinieren und irgendein super-heißes Girl (die keinen Anhang hatte) würde Nates Aufmerksamkeit auf sich ziehen und ihn mir stehlen. Und dann würden sie beide in den Sonnenuntergang zurück nach Texas davonreiten. So funktioniert das. Was tat ich da, dass ich so begeistert und aufgeregt war?!

Dennoch ging ich mit einem inneren Freudentanz und einem dicken, fetten Lächeln auf den Lippen zu Bett.

Heute Nacht war es soweit.

»Heute Nacht ist es soweit!«, schrie Fiona. »Laney wird heute flachgele-hegt, Laney wird heute flachgele-hegt!«

»Geht bei dir noch irgendwas ohne diesen ›Tante-Tante-Weh-Weh-Ton‹? Ich komme mir vor, als wären wir acht Jahre alt.«

»Also das wäre extrem unpassend angesichts des Themas.«

Dieses Mal war ich bei Fiona, wo ich mich in ihrem Mode-Arsenal bedienen konnte. Sie half mir bei meinem Haar und meinem Make-up, und dann würde ich nach Hause zischen, um rechtzeitig dort zu sein, wenn Nate mich abholen kommt. Gavin wollte Rocco aus der Kita holen und heute Abend baby-sitten, es war also alles vorbereitet. Außer meiner Nerven – die waren völlig durcheinander.

»Geh ich zu forsch vor? Soll ich das wirklich so bald schon wagen?«

»Hör zu. Dieser Mann hat dein Kind gegen einen bescheu-erten Tyrannen verteidigt und ihm dann angeboten, ihm ein Baumhaus zu bauen. Ich würde sagen, alleine dafür verdient er schon, dass du ihm einen bläst.«

»Hör auf, so sentimental zu sein – du wirst mich noch zum Weinen bringen.«

»Ach ja! Habe ich dir schon erzählt, dass Terrence an diesem

Wochenende in die Stadt kommt?« Fiona wackelte mit ihren Brauen und machte einen Powackler – nun, so viel sie eben konnte mit ihrem nicht-existenten Hintern. Terrence war Fionas Hin-und-wieder-Her-»Freund mit gewissen Vorzügen« oder »Fickfreund« oder »Gespiele« oder wie auch immer sie ihn heutzutage nannte.

Er war Pilot und auch ein feines Exemplar – groß gewachsen, gutaussehend, schlank bemuskelt. Und obwohl er kein Grübchen hatte, hatte er dieses seltsam umwerfende, leicht schiefe Lächeln, das einem irgendwie immer das Gefühl gab, ihn allein schon damit glücklich zu machen, dass man vor ihm stand. Mit anderen Worten: Er war ein Schatz, und abgesehen von dem coolen Lächeln und all dem Rest hatte er die makelloseste dunkle Bräune, die ich jemals gesehen hatte. Es hatte mehr als eine Gelegenheit gegeben, bei der ich ein bisschen zu viel getrunken hatte und ach-so-lässig meine Hand über seinen Arm hatte gleiten lassen, nur um die Haut fühlen zu können. Fiona hat mich jedes Mal erwischt, aber sie fand es urkomisch – logisch, immerhin durfte sie, nachdem das Trinken erledigt war, zu allem, was Terrence war, nach Hause gehen. Daher war es mir ein Rätsel, dass Fiona darauf bestand, das mit ihnen nicht weiter zu intensivieren. Ich fand, dass er prima zu ihr passte.

»Spaß voraus!« Sie wackelte weiter. »Und ich habe einen ganz entzückenden seidenen String-Tanga bei La Perla bestellt – ein ganz blasses Rosa mit so Spitzeneinsätzen – Ach! Und ich habe dieses eisblaue Set aus BH und Höschen gesehen, die an dir hammermäßig aussehen würden – bitte, bitte lass sie mich für dich kaufen!!« Auf mein Kopfschütteln machte sie ein langes Gesicht. »Du bist so eine Spaßbremse.«

Es gab gewisse Dinge, mit denen Fiona mit ihrem endlosen Geld Rocco und mich verwöhnen durfte. Aber La Perla? Kam nicht in die Tüte.

»Hmm. Ich kann mich nicht entscheiden, ob er und ich

ausgehen oder einfach nach Hause bestellen und das gesamte Wochenende damit verbringen werden, uns kreative Beschäftigungen für den Innenbereich auszudenken. Ich hoffe, das Höschen kommt vor Terrence an«, sagte sie.

Manchmal war es einfach so leicht – ich biss mir auf die Lippe, um nicht lachen zu müssen. »Na ja, es hat noch immer um die achtzig Grad, also würdest du genau genommen das Risiko eines Sonnenstichs vermeiden. Das ist das einzige Verantwortungsvolle, das du tun kannst.«

»Ich glaube, ich habe absolut recht. Also, was machen wir mit diesen Haaren?« Sie führte mich zu ihrem Frisiertisch – ja, selbstverständlich hatte sie einen Frisiertisch.

»Ich will nicht aussehen, als würde ich mir allzu viel Mühe geben, also mach es einfach, falls du dich zurückhalten kannst. Und ich trage eine Jeans, also will ich keine Widerrede! Es ist nur ein Essen in seiner Wohnung.«

»Na schön«, sagte Fiona mit einem Flunsch und fuhr mit der Bürste durch meine langen Haare. »Aber sei wenigstens zivilisiert und borg dir ein paar Schmuckstücke von mir, ja?«

Wir sahen uns beide mein Spiegelbild an, während sie meine Haare drehte und zupfte, und entschieden uns für einen Stil. Plötzlich legte sich ein Stein in meinen Magen. Meine Hände bewegten sich zu meinen Wangen.

Fiona ließ meine Haare fallen und ihre Hände hielten meine Schultern. »Was ist denn, Laney?«

»Ich weiß nicht, was ich hier mache. Ich fühle einfach diesen, ich weiß nicht, *Sog* zu Nate hin, aber ich weiß, dass er mir das Herz brechen wird. Rocco und ich werden an ihm hängen und dann wird sein Vater gesund werden und er wird fortziehen. Du weißt ja, dass ich mir so schon genug Sorgen wegen Rocco mache, und da bin ich und bereite den nächsten Absturz vor. Was bin ich bloß für eine Mutter?«

Fiona machte ein finsteres Gesicht. »Du bist die beste Art von Mutter, so sieht's aus! Du denkst immer zuerst an den kleinen Jungen und, klar, er hat gerade ein wenig Stress, aber du tust dein Bestes. Wo steht, dass du dir nicht auch ein bisschen was gönnen darfst? Auch wenn Nate wieder fortgeht, was ist so schlimm an einer Affäre? Und außerdem weißt du nicht, ob er wirklich fortgeht – du machst Annahmen, ohne alle Informationen zu haben. Du könntest dich wie eine Frau benehmen und ihn direkt fragen, weißt du?«

Meinem Gesichtsausdruck entnahm sie, dass ich offensichtlich nicht bereit dazu war, mich »wie eine Frau zu benehmen«.

»Hör einfach auf, dir Stress zu machen. Mensch, es kann ja auch sein, dass du heute Abend herausfindest, dass ihr euch gar nicht so sehr mögt, wie du gedacht hast. Dann fehlt dir nur ein Baumhaus und du kannst Gavin dazu bringen, zu lernen, wie man einen rechten Winkel formt und sowas zusammenbaut. Der Sinn ist, heute Abend Spaß zu haben und sich über den Rest später zu sorgen.«

Ich betrachtete sie im Spiegel. »Danke, Fi. Du hast recht. Hast du Wein da?«

Sie sah beleidigt drein. »Ob ich Wein da habe? Wo glaubst du denn, dass du bist?«

Ich lachte sie an und ließ meine Hände wieder auf meinen Schoß sinken. »Na gut, schenke Wein ein, mach mich hübsch und lass uns ordentlich einen auf Scarlett O'Hara machen!«

ICH TRANK EIN GLAS WEIN, während Fiona an mir werkte, und bis mein Glas leer war, sah mein Haar gepflegt und sexy aus und mein Make-up war etwas aufwändiger, als ich es normalerweise trug, sah aber fantastisch aus. Ich machte mich auf den Weg nach Hause, um mich umzuziehen. Fiona überredete mich letzten Endes doch dazu, einen verführerischen Rock und Plateausandalen aus meinem eigenen Schrank zu tragen, und sie ließ sich von mir ein Bild des endgültigen Outfits texten, damit ich nicht schummeln konnte. Gavin und Brett waren im Garten und warfen mit Rocco einen Baseball herum, als die Türglocke läutete. Wenigstens würde ich mit dieser Peinlichkeit nicht fertigwerden müssen. Ich schnappte mir meine Tasche, holte tief Luft und öffnete die Tür.

Nate trug ein blaues Button-down-Hemd, das seine Augen hervorhob. Die Ärmel waren aufgekrempelt und gaben die Sicht frei auf seine sehnigen Unterarme. Die ersten beiden Knöpfe am Hals waren aufgeknöpft und boten mir einen Blick auf seine Brustbehaarung. Seine Jeans mit dunkler Waschung passte ihm perfekt und graue Converse komplettierten den Eindruck. Bequem, lässig und verdammt geil. Mein Unterbauch wurde warm und die Schmetterlinge hoben ab. Sein Kinn war zum ersten Mal frisch rasiert und ich war mir nicht sicher, wie ich es bevorzugte. Seine Augen waren heiß und sie richteten sich direkt auf mich.

»Du siehst hinreißend aus«, sagte er, während sein Blick über meine Figur schweifte.

»Du siehst auch nicht schlecht aus.« *War das meine Stimme? Sie war so rauchig.*

»Kann's losgehen?« Er machte eine Beuge in seinen Arm, in die ich mich einhängen konnte.

Wortlos wand ich meinen Arm um seinen und wir gingen zu seinem Truck, wo er meine Tür öffnete und mir hineinhalf. Begrapschte er mich dabei ein wenig? Vielleicht störte mich das nicht im Geringsten.

»Also was haben die Jungs heute Abend vor?«, fragte Nate, als er saß und auf die Fahrbahn hinausgefahren war.

»Weiß der Himmel. Sie haben Ball gespielt, als ich weggegangen bin, also werden sie hoffentlich nicht in Schwierigkeiten geraten. Obwohl Gavins bester Freund bei ihm ist, ist es doch unwahrscheinlich.«

»Du magst ihn nicht?«

»Ach, Brett ist okay. Es ist nur so, dass wenn die beiden

zusammen sind, steigt die Wahrscheinlichkeit für ausgesprochen dummes Verhalten exponentiell. Aber ich bin wahrscheinlich voreingenommen, weil Brett dabei war, als Gavin einmal einen wirklich schlimmen Unfall hatte, der schließlich seine Baseball-Karriere ruinierte.«

»Ich habe mich diesbezüglich schon gefragt, aber ich hatte Angst, es könnte ein wunder Punkt sein, deswegen wollte ich Gavin nicht darüber befragen.« Nate warf einen kurzen Blick zu mir. »Nachdem er Gavin neulich abends kennengelernt hatte, hat mein Vater erwähnt, dass er ihm immer beim Spielen zugesehen hat, als Gavin noch in der Highschool war. Er hat gesagt, alle dachten, dein Bruder würde eines Tages Profi werden, sie haben dann aber nichts mehr von ihm gehört, nachdem er aufs College gegangen war.«

»Das war bestimmt klug, es nicht zu erwähnen – es ist definitiv noch ein heikles Thema.« Ich seufzte.

»Was ist geschehen, wenn ich mir die Frage erlauben darf?«

»Natürlich.« Ich strich mir den Rock glatt und versuchte, mich von der Erinnerung nicht berühren zu lassen. »Er spielte mit einem vollen Stipendium und war auf dem besten Weg, groß rauszukommen. An seinem zwanzigsten Geburtstag hatten er und Brett und ein paar ihrer anderen Freunde die clevere Idee, das Motorrad eines Mannschaftskameraden auszuprobieren – obwohl er noch nie in seinem Leben mit einem Motorrad gefahren war, wohlgemerkt.« Ich schüttelte den Kopf bei dem Gedanken. »Lange Geschichte, kurzer Sinn, er hat sich seinen Wurf-Arm an drei Stellen gebrochen. Adieu, Baseball-Stipendium. Adieu, Traum von der obersten Liga. Wenigstens war er so vernünftig gewesen, einen Helm zu tragen. Doch *dann*, anstatt sich von seinen Operationen zu erholen und seinen Abschluss zu machen, zog er es vor, zu trinken und ein Gammler zu werden. Und ich konnte ihm das bisher noch nicht vollständig verzeihen.« Ich schaute durch das Fenster hinaus und Nate schwieg. »Wow, das war wahrscheinlich mehr, als du wissen wolltest.« Ich rang mir ein Lächeln ab und sah ihn wieder an.

Er warf mir einen Blick zu und sah dann wieder auf die Straße. »Hört sich ... sehr kompliziert an.« So konnte man es auch sagen.

Ich ging schnell weiter zu den erfreulicheren Themen und wir kamen Minuten später bei seinem Apartmenthaus an. Insgesamt war es ziemlich schmuddelig, die Gehwege hatten Spalten und die Rasenflächen waren voller Unkraut.

»Ich weiß«, sagte Nate, als er meine Hand nahm und mich die Treppe hoch zu seiner Wohnung im zweiten Stock führte. »Es ist kein Hingucker, aber es ist billig und nur vorübergehend. Es war die einzige Wohnung, die ich finden konnte, bei der man monatlich kündigen konnte.«

Es drehte mir den Magen um. Seine Bemerkung ließ keinen Zweifel an seinen Plänen. Ich verspürte ein plötzliches Verlangen, kehrt zu machen und nach Hause zu laufen, aber das Gefühl seiner warmen Hand in meiner hielt mich irgendwie dort verankert.

Er sperrte die Tür auf und man konnte durch die offene Tür eine kleine Küche, einen alten Tisch im Stil der Sechziger und die hässlichste Couch, die ich jemals gesehen hatte, erkennen.

»Nate?«

»Was?«

»Roseanne hat angerufen. Sie will ihre Couch zurückhaben.«

»Wer ist jetzt der Klugscheißer?« Er stieß mich mit dem Ellenbogen. »Ich habe sie aus dem Keller meiner Eltern geborgt. Meine richtigen Möbel sind in Austin.«

»Ich bin erleichtert, dass ich nicht so tun muss, als würde mir dein phänomenal schlechter Geschmack zusagen.« Ich sah zu ihm auf und lächelte ihn an.

Er hielt ein paar Strähnen meiner Haare und fuhr mit den Fingern nach unten, bis sie mein Schlüsselbein streichelten. Ein

Schaudern durchfuhr mich. »Lass uns diesen Gedanken aufheben, bis du mein Gekochtes kostest. Ich hoffe, du magst Spaghetti.«

In diesem Augenblick dachte ich mir, ich würde alles mögen, das er auftischen wollte.

Großkopf gegen Köpfchen

NATE

»Also das war gar nicht so schlecht, auch wenn's von mir kommt.« Ich lehnte mich auf meinem Stuhl zurück und nahm einen Schluck von meinem Bier.

»Es war mir nicht bewusst, dass es irgendeinen Zweifel gab. Und es *war* gut.« Laney stützte die Ellenbogen am Tisch ab und nippte an ihrem Weinglas.

Die Konversation beim Abendessen war rege gewesen. Wir unterhielten uns über die Erfahrungen, die wir gemacht hatten, als wir beide in derselben Stadt aufgewachsen waren, und es wurde uns bewusst, dass wir uns in unserer Jugend wahrscheinlich dutzende Male beinahe begegnet sind. Aufgrund unseres Altersunterschieds war es jedoch nicht ganz so überraschend, dass das nicht der Fall gewesen war. Dann gingen wir weiter zu ihrer Geschichte mit Rocco und seinem Vater, einem Kerl namens Dominic, der in Kalifornien lebte. Der Kerl hörte sich für mich nach einem Arschclown an, aber Laney war diesbezüglich ziemlich gelassen, also kannte ich offensichtlich nicht die ganze Geschichte. Es erklärte jedoch, wie sie sich eine Hypothek in einer ordentlichen Wohngegend leisten konnte, während sie ihr Kind in diese spießige Kita schickte. Ich vermutete, dass ihr Job nicht gut genug bezahlt war, als dass sie sie sich ganz alleine hätte leisten können. Und ich wusste, dass Gavin erst kürzlich angefangen hatte, seinen Beitrag beizusteuern.

Ihre Beziehung zu ihrem Bruder schien besonders kompliziert zu sein, wie ich zuvor schon bemerkt hatte. Es gab offensichtlich Spannungen, aber ich mochte den Kerl und nach allem was man hörte, rackerte er sich den Arsch ab und begriff rasch bei der Arbeit. Wie dem auch sei, dass Bruder und Schwester einander liebten war deutlich erkennbar und er konnte gut mit Rocco umgehen. Da ich an meine Beziehung zu Bailey dachte und wusste, welche Feinheiten zwischen Familienmitgliedern existieren, wollte ich zu dem Thema jedoch nicht näher nachforschen. Wenn Laney von sich aus etwas mitteilen wollte, würde ich ihr zuhören, wenn sie so weit war.

Sie saß mir gegenüber, ihr Haar glänzte und ihre Augen waren dunkel umrandet und sagenhaft sexy, als sie gedankenverloren mit dem Finger über den Rand ihres Weinglases fuhr. Mein Schwanz stand habt acht – ich kämpfte seit dem Augenblick, als sie in einem kurzen kleinen Rock und einer ärmellosen Bluse mit V-Ausschnitt, die den Weg zu meiner größten Versuchung zeigte, ihre Tür geöffnet hatte, mit einem Steifen. Verdammt, sie war der Inbegriff einer Sexbombe und ich konnte es nicht mehr erwarten, sie in mein Bett und unter mich zu kriegen.

»Also ich vermute mal, die Hausreparatur ist zugunsten des Baumhausbaus erst mal aufgeschoben?«, fragte sie und nahm noch einen Schluck von ihrem Wein. Ich nickte, stand mit meinem Bier auf und deutete ihr, mir zu der grässlichen aber überraschend bequemen Couch zu folgen.

»Mag sein. Das Projekt hat mich inspiriert.« Ich stellte mein Bier auf den zerkratzten Couchtisch.

Das rief ein Grinsen hervor, als sie sich neben mich setzte und ich hinter ihrem Hals meinen Arm auf die Couchlehne legte.

»Ich war vielleicht zu voreilig in meiner Bewertung der Couch«, sagte sie. »Die ist sogar bequemer als meine.«

»Siehst du, ich habe doch guten Geschmack.« Ich legte meinen Arm um ihre Schulter und zog sie näher an mich. »Was das Baumhaus betrifft, da habe ich schon ein paar mögliche Pläne gezeichnet, aber genaue Details werde ich erst kennen, wenn ich den Baum abgemessen habe. Aber es wird ziemlich großartig werden. Nicht, dass ich angeben will, oder so.« Ich grinste.

Sie strahlte mich an, dann stellte sie ihr Glas neben mein Bier und kuschelte sich so richtig seitlich an mich. Wenn das genügte, um sie glücklich zu machen, dann baue ich ihr hunderte Baumhäuser. Ich konnte direkt vorne in ihr Shirt sehen und ich tat nicht einmal so, als würde ich nicht hinstarren.

»Ich kann dir sagen, dass Rocco mehr als aufgeregt ist, das ist also Musik in meinen Ohren. Es ist wirklich lieb von dir, dass du das für ihn tust. Es ist lieb von dir, dass du *all* die Dinge tust, die du für uns tust. Ich habe das Gefühl, dass ich das nicht verdiene.« Sie legte ihre Hand auf meinen Schenkel.

»Warum sagst du so was? Du verdienst allerlei gute Dinge.« Ich drehte sie in meinen Armen und neigte den Kopf, um sie zu küssen. Sie schmeckte nach Wein und ihrem eigenen einzigartigen Geschmack, der immer mehr zu meinem Favoriten wurde. Die Intensität unseres Clinches verschärfte sich sofort, als meine Zunge wild ihren Mund erkundete, als würde ich nie wieder die Gelegenheit dazu bekommen. Sie stöhnte und wölbte den Rücken und bald schon legten wir uns in die Couch hinein, während eine ihrer Hände meine Haare packte und die andere meinen Hintern. Ich legte mich auf sie und rieb meine Erektion an den erhitzten Höhepunkt ihrer Schenkel, die noch immer von ihrem verdammten Rock bedeckt waren. Wir bewegten uns mit Lichtgeschwindigkeit und es war verdammt heiß.

»Nate«, hauchte sie und wich leicht zurück, aber sie war unter mir gefangen, also hob ich mich ein paar Zentimeter, um ihr ein wenig Platz zu bieten.

»Was ist los?« Wir atmeten beide schwer und meine Hand streichelte ihren Schenkel, dem Bund ihres Höschens und der Hitze, die dort wartete, immer näherkommend.

»Ich … Ich … Ich bin mir nicht sicher.« Ihr errötetes Gesicht drehte sich zum Rückenteil der Couch.

»Laney, sieh mich an.« Sie drehte ihr Gesicht wieder zurück und ihre Augen mit den gesenkten Lidern sahen in meine. »Wir müssen nichts tun, was du nicht tun willst.« Mein Schwanz hieß mich alles, aber ihrem Gesichtsausdruck nach zu urteilen würde das hier heute Abend nicht mehr weitergehen.

Sie legte die Hand auf die Stirn und ich setzte mich auf, um sie freizulassen. Sie setzte sich ebenfalls auf und richtete sich ihren Rock. »Gott, ich komme mir so bescheuert vor. Ich will das wirklich.« Sie deutete zwischen uns hin und her. »Ich meine, ich will das *wirklich*.« Sie versuchte zu lächeln.

Ich hatte nicht die geringste Ahnung, was ich tun sollte, also hielt ich einfach den Mund und hoffte, dass sie mich ins Bild setzen würde.

»Aber ich muss an mehr als nur an mich denken – ich habe Rocco. Ich kann nicht einfach jemanden in sein Leben hüpfen, mit ihm spielen, ihm ein Baumhaus bauen und dann einfach verschwinden lassen. Das würde er nicht verstehen.«

»Wer verschwindet denn?«

»Du weißt schon, was ich meine.«

»Laney, in keiner Beziehung gibt es eine Garantie. Ich weiß nicht mit Sicherheit, was später einmal zwischen uns geschehen wird, aber ich kann dir sagen, dass ich *mehr* als auf dich stehe, falls du das nicht schon bemerkst.« Ich hob eine Braue und sah sie an. »Ich kann dir auch sagen, dass ich, solange ich mich mit dir treffe, nicht im Entferntesten daran interessiert bin, mich mit jemand anderem zu treffen – und ich hoffe, du denkst genauso.«

Sie nickte, sah aber immer noch unsicher drein.

Ich holte Luft. »Aber ich verstehe, du bist eine Mutter und das muss an oberster Stelle stehen. Ich möchte einfach nur wirklich, dass wir Zeit miteinander verbringen und herausfinden können, wo das hier hinführt.« Meine Hand griff nach ihr und sie nahm sie in ihre.

»Kann ich mir etwas Zeit nehmen, um darüber nachzudenken?«

Mein Mund sagte: »Natürlich.« Mein Schwanz sagte: »Auf keinen Fall, verdammt nochmal!«

Sie schenkte mir ein kurzes verlegenes Lächeln, stand auf und ließ meine Hand los. »Danke, Nate. Es tut mir ja so leid wegen … dem.« Sie winkte unbeholfen in die allgemeine Richtung meines Schoßes.

»Er versteht«, sagte ich und das entlockte ihr ein Lachen. »Lass mich dich nach Hause fahren.«

Die Fahrt zurück zu ihrem Haus verlief größtenteils unter Schweigen und ich hatte kein gutes Gefühl dabei, wie wir die Dinge stehen ließen. Ich hatte das Gefühl, dass wir eine entscheidende Information übersehen hatten, aber ich konnte sie nicht genau ausmachen. Dieses ungewisse Gefühl hasste ich.

»Wirst du am Sonnabend trotzdem zu uns kommen und mit dem Baumhaus beginnen?«, fragte sie. »Ich weiß, dass ich mich momentan wie ein vollkommener Widerspruch in Person anhöre, aber Rocco freut sich so sehr darauf.«

Ich warf ihr ein kurzes Lächeln zu. »Natürlich. Ich kann's kaum erwarten.« Wir fuhren in die Einfahrt und ich stieg aus, um ihr die Tür zu öffnen.

Sie stieg herunter. »Hoffentlich könnt ihr Jungs es fertigbauen, bevor der Zeitpunkt kommt, an dem du wieder wegmusst. Danke, Nate. Ich werde dich anrufen.« Und dann küsste sie mich auf die Wange und rannte zu ihrer Eingangstür.

Ich wartete, bis sich die Tür hinter ihr geschlossen hatte, ehe ich aus ihrer Einfahrt fuhr. Dieses schlechte Gefühl, das ich hatte, wurde noch schlechter.

AM FREITAGMORGEN HATTE ich noch immer kein Wort von Laney gehört und ich spürte ein schweres Gewicht in meinen Eingeweiden. Mein einziger Trost war, dass ich sie wenigstens morgen zu sehen bekommen würde. Ich hatte heute schon ein paar Baustellen besucht, um mich mit einigen Subunternehmern zu treffen, und ich fuhr zu der Old Oak Ridge Baustelle und wünschte mir, ich könnte einfach die Straße hinunter fahren und an ihre Tür klopfen. Aber ich hatte ihr versprochen, ihr Zeit zu geben, und ich wusste, dass sie sowieso in der Arbeit war, also machte es kaum einen Unterschied.

Gleich als ich aus meinem Wagen stieg, bemerkte ich Doug und Gavin, die auf mich zukamen.

»Nate!«, rief Doug. »Ich habe Gavin beim Rahmenwerk, Mark hat aber erwähnt, dass er ihn vielleicht für einen Teil der Verschalungsarbeit abzieht. Weißt du was darüber?« Beide Männer näherten sich und ich richtete mir die Tasche, die ich trug.

Ich schüttelte den Kopf. »Mach dir keine Gedanken. Bleib beim Rahmenwerk, Gavin.«

»Das hab ich mir auch gedacht«, sagte Doug zerstreut und eilte davon, um einen der Subunternehmer anzusprechen, der soeben vorgefahren war.

»Wie läuft's, Nate?«, fragte Gavin, die Hände steif an den Hüften abgestützt.

»Ganz gut vermutlich«, antwortete ich. Gavin blieb so stehen und dann erwischte ich ihn, wie er die Zähne zusammenbiss, als würde er an einem schwierigen Problem kauen. »Stimmt was nicht?«

»Ich weiß nicht. Sag's du mir.« Er klang kurz angebunden.

»Dir was sagen?« Ich war mir ziemlich sicher, dass ich wusste, wo uns das hinführte.

»Verdammt, ich wusste, dass das passieren würde!« Er hob die Stimme und wir bekamen ein paar Blicke.

»Was genau ist passiert, Gavin? Ich komme nicht ganz mit.«

Er sah mich an, als wäre ich doof. »Laney. Die letzten zwei Nächte hat sie auf ihrem Zimmer geweint und es ist mir nicht entgangen, dass es zeitlich zufälligerweise mit dem frühen Ende eurer Verabredung neulich abends übereinstimmt. Also was zur Hölle hast du meiner Schwester angetan?«

Ich war verdutzt – ich brauchte eine Weile, bis ich sprechen konnte. »Gavin, einen Scheiß hab ich getan. Ich hatte gedacht, die Dinge laufen prima, und sie ist diejenige, die der Sache den Riegel vorgeschoben hat. Ich bin derjenige, der darauf wartet, dass sie anruft und mir erzählt, dass alles okay ist.«

»Mann, scheiße!« Er zog sich den Helm vom Kopf und schlug damit gegen seinen Schenkel. »Jetzt muss ich das in Angriff nehmen wie so eine beschissene Göre und herausfinden, was zur Hölle los ist.«

»Mach dir deswegen keine Gedanken – ich werde der Sache auf den Grund gehen. Du kannst deinen Männerschein behalten. Sie zögert noch, ob sie etwas mit mir anfangen soll, und es hat etwas mit Rocco zu tun und damit, dass sie nicht will, dass die Männer in seinem Leben einmal da und dann wieder fort sind. Aber ich schwöre, dass ich nicht die Absicht habe, sie sitzenzulassen, Gavin.«

Seine Hand zog sich durch seine staubigen Haare und seine Schultern fielen herunter. »Verdammt, ich glaub, jetzt kapier ich's. Es ergibt sogar einen Sinn, wenn man drüber nachdenkt.

Rocco, der dann an dir hängt, und wenn du dich nach Texas aufmachst, wäre das vermutlich echt ätzend für den kleinen Kerl. Wahrscheinlich ist es am besten, wenn du es beendest.« Er ließ seine Hand an seine Seite fallen und setzte sich mit der anderen seinen Helm wieder auf. »Scheiße, ich fühl mich, als würd mir hier 'ne Vagina wachsen. Nichts für ungut, Mann.«

Er winkte und ließ mich mit einem Gefühl dort stehen, als wäre ich der verdammte Trottel, der auf dieser Welt am wenigsten mitbekam.

Um 6:30 Uhr an diesem Abend stand ich auf Laneys Veranda und hämmerte an die Tür. »Laney, ich weiß, dass du da drinnen bist. Ich hab dich durch die Vorhänge gucken sehen!« Ich hämmerte weiter an die Tür, in dem Wissen, dass ich mich ein bisschen wie ein Arschloch benahm, ohne dass es mich jedoch auch nur im Geringsten kümmerte. Mein Mädchen war da drinnen und ich musste sie sehen.

»Nate, bitte geh weg. Ich bin noch nicht bereit, mich mit dir zu unterhalten«, zischte sie durch die Tür. »Und hör mit dem Hämmern auf. Ich will Rocco nicht verängstigen.«

»Mach die Tür auf, dann wird mit Rocco nichts sein. Komm schon, Laney. Bitte.«

Ich hörte ein frustriertes Schnaufen, aber die Tür öffnete sich einen Spalt und ich sah ihr schönes Gesicht. Ich sah auch die dunklen Schatten unter ihren Augen und ich verfluchte mich zum zehnten Mal heute.

»Laney, Baby, bitte lass mich rein. Ich muss mit dir reden – dir etwas erklären.«

Ihr Wille schien zu versagen und sie ließ die Tür auffallen, während sie zurücktrat. Ich ging durch den Eingang und umarmte sie, als wollte ich sie nie wieder loslassen. Und in diesem Moment war es Gottes reine Wahrheit.

»Wo ist Rocco?«, fragte ich, darauf achtend, nicht zu viel zu sagen, falls er in der Nähe war.

»Er ist auf seinem Zimmer und sieht sich Zeichentrickfilme auf dem iPad an. Ihre Stimme war ruhig.

Ich küsste sie auf den Oberkopf. »Ich glaube, ich habe es jetzt kapiert, Laney, und ich bin ein solcher Idiot«, verkündete ich.

Sie schniefte und sprach in mein Hemd. »Das ist normalerweise ein Titel, den ich für Gavin aufhebe, aber red weiter, wenn du musst.« Ich liebte es, dass ihre Frechheit selbst dann durchschien, wenn sie traurig war.

»Ich weiß nicht, wieso ich es nicht früher bemerkt habe, aber wie ich schon sagte, ich bin ein Idiot. Du glaubst, dass ich wieder nach Austin ziehe, nicht wahr?«

Sie wich aus meiner Umklammerung zurück und sah zu mir auf. »Na ja, ja, irgendwann schließlich.«

»Baby, ich gehe nirgendwo hin. Ich bin hier in North Carolina, um hier zu bleiben. Es ist immer mein Plan gewesen, zurückzukehren – der Herzinfarkt meines Vaters hat den Zeitpunkt nur vorgezogen.«

Ihre Brauen bewegten sich aufeinander zu. »Aber … du hast immer wieder von ›vorübergehend‹ gesprochen.« Ich konnte die Feuchtigkeit in ihren Augen sehen und ich hätte mir am liebsten eine verpasst.

»Ich habe nur gemeint, dass die Wohnung vorübergehend ist. Ich will in diesem Scheißloch nicht länger als nötig wohnen.« Ich lächelte sie an. »Sowie ich Zeit habe, werde ich mir ein Haus oder eine Eigentumswohnung oder so was suchen.«

»Ach so.« Das war alles, was sie sagte, die Augen noch feucht.

»Du vergibst mir dafür, dass ich dich verwirrt habe?« Ich beugte mich hinunter und konnte nicht anders, als sie rasch auf ihren süßen Mund zu küssen. Sie nickte nur und sah ein wenig benommen drein. Ich wollte sie in ihr Schlafzimmer bringen und ihr zeigen, wie leid es mir tat, aber ich wusste, dass das aus mehreren Gründen nicht geschehen durfte.

Und trotz des Bedürfnisses, sie in die Arme zu nehmen und anzunehmen, dass alles wieder gutwerden würde, wusste ich, dass ich eine Sache noch sagen musste. »Aber du weißt so gut wie ich, dass es im Leben keine Garantien gibt. Und ich verstehe, dass du bei all deinen Entscheidungen an Rocco denken musst. Ich bitte dich nur um eine Chance, Laney.«

Offensichtlich über ihren Schock hinweg, lächelte sie schließlich zu mir hoch und fuhr mit den Fingern mein Kinn entlang. »Übrigens, sollte ich mitzureden haben, mir sind die Stoppel lieber.« Dann griff sie nach mir, um mich zu küssen. Wir wickelten uns für eine Weile um einander, ehe wir uns wieder besannen und an den Fünfjährigen und die offene Tür hinter mir dachten.

»Ach, fast hätte ich es vergessen.« Ich drehte mich um und holte meine Tasche von der Veranda, wo ich sie stehengelassen hatte. »Ruf Rocco her. Ich hab ein paar Baumhaus-Pläne, die ich mit ihm durchgehen muss.«

Mach dein Ding

LANEY

ICH HATTE DAS GEFÜHL, als hätte ich soeben einen kostenlosen Jahresbedarf an Donuts gewonnen, zusammen mit einer magischen Garantie, dass sie nie zu Hüftspeck werden würden, als ich Nate und Rocco zusah, wie sie auf meinem Küchentisch Baumhausbaupläne studierten. Ich fühlte mich auch ein bisschen töricht, weil ich die letzten beiden Tage damit verbracht hatte, in Elend zu schwelgen, wo ich doch einfach meinen Mund aufmachen und Nate direkt zu seinen Plänen hätte befragen sollen. Verdammt sei diese Fiona dafür, dass sie immer recht hatte. Ich beschloss, ab nun meine Zweifel zum Ausdruck zu bringen und klar auszusprechen, welche Bedenken ich hatte.

Ich schuldete auch Fiona einen Anruf, um sie wissen zu lassen, dass sie die Plätzchenteig-, Wein- und Eiscreme-Brigade anhalten konnte, die sie gerade vorbereitete. Eigentlich war dies ihr Terrence-Wochenende. Da sie jedoch die beste Freundin war, die eine Frau haben konnte, hatte sie sich bei mir erkundigt und plante, heute Abend und noch vor seiner Ankunft bei mir vorbeizuschauen.

»Wir gehen nochmal hinaus, um etwas abzumessen, wenn das okay ist«, sagte Nate, dann stapelte er die Blätter und erhob sich von seinem Stuhl.

»Natürlich. Aber Rocco, in einer halben Stunde machst du dich dann fürs Bett fertig.«

»Ach, Mensch, kann ich nicht länger aufbleiben, weil Nate da ist?«, fragte mein Kind wie jeder andere Fünfjährige, wenn er die Gelegenheit präsentiert bekam, etwas Unterhaltsames mit einem Freund zu unternehmen. Kein Nasenzucken, keine Schüchternheit, kein sorgenvoller Blick in seinen großen braunen Augen. Es schien, als wäre Nate *in*, und es kümmerte mich kein Bisschen, dass Nate einunddreißig war, nicht fünf.

»Nur, weil wir dieses Baumhaus bauen, heißt nicht, dass ich dein Haus ignoriere. Ich glaube, morgen werde ich auf dein Dach steigen und dort mal alles kontrollieren. Ich werde mir auch deinen Dachboden ansehen«, sagte Nate, als wir uns später am Abend verabschiedeten.

»Sind das Euphemismen? Ich liebe es, wenn du schmutzige Dinge von dir gibst«, sagte ich und versuchte, ernst zu bleiben.

»Sie können es sein.« Er blitze mir ein freches Lächeln entgegen. »Aber eigentlich warne ich dich nur im Voraus. Ich glaube, dass der Zugang zu deinem Dachboden in deinem Schlafzimmerschrank ist, und ich möchte dich nicht an eine dieser Kabel-TV-Shows vermitteln müssen, wenn du weißt, was ich meine.«

Kacke, Mann! Mein Geheimnis war nicht mehr geheim. »Bitte sag mir nicht, dass du meinen Schrank gesehen hast.«

»Okay, ich werde es dir nicht sagen.«

Megakacke! Es juckte mich in den Fingern, meine Wangen ein wenig zu rubbeln. Nate packte beide meine Hände, ehe sie mein Gesicht erreichten.

»Ich habe beschlossen, dein »Aufbewahrungssystem« entzückend anstatt beängstigend zu finden.«

»Oh Gott, du gehörst wahrscheinlich zu der Sorte Menschen, die nicht mal eine Krimskrams-Schublade haben, nicht wahr?«

Darauf antwortete er nichts. Wer war der Typ? Ach ja, richtig, ich vergaß – er ist Supermans Bruder. Superhelden haben keine Krimskrams-Laden.

»Ich habe vier Krimskrams-Schubladen«, gestand ich.

Er nickte langsam. »Und wie ich schon sagte, das ist entzückend. Glaube ich. Aber ich musste dich rechtzeitig vorwarnen wegen des Schranks, denn ich werde morgen dort drinnen eine Leiter aufstellen müssen.«

Er ließ meine Hände schließlich los und ich verwendete die eine, um ihm damit auf den Arm zu schlagen. »Haha. So schlimm ist es auch wieder nicht, du großer Blödmann.«

Nates Rücken lehnte an der Wand neben meiner Eingangstür. Rocco war sicher zu Bett gebracht – für den Augenblick zumindest –, aber nach dem Beinahezusammenstoß mit dem kleinen Nachtschrat beim letzten Mal waren weder ich noch Nate gewillt, das Schlafzimmer zu betreten. Wenn wir so weitermachen, werden wir niemals rummachen und zur Sache kommen.

Er zog mich an sich und umarmte mich. »Ich werde morgen auf meinem Weg hierher noch Bauholz abholen, ich werde also so um zehn da sein. Und Laney, wir müssen uns überlegen, wie wir irgendwann in nächster Zeit ein richtiges Abendrendezvous haben können.« Er knurrte und gab mir einen geilen Kuss. Ich wollte ihn den Flur hinunter zerren und mich über ihn hermachen, daher suchte ich bereits in meiner geistigen Rotationskartei, um einen Weg zu finden, wie wir etwas mehr Zeit für uns alleine organisieren konnten.

»Definitiv. Ich klemm mich dahinter.« Ich lächelte und küsste ihn zurück. Mein Kuss war vielleicht etwas weniger geil als seiner.

NUN, wie es aussah, schuldete ich meiner Vagina eine Entschuldigung. Bevor ich Gavin überhaupt bitten konnte, zu babysitten, bin ich ihm doch glatt auf den Sack gegangen und habe jede Chance verspielt, dass er mir in nächster Zeit einen Gefallen tun würde. Und das Schlimmste daran war, dass ich dachte, ich würde etwas Nettes tun.

»Kein Interesse«, sagte Gavin über die Schulter, als er versuchte, davon zu marschieren.

»Was meinst du damit? Du bist die perfekte Person dafür und es ist nur ein Abend pro Woche und ein Spiel an den Wochenenden.«

»Das ist mir egal. Ich mach das nicht! Und kümmere dich verdammt nochmal um deine eigenen Angelegenheiten, Laney!« Er schulterte seine Sporttasche und stürmte zur Tür hinaus, ehe ich ihn aufhalten konnte. Das lief ja gut.

Es war Sonnabend, vormittags, und Charlotte hatte zuvor vorbeigeschaut, um mir eine Pflanze zu geben, von der sie törichterweise meinte, dass ich sie nicht umbringen konnte. *Ja genau ….* Jedenfalls erwähnte sie im Laufe unseres Gesprächs, dass sie Aiden in die Baseball-Hobbyliga eingeschrieben hatte und der Coach gerade ausgefallen war. Sie fragte mich, ob ich jemanden kannte, der ihn vertreten könne – da ihr Ehemann aufgrund seiner vielen Reisen nicht zur Verfügung stand. Und mit ihren Worten: »Er ist ungefähr so sportlich wie ein Basset auf einem Sonnenplätzchen.« Manchmal fand ich das Texas an ihr aber sowas von liebenswert. Also habe ich ihr natürlich von Gavin erzählt. Es war wie Kismet; oder das dachte ich zumindest. Dem Anschein nach war es eher das größte Unglück, das

Greensboro treffen konnte, so heftig lehnte er die Idee ab. Jetzt war er angefressen und ich würde offensichtlich für den Rest meines Lebens keinen Sex mehr haben.

Nate taucht wie versprochen um zehn Uhr auf. Er und Rocco waren hinten und machten weiß Gott was, aber es schien, als hätten sie jedes Mal, wenn ich aus dem Fenster guckte, beide die Hände in die Hüften gestemmt und blickten tief in Gedanken versunken nach oben in den Baum. Dieses Projekt würde wohl eine Weile dauern.

Ich konnte immer noch nicht so recht glauben, dass dieser Kerl an mir interessiert war – ganz ehrlich, ich hatte nicht das Gefühl, dass ich allzu viel anzubieten hatte. Ich wusste, dass Fiona, wäre sie hier gewesen, mir eine übergezogen hätte, weil ich solchen Mist verzapfte, aber es war manchmal schwer, eine super-selbstsichere Haltung zu wahren. Ich musste es aber einfach über mich ergehen lassen, denn die Chance, mit jemandem zusammen zu sein, der mir ein solches Gefühl gab, wie Nate es tat, würde ich jetzt nicht aufgeben.

Ich musste einfach nochmal durch das Fenster gucken, und diesmal bot sich mir der Anblick seiner Cargohose, die eng über sein Hinterteil gespannt war, als er sich vorbeugte, um einen Holzstapel zu heben. Verdammt, dieser Mann ließ mich ohnmächtig werden.

Zurück zum Schrankaufräumen, Laney! Konzentrieren!

Ein paar Stunden später zogen Nate und Gavin sich ins Haus zurück, um der heißen Nachmittagssonne zu entfliehen. Ich machte uns gerade kühle Getränke, während Rocco sich im Badezimmer wusch, als meine Eingangstür so fest zuknallte, dass die Fenster schepperten. Ich dachte mir, dass es vielleicht Gavin sei und er seinen Wutanfall noch nicht ganz hinter sich hatte, doch es war Fionas zierliche Gestalt, die in die Küche gestürmt kam und ein paar Meter von mir entfernt stehen blieb.

Ihre Tasche landete mit einem lauten Platsch auf der Theke; gut möglich, dass der Inhalt dadurch pulverisiert wurde. »Ich bleibe heute Nacht bei dir und ich werde kein Nein akzeptieren! Ich werde deine ganze Eiscreme aufessen und mir tragisch doofe Teenager im Reality-TV anschauen, während du, meine Liebe, die Wohnung deines heißen Typen aufsuchen und deine Fotze geschmust kriegen wirst.« Sie zeigte drohend mit einem rotköpfigen Finger auf mich. »Ich will dein Gesicht bis mindestens morgen Mittag nicht sehen und wehe, wenn es nicht gut durchgefickt aussieht. Wenigstens eine von uns sollte heute Nachte einen Orgasmus haben und das werde todsicher nicht ich sein! Und jetzt sag Rocco, dass seine Tante Fiona ihn heute Abend zu einer Eiscreme-Party einlädt und er aufbleiben kann, solange er will.«

Als ich mich nicht bewegte, schleuderte sie mir beide Arme entgegen. »Husch!« Ich bewegte mich immer noch nicht. Das war die »angsteinflößende« Fiona – man bekam sie nicht oft zu Gesicht.

»Äh, Fiona, du erinnerst dich doch an Nate, oder nicht?« Zögerlich zeigte ich zu der Speisekammertür, wo mein »heißer Typ« WD-40 auf die Scharniere sprühte, jetzt aber stockstill dastand und in dessen erstarrten Hand die Dose hing.

Fiona zuckte nicht einmal mit der Wimper. »Hallöchen, heißer Typ. Alles mitgekriegt?«

Nate nickte nur langsam, während der Rest von ihm unbeweglich blieb.

»Könntest du uns bitte einen Augenblick entschuldigen, Nate?«, fragte ich, während ich Fiona den Flur entlang in mein Schlafzimmer zerrte und die Tür schloss.

»Erstens kannst du nicht hier reinplatzen und F-Worte absetzen, wenn Rocco zu Hause ist, und das weißt du. Zweitens fasse ich es nicht, dass du gerade all das vor Nate gesagt hast. Es ist nur … O Gott.« Ich hielt mir die Hand vor die Augen.

Sie schnaubte ablehnend.

Ich holte tief Luft und schüttelte es ab. »Und drittens: Was ist passiert? Ich dachte, du machst Schäferstündchen mit Terrence.«

Verächtlich erwiderte sie: »Terrence brauchst du vor mir nicht mal erwähnen.« Und dann fuhr sie fort und redete trotzdem über ihn, wie so ziemlich jede Frau es tun würde. »Was von »Freundin mit gewissen Vorzügen« hat er nicht kapiert? Dieser Mann will, ich zitiere, ›die Dinge auf die nächste Stufe heben‹. Welche ›nächste Stufe‹? Es gibt keine nächste Stufe! Also bin ich in sein Hotel gegangen und habe ihm gesagt, dass er meine Nummer verlieren soll, bis er seine Rübe richtig verschraubt gekriegt hat. Ich kann nicht zu mir nach Hause zurück, falls er beschließt dort aufzutauchen und seinen Fall nochmals vorzubringen.« Sie schüttelte sich einmal komplett durch. *Theatralisch?*

»Wow«, war allerdings wirklich alles, was ich sagen konnte. Vorsichtig vorzugehen war hier essenziell. Fiona war nicht für Bindungen. Sie war nicht für dieses Freundinnen-Ding. In dieser Hinsicht war sie wie ein Kerl, in jeder anderen Hinsicht ganz die mädchenhafte Frau. Ich wusste, dass sie ihre Gründe hatte, also hatte ich den Versuch aufgegeben, sie davon zu überzeugen, einem Kerl doch eine Chance zu geben. Hier ging's aber um Terrence und die beiden wären so ein tolles Paar. Ach! Fürs Erste musste ich die Sache nun auf sich beruhen lassen. Hoffentlich würde sie ihm wenigstens eine Möglichkeit offenhalten, sofern er ihr ein wenig Zeit gab. Wie es aussah, würde ich ihr ebenfalls ein wenig Zeit geben müssen. »Es tut mir leid, Fi.« Ich umarmte sie. Sie vergaß ihre Wut ein bisschen und sackte seufzend in meine Arme.

»Ich weiß. Mir auch. Kann ich trotzdem deine Eiscreme essen?«

»Jedes Stück«, sagte ich und hielt sie immer noch fest, mein Kinn auf ihren Oberkopf gelegt.

»Weißt du, du hast wirklich ein tolles Gestell. Hier drin ist's wie im besten Daunenfedernkissen.« Sie versuchte, sich hinein zu kuscheln.

Ich drückte sie weg. »Du Perversling.«

Es SAH ALSO DANACH AUS, als würden mich die Schicksalsgöttinnen des Sex doch ein wenig mögen. Ich hatte meinen Babysitter gekriegt, wenngleich ich Fionas Herz dabei lieber nicht involviert hätte. Nate, das konnte ich getrost sagen, war noch mehr begeistert als ich, als ich ihm die Neuigkeiten erzählte. Und es schien, als konnte uns Fiona nicht schnell genug zur Tür hinaus kriegen. Ich hatte kaum Zeit, mich bei Rocco zu verabschieden und Fiona ein Versprechen zu entlocken, dass mehr als nur Eiscreme zum Abendessen serviert werden würde.

»Ich muss kurz zu mir, um zu duschen, aber willst du danach zum Essen ausgehen?«

»Klar, hört sich gut an. Aber für irgendwas Ausgefallenes bin ich nicht richtig gekleidet.« Ich deutete hinunter auf meine schwarzen Freizeit-Short und das blaue T-Shirt.

»Für mich siehst du perfekt aus.«

»Ahh.« Ich musste ihn einfach anlächeln.

Der Wohnblock war noch immer so verwahrlost, wie ich ihn in Erinnerung hatte, und ich konnte es Nate nicht verübeln, dass er irgendwo hinziehen wollte, wo es schöner war. Obwohl er die Couch vielleicht doch behalten und sie einfach neu überziehen sollte.

Wieder nahm er meine Hand und führte mich zur Tür, wobei er mich nicht einmal zum Aufsperren losließ. Nachdem die Tür sich hinter uns geschlossen hatte, wurde ich an die danebenliegende Wand gedrückt und Nates Mund war auf meinem. Er schmeckte nach der Limonade, die ich vorhin für ihn zubereitet hatte, aber sein Mund war warm und seine

Zunge heiß, als sie sich über meinen Lippen mühte, um meine zu erkunden. Meine Hände fanden sofort seine dichten Haare und packten seinen Nacken. Ich verschmolz in den Kuss. Dann beschlossen meine Hände, ein wenig herumzustreifen, als seine Lippen die meinen verließen und eine Spur über meinen Kiefer zu meinem Hals zog. Auf ihrem Weg fanden meine Hände den Zugang unter sein T-Shirt und fingen an, die Flächen seiner Bauchmuskeln und seines Rückens zu erkunden. Er roch leicht nach Schweiß und irgendeiner Art würzigem Shampoo oder Aftershave, und ich wurde höllisch aufgegeilt.

»Tut mir leid«, murmelte er in meinen Hals, als seine Hände meinen Hintern umrundeten. »Ich hatte wirklich vorgehabt, dich auszuführen und das romantisch zu machen, aber das wird bis zum nächsten Mal warten müssen. Ich muss mich sofort nackig machen.« Na schön, das findet jetzt also wirklich statt, nehme ich an. Du heilige Scheiße!

Geduld war offensichtlich keine seiner Tugenden, denn im Nu hatte er mir das Shirt über den Kopf gezogen und seine Hände gingen rasch zu den Knöpfen an meinen Shorts. Ich fühlte mich sowohl überhitzt als auch ein bisschen verlegen zugleich. Warum war es so hell hier drinnen? Würde ihm gefallen, was er sah, wenn ich keine Klamotten mehr anhatte? Moment mal, wieso war ich die Einzige, die sich nackig machte? *Schon wieder!*

»*Quid pro quo.*« Meine Stimme war verhaucht, als ich seine Hände zum Stillhalten brachte und ihm deutete, er solle das Shirt loswerden. Vielleicht hatte ich auch ein bisschen mitgeholfen und meine Hände gemächlich ihren Weg nach oben über seinen Bauch und seine Brust gehen lassen. Herrgott, war der gebaut! »Wie kommt man zu so einem Aussehen?«, platzte ich heraus.

Er lachte. »Was für ein Aussehen?«

»Ganz muskelig und höckerig und so.« *Brillant, Laney. Du solltest ein Buch schreiben.*

Er lachte wieder. »Na ja, ich laufe jeden Morgen und Bauarbeit wird nicht gerade im Sitzen erledigt. Ich gehe auch ein paar Mal pro Woche ins Fitnessstudio.« *Er zuckte mit den Schultern.* Wenn ich mich so verausgaben würde, wäre ich in einer Woche tot.

Seine Hände streiften an meine Nippel, die noch in meinem Alltags-BH gehüllt waren – ich musste wirklich auf Fionas Angebot, meine Unterwäsche sexier zu machen, zurückkommen. »Können wir uns jetzt wieder dem Spaß widmen?«, fragte Nate und ließ die Hände zu meinen Shorts sinken.

»Ja, bitte.«

Nachdem wir uns nicht schnell genug ausziehen konnten, und obwohl die Couch bequem war und so, war dies definitiv nicht der Ort, wo die Tat begangen werden würde, wenn es nach mir ging. Als unsere Kleidungsstücke fielen, lenkte ich ihn dezent in Richtung des Schlafzimmers. Wir plumpsten auf das Bett, ich nur mit meinem Höschen und er mit schwarzen Retropants bekleidet, während unsere restlichen Klamotten eine Spur von der Eingangstür aus bildeten. Ich musste mir kurz die Zeit nehmen, mich ein Stück aufzurichten und die Aussicht zu genießen. Er war noch atemberaubender, als ich es mir vorgestellt hatte – Schlankheit und Muskeln in perfekter Proportion. Ich registrierte seine breiten Schultern, die skulpturale Brust und seine Bauchmuskeln, muskulöse Schenkel und genau die richtige Menge Haare, die seine Brust bedeckten und einen Pfad hinunter zu der Härte zeigten, die unter den Retroshorts wartete. Es schien, als würde er, während ich meine Prüfung vornahm, selbst auch eine Inspektion durchführen, und wenn die Hitze in seinen Augen etwas zu bedeuten hatte, dann gefiel ihm, was er sah. Dadurch wurde mein Selbstbewusstsein gerade so weit gestärkt, dass ich mich auf die Knie stellte und mein Höschen von meinen Hüften herunterschüttelte. Ich kam aber nicht weit, denn er wendete mich auf den Rücken und ließ sich zwischen meinen Beinen nieder. Nur sein dünner Hosenstoff trennte unsere Hitze.

»Ich werde eine Weile hier verbringen, wenn es dir nichts ausmacht«, sagte er, bevor er mit der Zunge über eine meiner Brustwarzen glitt. »Mach dein Ding und ich werde dir sagen, wenn ich fertig bin.«

Ich versuchte zu lachen, aber es kam stattdessen ein Schnappen nach Luft heraus, als seine Zähne meine Spitze anknabberten. Er stieß ein leises Knurren aus und huldigte dann zuerst weiter der einen und dann der anderen Brust. Meine Hände wanderten auf seinen Schultern und in seinem Haar herum und meine Atmung war nach ein paar Minuten eher nur noch ein Keuchen – ich wollte unbedingt, dass er etwas tat, irgendwas, *mehr* eben. »Nate«, flehte ich.

Seine Zunge begann einen Pfad von meinen schmerzenden Brüsten zu anderen schmerzenden Teilen weiter südlich. »Ich weiß, es sind erst ein paar Wochen, aber ich träume davon schon seit einer gefühlten Ewigkeit.« Er stöhnte, als er meine Schamlippen teilte und mit der Zunge nach oben fuhr, an meiner Klitoris endend und diese in den Mund nehmend.

Mag sein, muss aber nicht sein, dass ich in diesem Moment eine heftige Reaktion zeigte. Ich hatte meine Kräfte nicht mehr unter Kontrolle, als ich anfing Geräusche zu machen, die kein Mensch jemals machen sollte. Nate Murphy war ein äußerst talentierter Mann. Nachdem seine Finger sich zu seiner Zunge gesellten, wölbte ich mich auf und klagte ich und hielt seinen Kopf fest an Ort und Stelle, als würde das Weltenschicksal davon abhängen, dass er mich weiter leckte, als wäre es sein verdammter Job. Nach wenigen Sekunden, wie mir schien, kam ich in einem Schwall der Ekstase und des Deliriums, wobei ich mir ziemlich sicher bin, dass Fiona meine Schreie von meinem Haus aus hören konnte und einen Eislöffel in Anerkennung emporhielt.

Nate hob den Kopf und sah nur etwas weniger zufrieden aus, als ich es meiner Vorstellung nach tat.

»Meine Güte ... ich meine ... meine Güte ... das war ... meine Güte.« Jawohl, ich war eine Poetin.

Er lächelte angesichts meiner durch den Orgasmus hervorgerufenen Benommenheit und wischte sich den Mund am Laken ab. »Ich bin gleich wieder da – muss ein Kondom holen.« Und er geleitete seinen prächtigen Hintern zu dem angrenzenden Badezimmer.

Ich veranstaltete einen kleinen innerlichen Freudentanz (bei dem ich sehr dankbar war) und drehte mich auf den Bauch, um auf seine Rückkehr zu warten. Ich fuhr mit dem Kopf herum, als ich einen scharfen Schmerz auf meiner linken Pobacke spürte.

»Au! Hast du mich gerade in den Hintern gebissen?«

Er schaute äußerst selbstzufrieden drein. »Ja, habe ich. Und ich habe vor, es nochmal zu tun.«

»Oh mein Gott, was stimmt bloß nicht mit dir?« Ich lachte und rieb mir meinen wunden Hintern.

»Du hast offensichtlich noch nie deinen Arsch gesehen.«

Ich verdrehte die Augen. »Apropos, du solltest diese Shorts endlich loswerden, sonst reiß ich sie dir von *deinem* Arsch runter.«

»Ohoo, aggressiv. Gefällt mir«, neckte er mich.

Und dann verlor ich die Geduld und stürzte mich auf sein Gemächt. Ich bin mir nicht ganz im Klaren, wie es genau ablief, aber das Wichtige daran war, dass er sich entblößte.

Es lebt sich gut hier im Batcave

NATE

ICH GLAUBE FAST, dass Laney meine Retropants zerrissen hat, als sie sie mir herunterriss. Offensichtlich hatte ich eine Art innere Erotikader freigelegt. Nicht, dass ich mich beschwert hätte. Oder nachdachte. Überhaupt. Sie hielt meinen Schwanz in der Hand und streichelte mich mit perfektem Druck und Rhythmus von der Basis zur Spitze und umkreiste die Eichel, ehe sie wieder nach unten ging. Das war so gut, dass ich mir Sorgen machte, es könnte wieder vorbei sein, noch bevor es angefangen hatte.

»Baby, lass ein wenig ab. Das fühlt sich bei Weitem zu gut an.« Ich stand neben dem Bett, während sie auf dem Bauch lag, ihren Hintern in die Höhe gereckt und ihre Hände überall auf mir. Von dem Anblick konnte ich nicht genug kriegen. Von dem Geschmack auch nicht. Ich hätte sie stundenlang lecken können, mein Kopf eingebettet zwischen ihren seidigen Schenkeln, aber ich war viel zu begierig, in sie einzudringen. Sie bestand nur aus weicher Haut und üppigen Kurven.

Ich zog ihre Hände von mir ab. »Dreh dich um und rutsch ans obere Ende vom Bett.« Ich riss die Kondomverpackung mit den Zähnen auf und warf sie über meine Schulter. Dann stülpte ich das Kondom über, ließ mich zwischen ihren Schenkeln nieder und bedeckte ihre Lippen mit meinen. Ich wusste, dass ihr Geschmack noch auf meinen Lippen war, und der Gedanke, dass sie sich selbst schmecken konnte, machte mich noch steifer. »Ist das okay?« Ich wollte sichergehen, denn das letzte Mal, als wir hier waren, hatte sie einen Rückzieher gemacht.

»Ja«, flüsterte sie und ich fing an, langsam in ihre Feuchte zu drücken. »Nate«, murmelte sie, während ihre Augen sich schlossen. »Du wirst mir nicht wehtun. Du musst nicht so vorsichtig sein.«

Mehr musste man mir nicht sagen, schon übernahm der Instinkt und ich stieß ganz bis zum Ende in sie hinein. Sie war heiß, feucht und verdammt eng. Ich stöhnte, als ich fast den ganzen Weg wieder herauszog und wieder hineinstieß. Ihr erwiderndes Stöhnen verriet mir, dass sie die gleiche Ekstase wie ich empfand. Sie fing an zu stöhnen und meinen Stößen entgegenzukommen, und dann wickelten sich ihre Beine um meine Taille und ich war erledigt. Ich stieß um mein Leben, unsere Haut klatschte aufeinander und unser Schweiß vermischte sich auf unseren Körpern. Ich ging mit meinem Mund wieder zu ihrem und küsste sie wie wildgeworden.

Sie schrie bei ihrem Freisetzen in meinen Mund hinein und ich folgte kurz darauf. Ich konnte diese Erfahrung nicht verstehen – sie war wie keine, die ich jemals gehabt hatte. Ich wollte sie halten und ficken und sie für eine Ewigkeit in meinem Bett behalten. Im Grunde war ich geliefert.

»Also ist Laney die Abkürzung von irgendwas, oder ist das dein richtiger Name?«, fragte ich sie ein Weilchen später. Wir faulenzten auf meinem Bett, in die Laken gewickelt.

»O Gott«, erwiderte sie. »Ich werde ihn dir verraten, aber nur, wenn du versprichst, ihn niemals zu verwenden.«

Ich legte die Hand aufs Herz.

Sie ließ sich auf den Rücken fallen, wobei ihr Kopf auf meinem Kissen ruhte und ihre Nippel von der verrutschenden Decke beinahe bloßgelegt wurden. »Das ist die Kurzform von Elaine. Ich glaube, meine Eltern waren von Seinfeld besessen. Es wurden sogar Andeutungen gemacht, dass ich möglicherweise während einer Episode gezeugt wurde, aber mein Gehirn weigert sich, soweit zu denken. Auf jeden Fall hat es immer ›Laney‹ geheißen, und das ist mir mehr als recht.«

»Ich finde ›Elaine‹ hübsch.«

Sie setzte sich wieder auf, stützte sich auf einen Ellenbogen und sah mich skeptisch an.

»Aber du bist definitiv eine ›Laney‹«, versicherte ich ihr, da ich kein völliger Anfänger war.

Das schien sie zufriedenzustellen. »Was ist mit dir? Ich kenne deinen vollen Namen und ich habe deine Familie kennengelernt. Aber erzähl mir doch mehr.«

»Na schön, mal sehen. Du weißt, dass ich immer schon auf das Bauen abfahre – und du weißt, dass ich es natürlich kaum erwarten kann, damit weiterzumachen. Ach ja, weil wir gerade davon sprechen. Habe ich dir schon erzählt, dass mein Vater diese Woche angefangen hat, das

Büro für ein paar Stunden zu besuchen?«

»Nein. Das ist ja toll!«

»Ja. Meine Mom ist nicht allzu begeistert von der Idee, aber sie weiß, dass er mal rauskommen muss, sonst erstickt er. Ach ja, und er wollte, dass ich dir sage, dass er mit dem Fischzeug herumgespielt hat, das du vorbeigebracht hast. Und er wird vielleicht bald fragen, ob er Rocco demnächst irgendwann zum Angeln mitnehmen kann.«

Laney sah drein, als hätte ich ihr soeben einen Wurf neugeborene Kätzchen geschenkt. »O mein Gott – das ist ja so süß. Ich müsste das mit ihm zuerst mal kurz besprechen – er ist manchmal schüchtern und ein bisschen schwer zu verstehen. Aber im Haus deiner Eltern schienen sie ja gut miteinander klarzukommen, also wird er bestimmt begeistert sein. Es könnte nur sein, dass wir mitkommen müssen. Nur, damit du vorgewarnt bist.«

»Das würde mir gar nichts ausmachen. Ich werde dich in einen Badeanzug stecken und wir könnten uns absetzen und ein bisschen Unfug machen.«

Dafür bekam ich einen Rempler.

»Hast du Hunger? Wir haben gar nicht zu Abend gegessen.« Ich musste meine Frau doch füttern.

»Verhungert. Hast du was zum Anziehen für mich? Ich weiß nicht genau, wo meine Sachen gelandet sind.«

Ich stieg aus dem Bett und zog mir meine Retropants wieder an – dem Anschein nach waren sie doch nicht zerrissen. »Nackt bist du mir lieber, aber ich werde schon was für dich finden, denke ich.« Ich wühlte in meiner Schublade herum und zog ein T-Shirt und eine Turnhose heraus.

»Du bist eine herausragende Erscheinung, Nate.«

»Wonach ist dir? Chinesisch? Pizza? Thailändisch?«, fragte ich auf meinem Weg in die Küche. Ich bekam keine Antwort. »Laney?«

»Oh, verdammt, nein!«, war alles, was ich aus dem Schlafzimmer hörte. Ich ging zurück, um nachzusehen, und stellte fest, dass sie mein T-Shirt trug und die Shorts auf das Bett warf, als hätten sie ihr etwas Beleidigendes getan.

»Was?«

»Wie kann das fair sein, dass deine Shorts mir am Hintern zu eng sind? Ich konnte sie kaum hochziehen!«

Da ich seit einunddreißig Jahren ein Kerl war, wusste ich, dass es zu dieser Frage keine richtige Antwort gab. Schweigen schien jedoch keine Option für mich zu sein. »Ich liebe deinen Hintern. Er ist perfekt.« Sie sah immer noch beunruhigt aus. »Wenn du dich erinnerst, ich habe sogar versucht, ein Stück herauszubeißen, so sehr mochte ich ihn.«

Sie schmollte noch immer und das war verdammt süß. »Egal … Lass uns beim Chinesen bestellen.«

Puh. Ich bin vielleicht sogar ganz gut bei diesem Beziehungskram.

Wir aßen Zustell-Chinesisch im Bett, wobei es uns gelang, keine Sauerei zu machen, und redeten über alles und nichts. Ich erzählte ihr noch mehr über meinen Dad und wie wir alle mit den Veränderungen kämpften, die erfolgen mussten. Wir unterhielten uns auch über Austin und mein Leben dort – ein Leben, das mir überhaupt nicht mehr abging. Sie erzählte mir noch mehr über Roccos Vater und über Gavin und einige Schwierigkeiten, die ihre Familie gehabt hatte. Nach dem Essen und weiteren Gesprächen kam ich schließlich doch noch dazu, unter die Dusche zu gehen; mit Laney zusammen, was es um Einiges lustiger machte. Es war eine Herausforderung, sich in der winzigen Kabine zu bewegen, doch es gelang uns. Und am nächsten Morgen erfüllte mich mit Stolz, als wir in Laneys Küche marschierten, dass Fiona uns, nachdem sie Laneys Gesicht geprüft hatte, leise Beifall zollte.

Einen Monat später

Dieser letzte Monat war perfekt. Also eigentlich ist das eine Lüge. Etwas, das ich gelernt habe, ist, dass ein Klumpen am Bein in Gestalt eines Fünfjährigen ein Rezept für dicke Eier ist. Aber abgesehen davon war das Leben fantastisch. Laney und ich verbrachten jeden sich bietenden Augenblick miteinander, und ich wusste nicht, was sie empfand, aber ich hatte noch nie solche Gefühle für eine Frau empfunden. Ich versuchte, nicht zu viel darüber nachzudenken, sondern es einfach zu genießen. Wir mussten uns immer etwas einfallen lassen, an welchen Orten und zu welchen Zeiten wir Sex hatten, aufgrund des zuvor erwähnten Schwanzblockers, aber sagen wir mal, ihre Dusche kam recht oft zum Einsatz – und zum Glück war sie beträchtlich größer als meine. Ich hatte noch immer nicht die Nacht bei ihr verbracht, obwohl wir darüber geredet hatten. Sie wollte diese Woche ein ernstes Gespräch mit Rocco führen und ihm ein wenig auf den Zahn fühlen. Ich wusste, dass sie mir vertraute, daher war ich froh, diese Hürde nicht noch einmal nehmen zu müssen.

Was die Arbeit anging, da hatten Doug und mein Vater die Verwaltungsprobleme so gut wie übernommen (obwohl meine Mom meinem Dad ständig über die Schulter schaute und versuchte, ihn an der kurzen Leine zu halten). Für mich hieß es wieder ran an die Schmutzarbeit. Hätte ich auch nur eine weitere Angebotsplanung oder Kundenbesprechung durchführen müssen, wäre mein Kopf explodiert.

Ich übernahm als Polier beim Old Oak Ridge Projekt und half während der Arbeitspausen auf einigen anderen Baustellen aus. Für die Bedenken der Nachbarn wegen potenzieller Mieter hatte ich noch immer keine Antworten, aber Laney vertraute auf meine guten Absichten und ihr Wort schien den anderen zu genügen.

Halloween stand kurz bevor und wir saßen auf Laneys Terrasse und genossen einen perfekten Herbstnachmittag. Es wehte ein kühler Wind herein und die Sonne war im Untergehen begriffen und färbte den Himmel diesen perfekten Orangeton. Rocco quietschte draußen im Garten, als Fiona ihn die Leiter seines völlig unglaublichen und innovativen Baumhauses – wenn ich so sagen darf – hochjagte.

»Dieses Ding ist aberwitzig.« Laney schüttelte den Kopf und

lachte mich aus, denn sie wusste, dass ich meine eigene Arbeit bewunderte. Ich zwinkerte ihr nur zu. Ich wusste, dass sie das Baumhaus fast genauso sehr liebte wie Rocco. Es hatte eine Leiter mit Sicherheitsgriffen (Laneys Idee) und eine versetzte Bauweise mit eingebauten Bänken und einem Tisch. Es hatte auch Bullaugenfenster und ein Flaschenzugsystem, mit dem man wichtiges Kinderzeug hochziehen konnte. Hätte ich ein solches Baumhaus gehabt, als ich in seinem Alter war, hätte ich von jedem, der zum Spielen kam, Eintritt verlangt.

Nun war es aber so, dass bisher nur Rocco und wir Erwachsenen alle drinnen gewesen waren, was Laney, wie ich wusste, noch immer störte. Aber ich fand, dass Rocco ein absolut glückliches Kind zu sein schien. Er machte das Nasenzucken fast nicht mehr und mir gegenüber war er alles andere als schüchtern.

Und das Beste daran? Laney nahm ihn aus dieser bekloppten Kita und er befand sich nun in einem viel kleineren Programm, das im Haus einer ehemaligen Lehrerin stattfand. Charlottes Sohn ging auch dorthin, wenn sie halbtags berufstätig war, und Rocco war viel entspannter in einer kleineren und weniger arschlochigen Gruppe – das stammt von mir, nicht von Rocco.

Letze Woche sind wir alle zu Charlotte hinüber gegangen und ich hatte die beiden Jungs beim gemeinsamen Spiel gesehen. Ich hatte auch das Funkeln in Laneys Augen gesehen und konnte ihre Erleichterung spüren. Der nächste Schritt war eine Einladung an Aiden zum Spielen im Baumhaus, das ich gerne als den »Batcave« bezeichnete, Rocco jedoch »Die Furzfestung« taufte. Man kann nicht immer gewinnen. Ach, noch was. Falls Sie es mitverfolgen, ich habe mich sehr wohl bei Charlotte dafür entschuldigt, dass ich bei unserem ersten Treffen ein Arschloch gewesen bin.

»Weißt du, was du brauchst?«, fragte ich Laney, als ich mich so im Garten umsah.

»Oje, was jetzt? Du hast praktisch schon alles in meinem Haus repariert und du hast schon eine meilenlange Liste an Modernisierungen, die du vornehmen willst.«

Ich tat so, als hätte ich sie nicht gehört. »Du brauchst ein Fliegengitter für die Veranda. Ich wette, du würdest im Sommer viel mehr Zeit hier draußen verbringen, wenn die verdammten Mücken nicht wären.«

Sie drehte sich zu mir, ließ Bein in ihrer Abgeschnittenen aufblitzen, sodass ich sie in das Schlafzimmer schleppen wollte. »Nate, ich hätte ja gerne ein Fliegengitter rund um die Veranda, aber du musst aufhören, all diese Dinge für mich zu machen. Du hast in der Arbeit genug zu tun und du hast mit der Suche nach einer eigenen Bleibe noch nicht einmal angefangen.«

Ja, zu der Sache. Es war kein Irrtum, dass ich noch nicht angefangen hatte, nach einer eigenen Wohnung zu suchen. Ich wusste, dass es sich verrückt anhörte, aber ich war in diese Frau verliebt und ich war mit meinen Gedanken schon voraus. Es kam mir lächerlich vor, eine Wohnung zu kaufen, wo sie dieses Haus offensichtlich liebte und ich mir eine Zukunft mit ihr und Rocco vorstellen konnte. Und außerdem war der Batcave dort, also bitte. Aber ich wusste, dass sie noch nicht soweit war, daher sagte ich nichts außer ein kurzes »was soll's«. Es war die am wenigsten verbindliche Äußerung, die mir einfiel.

»Was soll's? Du bist komisch.«

»Und du bist hübsch. Ich lehnte mich näher hin, um sie zu küssen.

»Ich glaube, ich muss kotzen«, war Gavin am Hintereingang zu hören.

Ich entfernte meine Lippen von seiner Schwester. Ich konnte seine Perspektive verstehen – müsste ich zusehen, wie irgendein Typ Bailey begrapscht, wäre mir wahrscheinlich auch ein wenig übel. Gavin schlenderte auf die Veranda und setzte sich neben mich.

»Ich werde mir was zu Trinken holen. Braucht jemand ein Bier?«, fragte Laney, die sich von ihrem Stuhl erhob.

»Gerne«, antworteten Gavin und ich gleichzeitig, als Laney in die Küche ging.

»Ist es seltsam, dass ich auf einen Fünfjährigen eifersüchtig bin?« fragte Gavin, der das Baumhaus und die beiden Gesichter registrierte, die durch das Fenster sahen.

»Wenn wir von Fiona sprechen, dann kann ich das nicht beantworten, Kumpel. Wenn wir von dem Baumhaus reden, dann bin ich ganz bei dir.«

»Definitiv das Baumhaus. Ich kann es mir besorgen lassen, ohne meine Schwester anzupissen, vielen Dank auch.«

Ich lachte über die geistige Vorstellung von Gavin auf Fiona mit Laney als Zeugin. »Kluger Mann.«

Gavin setzte sich auf seinem Stuhl nach vorne und stellte seine Ellenbogen auf die Knie. »He, ich weiß, das ist kurzfristig, aber glaubst du, es besteht die Möglichkeit, dass ich mir am Donnerstag freinehmen könnte? Es gibt etwas, wo ich unbedingt sein muss, und das kann ich nur am Donnerstag machen.«

»Scheiße, Mann«, fing ich an und freute mich so gar nicht auf das, was ich als Nächstes zu sagen hatte. »Du hast noch keinen Urlaubsanspruch und wenn ich dir freigebe, dann gibt das ein schlechtes Beispiel ab. Es versetzt mich in eine schwierige Lage, besonders in Anbetracht Laneys und so, aber ich muss nein sagen. Es tut mir wirklich leid.« Ich schüttelte den Kopf. Ich hasste es, jemanden das antun zu müssen, besonders Laneys Bruder, aber Regeln sind Regeln und wenn ich es einer Person gestatte, sie zu brechen, dann kommen wir einfach in eine heikle Lage. Das ist nicht die Art von Arbeitsumfeld, die ich tolerieren kann.

Er sah drein, als hätte er die Antwort bereits gekannt, bevor ich sie ihm gab, aber schlecht fühlte ich mich trotzdem.

»He, kein Problem. Ich dachte mir nur, ich frag mal.«

Ein unangenehmes Schweigen legte sich über uns, bis Laney mit den Bieren und einem Glas Wein für sich selbst wieder herauskam. Sie brüllte zum Baumhaus hinüber: »He, ist einer von euch Abenteurern durstig?«

»Nur, wenn es mit ›W‹ anfängt und mit ›ein‹ aufhört!«, rief Fiona, während sie mit Rocco die Leiter herunterstieg.

»Mit wem glaubt ihr, dass ihr redet?«, antwortete Laney und ging zurück in die Küche.

Fiona und Rocco näherten sich dem Tisch, dabei rieb Fiona sich die Hände, um den Schmutz herunterzukriegen. »Ich schwöre, dieser rote Lehmboden ist manchmal so schwer abzuwaschen.«

»Du solltest eine *douche* verwenden«, schlug Rocco so lässig wie nur was vor und wischte sich die eigenen Hände an seiner Jeans.

Wir erstarrten alle. Das heißt, wir alle außer Rocco. Sein einziger Elternteil war außer Hörweite und wir drei warteten darauf, dass jeweils dem anderen die richtige Antwort einfiel. Nichts.

Gerade als Laney aus dem Haus auftauchte, zischte Gavin Fiona und mich an: »Nichts. Sagen. Ich will, dass meine Eier da bleiben, wo sie sind.«

Wir stellen ein: einen Corner Man

LANEY

Jetzt war es amtlich. Ich war verliebt. Und alles, was diese verdammten Filme und Liebesromane behaupteten, stimmte. Na ja, fast. Zehn Mal pro Nacht kriegte Nate ihn nicht hoch und es an der Wand tun war sauschwer, ganz zu schweigen davon, dass es völlig unpraktisch war. Aber all die Teile, dass das Essen schmeckt und die Witze lustiger sind und dass man sich während eines stinkfaden Meetings mit einem riesengroßen Lächeln wiederfindet? Trifft alles zu. Es war ein bisschen wie betrunken sein und trotzdem in der Lage zu sein, ein Fahrzeug zu lenken und eine berufliche Tätigkeit auszuüben. Ich grüßte mir völlig fremde Menschen im Supermarkt und machte ihnen Komplimente zu ihren Kleiderensembles. Ich sang in meinem Auto, wurde von anderen Fahrern an Ampelkreuzungen entdeckt und trotzdem war es mir völlig egal. Ich musste nur an diesen sexy Mann denken und schon wurde ich zur Närrin.

Keiner von uns beiden hatte bislang die Worte ausgesprochen, aber ich hatte so ein Gefühl, dass sein Herz mit meinem im Einklang stand. Oder zumindest erhoffte ich mir das. Es war kein Tag vergangen, an dem er nicht den Stoppelbart trug, der mir so gefiel, das musste also was bedeuten, oder nicht?

Und auch alles andere lief gut. Rocco gefiel seine neue Kita viel besser als die alte und er fing sogar an, mit ein paar der anderen Kinder in Kontakt zu treten. Das Nasenzucken trat manchmal noch auf, aber es war nicht annähernd so beherrschend wie früher. Und er und Nate verstanden sich phänomenal gut. Jetzt musste ich es nur noch schaffen, Rocco zu fragen, was er davon hielt, wenn Nate zu »Übernachtungspartys« zu uns kommen würde. Ein Teil von mir fand, dass es noch zu früh dafür war, aber mein Bauch sagte mir, dass es das absolut Richtige war. Nate war *der Richtige*.

Letzte Woche hatte ich Nate über Sykpe endlich meinen Eltern vorgestellt. Nein, das war gar nicht peinlich gewesen. Aber da wir bereits ein paar Abende bei seinen Eltern verbracht hatten, sagte er, es wäre an der Zeit, meine kennenzulernen. Glücklicherweise dominierte Rocco die Online-Unterhaltung, wie er das meistens tat, daher war am Ende alles okay.

Fiona befand sich noch immer in einer Terrence-freien Zone, hatte aber keine Verabredung mit jemand anderem gehabt, soviel ich wusste. Sie und Nate verstanden sich auch gut, was ein großer zusätzlicher Vorteil war, denn sie und mich gab's nur im Pauschalangebot. Und dass Nate Gavins Chef war, hatte sich als nicht so problematisch herausgestellt, wie ich befürchtet hatte. Sie hingen wie Freunde ab, wenn Nate bei uns im Haus war, und Gavin schien sein Job immer noch zu gefallen, also war alles gut.

Bis es das nicht mehr war.

Es war Donnerstag nach der Arbeit und Nate hatte sich wie immer selbst durch die vordere Eingangstür eingelassen. Rocco und ich waren schon ein Weilchen zu Hause und sahen uns im Wohnzimmer Zeichentrickfilme an. Als Nate die Küche betrat, konnte ich sofort seltsame Schwingungen spüren. Er kam nicht gleich zu mir und küsste mich, wie er es sonst immer tat. Meine Bestätigung dafür, dass etwas nicht stimmte. Er fuhr sich mit den Fingern durch seine verschwitzten, angeklatschten Haare und legte seinen Hoodie ab.

»He, macht's dir was, wenn ich rasch unter die Dusche gehe? Ich bin total dreckig.«

»Sicher. Geht's dir gut?«

»Ich weiß nicht …«, gab er sich bedeckt. »Wir werden später darüber reden.«

Das hörte sich nicht gut an. Ganz und gar nicht gut. Instinktiv wollte ich ihm ins Schlafzimmer folgen und ihn zum Reden bringen. Doch ich zwang mich, wie ein Kerl zu denken, und ließ ihn fürs Erste in Ruhe, wie er es sich erbeten hatte.

Das Abendessen verlief sehr ruhig. Gavin war zum Essen nicht nach Hause gekommen, was nicht ungewöhnlich war, aber es wäre schön gewesen, noch jemanden zu haben, der die angespannte Situation am Tisch lockern konnte. Nate grübelte vor sich hin und nicht einmal Roccos Geplapper konnte ihn wachrütteln. Ich verbrachte die Zeit einfach damit, Rocco zu antworten und ihn über seinen Tag zu befragen.

Nachdem das Abendessen beendet war, schnappte Nate sich seinen Hoodie und wollte den Mund aufmachen, um etwas zu sagen. Ich unterbrach ihn, ehe er ein Wort herausbrachte. »Du musst mir nicht alles erzählen, wenn du nicht willst, aber du kommst mir hier nicht weg, wenn du nicht wenigstens etwas sagst.« Ich lehnte mich an den Herd und wartete.

Er legte sein Sweatshirt weg und seine Hand ging wieder zu seinen dunklen Haaren. »Es ist nichts, es ist nur … na ja, hast du Gavin heute gesehen?«

Ich sah ihn argwöhnisch an. »Nein. Ich verlasse meistens das Haus, bevor er aufsteht. Ist ihm etwas zugestoßen?«

»Nein, ich glaube nicht.«

Ich stieß mich vom Herd ab. »Hör auf, mich zu verunsichern, Nate. War Gavin heute nicht in der Arbeit?«

»Nein. Er ist gar nicht aufgetaucht.«

»Bist du dir sicher? Vielleicht war er heute auf einer anderen Baustelle oder so was.«

»Laney, ich bin sein Polier.«

»Na ja, aber es muss doch einen guten Grund dafür geben, richtig?« Ich fühlte mich trotzdem beunruhigt.

»Ich bin mir ziemlich sicher, dass es schon einen Grund dafür gibt.« Er seufzte und streckte dann seine Hand seitlich aus. »Das ist beschissen.«

»Was verheimlichst du mir?« Meine Hand klebte wie zu erwarten zu diesem Zeitpunkt bereits an meiner Wange.

»Gavin hat mich anfangs der Woche gefragt, ob er sich einen Tag freinehmen könnte. Ich habe ihm gesagt, dass er noch keinen Urlaubsanspruch hätte, die Antwort also nein sei.«

»Okay, das ergibt einen Sinn. Wozu brauchte er den freien Tag?«

Nates Hand war wieder in seinen Haaren. »Das hat er nicht gesagt. Er hat nur gesagt, dass er etwas zu erledigen hatte und dass das nur heute geschehen konnte. Aber er schien okay zu sein, als ich ihn abgewiesen habe.«

Ich ging zu ihm und legte meine Hand auf seine Brust. »Nate, es tut mir leid, dass er dich in diese Situation gebracht hat. Ich hoffe, es gibt eine gute Erklärung dafür und das alles lässt sich regeln, aber es ist ätzend, dass du da hineingezogen wurdest.«

»Nein, das gehört zum Job, egal wer meine Freundin ist.« Seine Hände fuhren meine Arme auf und ab. »Das Problem ist, dass ich ihm den Lohn kürzen und ihn abmahnen muss. Ich mache mir Sorgen, dass er es nicht gut aufnehmen wird, und ich will nicht, dass er es an dir auslässt. Er kann auf mich ruhig stocksauer sein, aber er kannte die Folgen, und ich weiß, dass zwischen euch beiden manchmal eine angespannte Stimmung herrscht.«

Da hatte er nicht unrecht. Und ich war stocksauer und enttäuscht, dass Gavin Nate in diese Lage versetzt hatte. Die Dinge waren so gut gelaufen und ich hatte geglaubt, der große Dussel wäre endlich ein bisschen erwachsen geworden. Wo um alles in der Welt konnte er sein und wie konnte es so wichtig sein, dass er dafür seinen Job riskiert? Ganz zu schweigen davon, dass er sich Nate gegenüber auf diese Weise respektlos verhielt.

»Hör zu, es tut mir leid, dass ich so schlechtgelaunt bin. Wenn es dir recht ist, werde ich einfach nach Hause gehen. Ich will heute Abend eigentlich nicht mit Gavin zusammentreffen und ich werde am Morgen einen kühleren Kopf haben, wenn und falls er in der Arbeit auftauchen sollte.«

Ich sagte ihm, dass ich das verstand, und nahm ihn in die größte Umarmung, die ich zusammenbrachte.

Hol dich der Teufel, Gavin!

Es war elf Uhr, als ich die Eingangstüre zugehen hörte – geräuschlos dank Nates Handwerk. Gavins Tritte waren kaum zu hören und ich bin mir sicher, dass er annahm, dass ich schlief und nicht auf der Couch darauf wartete, wie eine verdammte Klapperschlange zuzuschlagen – denn genau so fühlte ich mich.

»Wo zum Teufel bist du gewesen?«

Er fuhr zusammen und seine Handfläche traf auf seine Brust. Gut, ich habe ihn zu Tode erschreckt. Rasch fasste er sich wieder. »Geht dich nichts an, *Mom*. Leg dich schlafen.«

»Es geht mich was an, wenn (a) ich mir wegen dir Sorgen mache, dass du irgendwo im Graben liegst, und (b) mein

Freund dein Chef ist und du beschlossen hast, zu schwänzen, als wärst du wieder sechzehn, und ihn in eine wirklich schwierige Lage versetzt.« Ich versuchte nicht einmal, meine Verärgerung zu verbergen.

Er stolzierte ins Wohnzimmer und ließ seine Tasche auf den Boden fallen. »Siehst du, ich hab ja gesagt, es ist eine schlechte Idee, dass ihr miteinander geht. Ich hab das gleich kommen sehen!«

»Du hast vorausgesehen, dass du dich wieder wie ein verantwortungsloser Trottel benehmen wirst?«

Er kniff den Mund zusammen. »Ich war nicht verantwortungslos. Ich habe meine Optionen gegeneinander abgewogen und entschieden, dass sich das Blaumachen auszahlt.«

»Na jetzt bin ich aber gespannt. Was genau hätte denn wichtiger sein können? Hast du eine Niere gespendet?« Meine Brauen schossen nach oben und ich lehnte mich in die Kissen zurück.

»Sei nicht so eine blöde Ziege. Ich habe mich mit Coach Willis getroffen.« Er schob sich millimeterweise näher zur Couch.

»Warum?« Ich war völlig verwirrt.

Er hat mich letztes Wochenende angerufen und mir erzählt, dass er in Charlotte sein würde und mich sehen wollte. Aber er würde nur heute dort sein. Ich dachte ... Ich dachte. *Gottverdammt!* Ich dachte, er würde mich anrufen, weil er mich wieder in einem Team haben wollte. Ich weiß nicht, was zur Hölle ich mir dabei gedacht habe, ich hab einfach den Anruf gekriegt und ich konnte einfach nicht *nicht* hinfahren.« Er sackte auf der Couch neben mir zusammen und sein Kopf fiel nach hinten.

Schöne Scheiße. Der Kerl sah aus wie ein getretener Welpe, also beruhigte ich mich ein bisschen. »Was wollte er denn dann?«

Gavin würgte ein trockenes Lachen hervor. »Er hat ein paar Camps, mit denen er zusammenarbeitet, und er hat mich gefragt, ob ich einen Job auf Zeit als Trainer für ein paar Kinder haben wollte. Und er hat gesagt, dass ihm der Anblick meiner hässlichen Visage fehlt, also wollte er, dass ich persönlich hinkomme.«

Ich wusste nicht, was ich sagen sollte.

»Ich will keine rotznasigen Kinder trainieren. Ich will *spielen*. Ich hätte spielen sollen.«

Ich blieb stumm und streichelte seinen Arm. Mir brach seinetwegen das Herz.

Aber nur eine Sekunde lang, denn dann machte er mich doch glatt wieder total stocksauer.

»Ich werde meinen Baujob kündigen und nach Virginia ziehen.«

Als er das sagte, wurde mein Rücken derart steif und gerade, dass ich Benimmunterricht hätte geben können »Du tust was? Soll das ein Scherz sein?«

»Nein. Ich bin einfach nicht dafür geschaffen.«

Ich konnte den Countdown zu der bevorstehenden Explosion meines Gehirns beinahe hören. »Nicht wofür geschaffen? Erwachsen sein?« Die innere Ruhe, die ich erlangt hatte, war ein Ding der Vergangenheit. Ich sprang von der Couch auf und zeigte ihm direkt ins Gesicht. Ich hätte mich nicht stoppen können, wenn ich es versucht hätte – der Drang, ihn anzuschimpfen, hatte sich so lange schon aufgestaut.

»Du hast zwei Jahre lang im Haus von Mom und Dad gewohnt und niemals einen Job gefunden – niemals einen Cent gezahlt. Du hast dir von ihnen einen Jeep kaufen lassen, um Himmels willen – es mag ja ein beschissener sein, aber du hast sie ihn trotzdem bezahlen lassen. Sie hatten solche Angst, du könntest seelisch aus den Fugen geraten und *deinetwegen* so enttäuscht, dass sie alles getan hätten – und du hast sie lassen !

»Du hast dich wie ein verwöhntes Kind benommen, dem man sein Lieblingsspielzeug weggenommen hat, und du hast dich von ihnen hinten und vorne bedienen lassen. Die Heilung deiner Verletzung hat nur acht Wochen gedauert – eine Verletzung, die übrigens auf deinen eigenen verdammten Leichtsinn zurückzuführen war –, aber du hast das vollends ausgenutzt und dich wie ein weinerliches Kind benommen. Du hast sie ausgenutzt und dich verdammt noch mal geweigert, erwachsen zu werden und Verantwortung zu übernehmen.«

Mein Blut brodelte und ich konnte anscheinend nicht aufhören. »Das Leben ist also nicht so geworden, wie du das wolltest – willkommen im Klub. Glaubst du, ich bin als Kind im Bett gelegen und habe von einem Leben als alleinerziehende Mutter geträumt, die jeden Penni zweimal umdrehen und in einem saufaden Job arbeiten muss, um über die Runden zu kommen?« Ich wischte mir die Haare aus dem Gesicht und machte weiter. »Und denk nicht mal dran, mir vorzuhalten, dass ich Hilfe von Mom und Dad bekommen hätte. Ich weiß, dass ich verdammtes Glück hatte, sie zu haben, und ich bin verdammt dankbar dafür. Niemals habe ich es als selbstverständlich betrachtet, und ich habe meinen Beitrag geleistet, so gut ich konnte. Ich habe schlechte Karten bekommen und ich hab's mit Fassung getragen, im Unterschied zu dir. Ich bin wieder aufgestanden und habe es hinter mir gelassen, denn so sind Erwachsene.«

Ich war derart aufgeregt mittlerweile, dass ich das Gefühl hatte, ich würde einen Betreuer wie in der Ecke beim Boxen brauchen, der mir das Gesicht abwischt.

Doch Gavin, der wiederholt meinen Finger weggestoßen hatte, war aufgestanden und trat mir entgegen. Er war ebenfalls zum Kämpfen da. »Du hattest schlechte Karten? Ha! Du hast beschlossen, für irgendeinen Wichser mit 'ner Gitarre die Beine breit zu machen und musstest die Konsequenzen tragen. Ich bin freiwillig auf das Motorrad gestiegen und du hast dich freiwillig zur Schlampe gemacht, also tu nicht so und scher uns nicht über verschiedene Kämme, Laney. Wir haben beide Mist gebaut. Der einzige Unterschied ist, dass mein Pfusch den einzigen Traum zunichte gemacht hat, den ich in meinem ganzen Leben jemals hatte! Deiner hat das Timing verändert von Dingen, die das Leben sowieso für dich vorgesehen hat.«

Er lachte ohne eine Spur von Humor. »Du hast ein tolles Kind durch dein verpfuschtes Leben, und wenn ich dich an deinem schlimmsten Tag fragen würde, ob du etwas daran ändern würdest, wie die Karten für dich gefallen sind, würdest du immer nein sagen, dann würde ein Ja bedeuten, dass du Rocco nicht hättest. Fragst du mich das Gleiche, würde ich jedes einzelne Mal ja sagen. Was würde ich nicht für meine alte Karriere geben? Es gibt keinen Notfallplan oder Plan B. Es gibt nichts.« Er trat an mich heran und seine Stimme senkte sich.

»Also mach du nur und sei überlegen und bezeichne mich als Idioten, was du ja so gerne tust, wie ich weiß, aber du wirst niemals verstehen, wie es ist, ich zu sein und den einzigen Traum zu verlieren, den man jemals hatte. Du hast Rocco, du hast dein neues Haus, du hast deinen perfekten Freund und du hast sogar diese bescheuerte Kalifornierin, die dir dein Leben finanziert. Wow, tust du mir aber leid!« Er lächelte höhnisch, zog sich zurück und schnappte sich seine Tasche.

Dann drehte er sich um und ging zur Tür. »Und jetzt, falls es dir recht ist, werde ich wohl gehen und mich mit Brett betrinken. Denn im Unterschied zu meiner Schwester, die hinter mir stehen sollte, hat er mich nie im Stich gelassen. Sag Rocco, wir sehen uns morgen, und sag Nate, was immer zur Hölle du willst.«

Ich beeilte mich, ihn einzuholen, und versperrte ihm den Weg. »Du kannst nicht einfach das Mikro fallen lassen und hinaustrampeln.« Ich stieß ihm den Finger in die Rippen. »Du sprichst von deinen verlorenen Träumen und ja, es ist richtig scheiße, dass du nicht Profi-Baseball spielen kannst, aber du könntest *alles* auf der Welt machen! Du hast es nicht mal der Mühe wert gefunden, das College abzuschließen. Mom und Dad sind dagestanden, das Geld in der Hand, und haben dir angeboten, es abzuschließen. Du hättest *alles* wählen können, aber dich mit Brett besaufen war das, wofür du dich entschieden hast – es ist das, wofür du dich immer entscheidest!«

Er versuchte, mich beiseite zu schieben, aber ich war noch nicht fertig. »Und was deine Träume angeht, ich hatte überhaupt nie die Gelegenheit herauszufinden, wie sie aussehen – ich bekam nicht die Zeit dazu. Ich wollte ein vierjähriges Studium absolvieren und eine Chance bekommen, mir im eigenen Tempo meine Zukunft auszumalen und zu planen. Stattdessen stecke ich für den Rest meines Lebens in einer Box in einem Großraumbüro und verrichte einen Job, den Brett wahrscheinlich noch mit einem Kater erledigen könnte.«

Gavin fuhr mich an und steckte mir den Finger ins Gesicht. »Du laberst wirklich nur Scheiße. Du schimpfst über mich, weil ich Mom und Dad ausgenutzt habe und dann erzählst du mir, ich hätte ihr Geld fürs College nehmen sollen? Also was jetzt? Und wenn du deinen Job so verdammt hasst, warum kündigst du nicht einfach?«, zischte er mir ins Gesicht, dann schob er mich beiseite, um zur Tür zu gelangen.

»Gott, du bist so ein Kind! Du kapierst es überhaupt nicht!« brüllte ich ihn an.

Er zeigte mir den Stinkefinger, was bewies, dass ich recht hatte, und schlug hinter sich die Tür zu, woraufhin ich mich derart aufgewühlt fühlte, dass ich schreien und Dinge durch die Gegend werfen wollte. Wieso erkannte er nicht, dass ihm die Welt zu Füßen lag, wenn er nur die Augen öffnet und sich die Möglichkeiten, die dort draußen auf ihn warten, ansieht? *Mistkerl!*

Ich sah nach Rocco, um sicherzugehen, dass er ihn nicht aufgeweckt hatte, aber glücklicherweise schlief er tief, kopfüber in seinem Bett. Ich fühlte mich total scheiße und ich hätte bestimmt nicht schlafen können, also rief ich Fiona an und betete, dass sie noch auf war. Ich erreichte ihre Mailbox. Also dann musste es wohl Reality-TV sein.

Nate: *Ist Gavin gestern Abend irgendwann aufgetaucht?*

Laney: *Ja, und wir haben darüber geredet. Ich bin mir ziemlich sicher, dass wir uns voneinander distanziert haben.*

Nate: *Das habe ich etliche Male mit Bailey gemacht, aber sie hängt irgendwie immer noch rum.*

Laney: *Ich glaube nicht, dass er heute zur Arbeit kommen wird. Ich werde später alles erklären, aber es tut mir wirklich leid, dass er so ein Esel ist.*

Nate: *Kann's kaum erwarten, den zu hören. Schönen Tag noch. Ich ruf dich später an.*

Laney: XOXO

Nate: *Weißt du, ich kann mich nicht dazu überwinden, den Scheiß zu machen.*

Laney: *Ach komm schon. Nur ein lausiges Emoji oder Akronym und dann lass ich dich auch schon in Ruhe ...*

Nichts. Verdammt.

Ich war gerade in der Arbeit angekommen und hätte eigentlich meinen Job erledigen sollen, aber ich musste mich mit Nate austauschen – und Fiona hatte sich noch immer nicht gemeldet. Ich war am Vorabend so sauer gewesen, dass ich mich herumgewälzt und darauf gewartet hatte, dass Gavin nach Hause kommt, aber er ist nicht aufgetaucht. Keine große Überraschung. Daher war ich heute Morgen praktisch ein Zombie und meine Cola light machte mich auch nicht munter. Ich schaffte es gerade so, den Tag hinter mich zu bringen, und ich bin vielleicht am frühen Nachmittag auf der Toilette unauffällig eingenickt. Wenn man nach dem Kribbeln in meinen Pobacken urteilen kann, dann bin ich das wahrscheinlich tatsächlich.

Kann man das als Angestellte machen, dass man ein Kissen auf die Toilette mitnimmt?

Ich textete Fiona noch einmal an und erhielt endlich eine Antwort. »*ttyl sorry*«, stand da nur.

Nachdem ich Rocco abgeholt hatte und zu Hause angekommen war, wollte ich mich nur aufs Ohr hauen. Gott sei Dank war Wochenende. Ich folgte Rocco durch die Tür und war angenehm überrascht, Nate in der Küche beim Kochen vorzufinden. »Oh mein Gott, ich liebe dich.«

Ja, das habe ich gesagt. *Mensch, Scheiße verdammt!*

Netter Mann, der er ist, drehte er sich nach einem kurzen Moment des Schweigens einfach um und lächelte, wobei er das Grübchen für mich aufblitzen ließ.

»Können wir bitte einfach so tun, als hätte ich das nicht gesagt, und du kommst her und küsst mich stattdessen?«, flehte ich.

Das rief einen ordentlichen Lacher hervor und der Kuss war auch nicht so übel.

»He, Kumpel«, wandte Nate sich an Rocco, nachdem er mir Bauchkribbeln verursacht hatte. »Ich mache selbstgemachte Pizza. Willst du mithelfen?«

»Ja, ja, ja!«, brüllte er.

»Geh und wasch dir zuerst die Hände«, befahl ich meinem Kind. »Und lass die Klamotten an – nackte Menschen dürfen keine Speisen zubereiten. Das ist ein Verstoß gegen die Gesundheitsverordnung!« Er rannte zum Badezimmer und ignorierte wahrscheinlich, was ich gesagt hatte.

»Na«, meine Arme umkreisten Nates Taille und ich legte meinen Kopf auf seiner strammen Brust ab. »Du scheinst heute Abend ja in viel besserer Stimmung zu sein.«

»Ja«, sagte er. »Tut mir leid wegen gestern Abend, aber es hat alles geklappt ... na ja, größtenteils. Wir unterhalten uns darüber, wenn Rocco im Bett ist.«

Das war eine Offenbarung für mich, denn ich hatte von

meinem nervigen Bruder nichts mehr gesehen oder gehört, seit er letzte Nacht hier rausgestürmt war. Ich starb vor Neugierde. Aber anstatt Nate zu bedrängen, Details zu verraten, nahm ich an der Pizza-Zubereitungsparty teil und leistete meinen Beitrag bei der totalen Verwüstung meiner Küche. Es war ziemlich toll.

Ich steckte Rocco in die Wanne nach dem Abendessen und hoffte, das Mehl und die Soße, die seinen gesamten Körper überzogen, würden sich abwaschen lassen. Das Lied für den heutigen Abend handelte vom Kacken in der Furzfestung, also versuchte ich, mich soweit es ging aus dem Badezimmer fernzuhalten. Auch ich habe eine schmutzige Fantasie, nicht dass man mich falsch versteht, aber Rocco ist eine ganz andere Art von schmutzig, mit der ich nicht besonders viel anfangen kann.

Zu meinem Horror und zu meiner großen Freude bat Rocco darum, dass Nate ihm eine Geschichte zum Schlafengehen vorlas. Das war noch nie geschehen, und wie mir auffiel, war Nate ziemlich gerührt, auch wenn er sich machomäßig durchschummelte, als wäre es keine große Sache. Danach gab ich Rocco einen Kuss, deckte ihn zu und ersuchte ihn, in seinem eigenen Bett zu bleiben.

»Aber ich mag deins.«

»Ich weiß, aber du musst lernen, die ganze Nacht in deinem eigenen Bett zu bleiben.«

»Warum?«

Weil ich mit deinem Hintern im Gesicht nicht besonders gut schlafe.

Weil ich von meinem Freund gebumst werden möchte und du bist mir dabei irgendwie im Weg.

Weil ich dich liebe, Mommies aber eine Intimsphäre brauchen.

Aber nein, ich entschied mich für: »Weil ich es sage.« Endlich hatte ich es geschafft – ich hatte mich in meine Mutter verwandelt. Großer Gott.

Unglaublich, aber er akzeptierte meine Antwort tatsächlich,

nur war ich mir ziemlich sicher, dass das nur war, weil er so müde war. So viel Glück würde ich nie wieder haben.

»ALSO ERZÄHL MIR, wie die ganze Gavin-Sache ausgegangen ist. Ich habe letzte Nacht kein Auge zugemacht, weil ich mich so aufgeregt hatte. Ich bin froh, dass es geklärt ist.«

Nate und ich befanden uns auf der Couch, ich mit meinem Weinglas und einem Kissen auf den Schoß geschmiegt, er zurückgelehnt, die Beine auf dem Couchtisch abgelegt und ein IPA in der Hand.

»Na ja, ich muss sagen, ich war gestern Abend ziemlich angefressen und ich war mir nicht sicher, was mich heute Morgen erwarten würde. Er ist nicht aufgetaucht—«

»Was?!«

»Lass mich ausreden. Er ist zuerst nicht aufgetaucht. Dann, so um zehn Uhr, ist er gekommen und hat mich aufgesucht. Er sah scheiße aus. Dann hat er sich über alles vor mir ausgebreitet, wie er es vermutlich bei dir gestern Abend getan hat, und wir haben ein Abkommen getroffen. Sein gestriger Lohn wird gekürzt und er hat Probezeit, aber ich lasse ihn die paar Stunden, die er versäumt hat, heute Vormittag nachholen.«

»Er hört also nicht auf«, mehr als Feststellung denn als Frage.

Nate sah aus, als wäre ihm unbehaglich zumute.

»Also das ist jetzt der Teil, der dir vielleicht nicht gefallen wird. Er hört nicht auf … fürs Erste.« Ich wollte reagieren, er hielt jedoch eine Hand in die Höhe, um mich zu stoppen. »Hör zu, Laney, ich will nicht, dass jemand für mich arbeitet, der den Job nicht haben will. So entstehen Fehler und die Leute werden unvorsichtig. Das führt unweigerlich zu schludriger Arbeit und Verletzungen, was ich beides nicht gebrauchen kann. Wenn er nicht am Bau arbeiten will, dann sollte er das auch nicht tun.«

»Aber er will ja *gar nichts* tun!« Meine Wut von letzter Nacht kam wieder hoch.

»Du weißt, dass das nicht stimmt. Er will Baseball spielen.«

Ich verschluckte mich beinahe. »Aber das kann er nicht! Abertausende Ärzte und Trainer haben ihm das erklärt. Es ist vorbei – keine große Liga. Er muss darüber hinwegkommen und erwachsen werden.« Ich stellte meinen Wein auf den Couchtisch, damit ich ihn nicht ausschütten – oder werfen – konnte.

Nate legte eine Hand auf mein Bein. »Hör zu, ich weiß nicht ob er spielen kann oder nicht, aber wenn er es verssuchen will, ist das *seine* Angelegenheit, nicht meine. Und ehrlich gesagt ist es auch nicht deine.«

»Wie bitte?« Mein Blutdruck ging an die Decke und ich warf das Kissen weg, Nates Hand dadurch zur Seite stoßend.

»Ich weiß, dass du dich schon viel länger mit der Situation beschäftigst und klarkommen musstest, als ich auf der Bildfläche bin, aber ich habe den Blick in seinen Augen gesehen, als er vom Spielen gesprochen hat. Es ist seine Leidenschaft – sein Traum. Ich weiß, wie es ist, zu etwas gezwungen zu werden, was man nicht gerne tut; es ist ätzend.«

Ich konnte nicht länger sitzenbleiben. »Ich fasse es nicht, dass ich mir das anhören muss. Seit wann bin ich der einzige Mensch auf der Welt, der noch einen Realitätssinn besitzt?«

»Hör auf mit dem Sarkasmus, Laney. Normalerweise finde ich ihn süß, aber im Moment ist nicht der richtige Zeitpunkt dafür.« Nate lehnte sich vor und stellte auch sein Bier ab.

»Es tut mir leid. Ich weiß einfach nicht, wie ich sonst darauf reagieren soll, wenn ich mich nicht einem, sondern zwei Menschen mit Wahnvorstellungen gegenübersehe, die glauben, man könnte sich einfach was wünschen und schon werden alle Träume wahr – puff! So funktioniert das Leben nicht, und Gavin zu ermuntern wird am Schluss nur Kummer verursachen.«

»Wessen Kummer? Wenn er es riskieren will, dann lass ihn doch.«

»Alle werden Kummer erleiden, Nate! Alle! Das passierte nämlich, wenn Menschen, die man liebt, schlechte Entscheidungen treffen und man selbst als einzige verantwortungsbewusste Person im Raum übrigbleibt, egal wie sehr man sich wünscht, »Scheiß drauf! Ich glaube ich werde morgen blaumachen und nach Paris fliegen – das klingt nach einem Haufen Spaß!« sagen zu können.

Nate stand auf und streckte die Hände aus auf eine »Lasst uns diese verrückte Person besänftigen, damit sie nicht schießt«-Art. »Okay, ich sehe schon, ich habe einen großen Nerv getroffen und du wirst emotional. Lass uns Abstand gewinnen—«

»Emotional? Emotional?! Ach, jetzt bin ich also nur die hormongesteuerte Frau, die alles versaut, indem sie Gefühle ins Spiel bringt. Ach ja, ich habe wahrscheinlich auch noch PMS, meine Meinung ist also ungültig!«

»Das habe ich nicht gesagt und das weißt du!« Er wurde langsam sauer. Ich sollte *ihm* vorwerfen, unter PMS zu leiden.

Das lief langsam total aus dem Ruder. »Ich kann mich jetzt nicht mit dir unterhalten. Ich glaube, du solltest gehen.«

»Komm schon, Laney. Das ist doch verrückt!«

Tränen brannten in meinen Augen. »Natürlich ist es verrückt – die ganze Welt scheint verkehrt zu sein und ich bin die Einzige, die noch Vernunft hat!« Ich drehte ihn physisch um und fing an, ihn in Richtung Tür zu schieben. »Bitte geh einfach. Mehr kann ich im Moment nicht verkraften.«

»Ich will nicht, dass die Dinge so enden, Laney«, wandte er ein, ließ sich von mir jedoch führen, obwohl er ganz sicher die Kraft besaß, stehenzubleiben.

Ich fing an zu weinen. Ich konnte nicht anders. »Ich kann nicht … Ich will nur … Ich möchte, dass du mich jetzt in Ruhe lässt.«

Ich glaube, die Tränen haben ihn erledigt, denn er kapitulierte schließlich. »Ich werde nach Hause gehen, aber wir werden uns morgen unterhalten und eine Lösung finden.«

Ich schob ihn weiter zur Tür hinaus. Ich konnte nur den Kopf schütteln. Meine Gedanken waren so verworren und die Tränen wollten nicht aufhören. Ich spürte, wie mir das Herz brach, aber ich war mir der Ursache nicht ganz sicher.

»Es TUT mir ja so leid! Ich musste nach Raleigh zu einer dieser Wohltätigkeitsveranstaltungen fahren – meine Mutter hat mich moralisch verpflichtet – und es war alles so in letzter Minute. Gary war angefressen, also werde ich wahrscheinlich gefeuert, aber das ist sogar gut so. Er hat angefangen, mit mir zu flirten, und du weißt ja, dass ich sowas nicht tue. Ich habe sowieso schon etwas anderes in Aussicht, glaube ich. Also habe ich schließlich die Nacht dort verbracht, weil mein Dad von der Arbeit heimkam und wir alle gemeinsam essen gegangen sind. Ein Wein führte zum nächsten und ich habe im Hotel gewohnt, wo die Veranstaltung stattgefunden hatte. Also was habe ich versäumt?«, plapperte Fiona am Telefon.

Ich lachte, allerdings war keinerlei Humor enthalten.

»Oje! Was ist passiert?«

»Ich habe keine Ahnung. Ich meine, tu ich schon, aber auch wieder nicht. Ich glaube, mein Bruder wird nach Virginia ziehen und ich glaube, Nate und ich haben uns möglicherweise getrennt.« Es ging wieder los mit den Tränen, zum zehnten Mal seit letzter Nacht. Heute Morgen hatte ich Charlotte anrufen und um Notfall-Babysitten bitten müssen, denn ich wollte nicht, dass Rocco mich aufgebracht und mitgenommen sieht – daher war ich wenigstens alleine, während ich mir die Augen ausweinte. Zwei Nächte ohne Schlaf und mit zu vielen Tränen – ich verschrumpelte wie eine Rosine.

»Was? Nein! Das kann nicht wahr sein«, protestierte Fiona.

Daraufhin erzählte ich ihr alles bis zu dem Punkt, wo ich Nate zur Tür hinausschob.

»Du hast ihm wirklich gesagt, dass du ihn liebst?«

»Ist das alles, was von der ganzen endlosen Geschichte bei dir hängen geblieben ist?« Ich schniefte.

»Natürlich nicht, aber ich wollte mich auf das Gute konzentrieren.«

»Da ist nichts Gutes dran. Und als krönender Abschluss: Wenn ich mich von Nate getrennt habe und Gavin fortgeht, nehme ich meinem Kind praktisch seine zwei besten Freunde weg. Gib mir meinen »Mutter-des-Jahres«-Preis einfach gleich in die Hand«, schluchzte ich.

»Ach hör auf. Das lässt sich alles reparieren. Hör einfach auf deine gute Fee Fiona und schon ist alles wieder okay.«

Sie beruhigte mich dann noch ein bisschen und versuchte, die Dinge ein wenig ins richtige Licht zu rücken. Mein erschöpfter Verstand funktionierte nicht sehr gut, aber einige der Dinge, die sie sagte, ergaben langsam ein wenig Sinn.

»Du und Nate, ihr habt euch nicht getrennt. Was ihr hattet, war ein Streit – alle Paare streiten sich –, und sowie ihr euch ausgesöhnt habt, gibt's den heißen Versöhnungssex. Ich kenne dich seit Jahren, und wenn du loslegst, bist du nicht zu bremsen – in der Hinsicht bist du in gewisser Weise wie ein *Housewife* – so ungern ich es dir sage.«

»He – das ist gemein. Du sollst mich doch trösten, damit ich mich besser fühle.«

»Ach, halt die Klappe – du weißt, dass das stimmt. Jetzt hör zu. Ich liebe dich und ich will nur das Beste für dich und Rocco. Du hattest es nicht immer leicht, aber ich muss dir das erläutern, Laney, also sei bitte nicht böse auf mich.«

»O Gott – was? Ist das die Stelle, wo du mir sagst, dass ich nicht immer zu hundert Prozent recht habe?«

»Ja, die ist es, Mädel, und du hältst das aus, also los

geht's.« Sie holte tief Luft und legte los. »Ich denke, der Grund, weshalb du dich über Gavin und seine zugegebenermaßen bruchstückhafte Lebensführung so aufregst, ist, dass du vielleicht ein wenig von dir auf ihn projizierst. Du bist mit einigen Entscheidungen, die du getroffen hast, nicht zufrieden, und nachdem du dich ein wenig geißelst, neigst du dazu, es auf ihn zu münzen. Vielleicht widerstrebt es dir, ihn mit mehr Geduld und Mitgefühl zu behandeln, weil du nicht aufhören kannst, wegen deiner eigenen Fehler und Entscheidungen, die nicht so gut waren, auf dich selbst wütend zu sein.«

Ich konnte sie mir am anderen Ende der Leitung ganz genau vorstellen. Sie hatte zweifellos ihre Unterlippe zwischen den Zähnen und ihre Augen waren zugedrückt. Ich konnte nicht sprechen, als ich versuchte, das, was sie sagte, zu verarbeiten und nicht aufzulegen.

Stille. Meine Rädchen drehten sich noch eine weitere Minute lang.

»Fiona?«

»Ja?« Ihre Stimme war kaum zu hören.

»Machst du jetzt auf Kurpfuscher bei mir, du kleine Hure?!«

»Vielleicht.« Ihre Stimme ging eine Oktave höher.

»Ach, na dann. Ich werde mal gucken, ob ich wie die Jungs den Mut aufbringen und dann ein paar Entschuldigungen anbringen kann, was?

»Das wäre meine Empfehlung, ja.« Ihr normaler Tonfall kehrte zurück. »Aber ich glaube du hast nicht unrecht damit, dass Gavin lernen muss, seinen Mann zu stehen. Ich glaube, du musst nur dein Einfühlungsvermögen eine Stufe höherschrauben. Und vielleicht sollten wir beide aufhören, ihn so oft einen Idioten zu nennen. Ich glaube, ›Holzkopf‹ klingt vielleicht mehr nach Unterstützung. Nein – ich hab's – wir können ihn einen ›Boob‹ oder eine ›Pfeife‹ nennen. Es bringt die Botschaft rüber, aber er denkt dabei an was Schönes!«

»Habe ich dir in letzter Zeit schon gesagt, wie sehr ich dich liebe? Oder wie schräg du bist?«

»Nein, aber das ist selbstverständlich. Wenn du dich also ein wenig besser fühlst … Ich muss noch ein paar Telefonate und Besorgungen erledigen.«

»Was hast du vor, Fiona?« Mein Rücken kribbelte vor Aufregung.

»Geht dich nichts an. Wie ich schon sagte, lass deine gute Fee nur machen.« Und dann legte sie auf.

Katzenjammer, Katerstimmung und die Verwundbarkeit

NATE

»Du solltest immer auf mich hören, Mann. Eine ernste Beziehung mit 'ner Mieze? Lohnt sich nicht.« Mark nahm einen großen Schluck von seinem Bier, ehe er es wieder auf den Tisch stellte. Als er gesehen hatte, wie jämmerlich verkorkst ich an diesem Nachmittag war, überzeugte er mich davon, dass eine nächtliche Sauf- und Pool-Billard-Tour bei Jake's genau das richtige für mich wäre. Ich war mir ziemlich sicher, dass ich stockbesoffen war, denn Mark fing an, recht vernünftig zu klingen.

»Ja, du hast wahrscheinlich recht. Ich wette, ich würde hier 'ne Frau dazu kriegen, dass sie mich nach Hause begleitet, und die würde nicht total emotional und völlig bekloppt werden.« Lustlos sah ich mich in der Bar nach einer geeigneten Frau um. Ach, Scheiße. Was spielte es schon für eine Rolle? Keine von denen, war die, die ich wollte.

»Alter, ich hoffe dir zuliebe, dass du Laney nicht gesagt hast, dass sie total bekloppt ist.«

»Auf keinen Fall. So dumm bin auch wieder nicht.« Ich nahm noch einen Schluck von meinem Bier. »Aber ich habe sie möglicherweise schon als emotional bezeichnet.«

Mark warf manisch lachend den Kopf zurück. »Das ist ja noch schlimmer. Ich fasse es nicht, dass du so unwissend bist. Das ist Regel Nummer eins auf der Liste jener Dinge, die man niemals zu einer Frau sagen darf, die man vögeln will.«

»Du bist ein solcher Romantiker, Mark. Ich kann nicht glauben, dass du keine Freundin hast.«

»Glaub es ruhig, Mann. Das ist das Letzte, was ich brauche. Locker bleiben, Spaß haben und immer her damit – das ist mein Motto.« Er prostete mir zu und ich prostete sofort zurück, obwohl ich mit dem Herzen nicht bei der Sache war.

»Na sieh einer an.« Eine vertraute Stimme mischte sich ein. Ich drehte den Kopf und sah, nachdem er aufgehört hatte, sich zu drehen, Gavin und seinen besten Freund Brett an unserem Tisch, Biere in der Hand. »Ich hätte nicht gedacht, dass ich dich heute Abend hier sehen würde. Ich hätte mir gedacht, dass du mit Laney und dem kleinen Mann abhängst. Ich habe noch ein wenig Angst, nach Hause zu gehen, deswegen hänge ich bei Brett rum.«

Ich zeigte Gavin das falscheste Lächeln, das ich zusammenbrachte. »Ich will dich umbringen.«

»Was habe ich getan?«

»Ich glaube, Laney hat mit mir Schluss gemacht. Ich habe dich vielleicht verteidigt und dabei eine unausgesprochene Regel gebrochen, dass man sich in einem Streit nicht auf die Seite von Geschwistern schlagen soll. Es ist alles ziemlich … verschwommen.«

»Scheiße. Ist das dein Ernst?« Er legte den Kopf schief.

»Entweder das oder sie ist geisteskrank«, steuerte ich bei.

»Äh, ich würde auf geisteskrank tippen.«

»Leider spielt es keine Rolle, ob sie geisteskrank ist oder

nicht, denn ich liebe sie.« Mein filterloses, alkoholbenebeltes Gehirn gab meinem Mund den Anstoß zu sprechen.

»Mann«, sagte Brett.

»Scheiße«, sagte Gavin.

»Christus auf 'nem Fahrrad – ernsthaft?«, sagte Mark.

»Jawohl«, war meine Antwort an sie alle.

Alle schwiegen und dachten über meine beschissene Lage nach. Wir nahmen gleichzeitig einen Schluck von unseren Bieren.

»Na schön.« Gavin bewegte sich als erster. »Dann wollen wir das mal reparieren.« Er nahm meinen Arm und versuchte, mich von meinem Barhocker zu ziehen. Die Welt neigte sich ein wenig. Hmm, das war seltsam. »Scheiße, du bist sturzbesoffen, oder?«

»Es scheint so.«

»Okay, ich fahre dich nach Hause und wir werden morgen zu Laney fahren und das alles ausbügeln. Hast du eine Couch, auf der ich pennen kann?« Er stütze mich und führte mich zur Tür.

»Jawohl. Und laut deiner Schwester macht sie das, was ihr an Eleganz fehlt, durch Bequemheit wett, wenn ich das richtig in Erinnerung habe.«

»Tu das nicht. Es ist viel zu erbärmlich. Je weniger du ab jetzt sprichst, desto besser.«

Ich wachte auf und hatte Scheiße im Mund.

Okay, nicht wirklich, aber ich stelle mir vor, dass Scheiße so schmeckt. Ich sah mich um und erkannte, dass ich in meinem Bett lag, ich konnte mich aber absolut nicht erinnern, wie ich dorthin gekommen war. Da war auch ein kleiner Hammer in meinem Kopf, der unentwegt auf mein Gehirn das Lied »Du Arschloch. Warum hast du so viel getrunken?« einhämmerte.

Das hatte ich ja schon lange nicht mehr gehört. Ich wagte es, mich aufzusetzen, und es wurde nur ein wenig schlimmer. Ich konnte das. Ein Wasserglas und drei Ibuprofen lagen auf dem umgedrehten Transportkarton, der als mein Nachttisch diente. Gott sei Dank mochte mich jemand.

Mit dem Glas in der Hand schlurfte ich vorsichtig ins Wohnzimmer und traf auf Gavin, der auf meiner Couch saß und auf seinem Handy herumspielte. Ach ja, jetzt fiel es mir langsam wieder ein.

»He«, ist alles, was ich rausbekam. Ich schluckte die Tabletten und zuckte zusammen.

»He. Du lebst. Eine Zeit lang stand es auf Messers Schneide gestern Abend.«

»Ja, tut mir leid. Ich trinke normalerweise nicht so viel.«

»Kein Problem.« Er schüttelte den Kopf. »Wenn ich aufzählen könnte, wie oft ich … na ja, vielleicht nicht die passendste Geschichte für meinen Chef. Aber in Anbetracht der gegenwärtigen Situation …« Er lachte.

Ja, ich kam mir wie ein Trottel vor. »So. Also. Irgendwelche wichtigen Details von gestern Abend, die ich übersehen habe?«

»Oh, wow, das ist jetzt peinlich. Wills du damit sagen, dass du dich nicht daran erinnerst, dass du der Stripperin gestern Abend einen Antrag gemacht hast?«

Es drehte mir den Magen um und ich dachte, ich müsste mich übergeben. Was war gestern Abend geschehen, verdammt?

»War'n Scherz, Mann. Aber du solltest deinen Gesichtsausdruck sehen.« Er hatte viel zu viel Spaß dabei. Ich musste mir merken, ihm eine in die Fresse zu hauen, wenn es mir wieder besser ging. »Aber mal im Ernst, ich hab ein schlechtes Gewissen, weil ich an dem ganzen Schlamassel schuld bin. Laney und ich? Wir sind einfach … ich weiß nicht. Wir sind manchmal irgendwie wie Wasser und Öl und du bist da einfach hineingeraten. Mach dir aber keine Sorgen, ich habe einen Plan.«

EIN FRÜHSTÜCK IM DINER – oder genauer gesagt, Mittagessen – aus Fett, überzogen mit Fett und Fett als Beilage und ich fühlte mich viel besser. Ich wusste immer noch nicht, ob ich Gavin zutraute, meine Laney-Probleme zu reparieren, aber es konnte nicht schaden, es ihn versuchen zu lassen.

Nach dem Essen fuhr Gavin uns zu Laney Haus. Ich war extrem misstrauisch – sie hatte mich gebeten, sie in Ruhe zu lassen, und ich wollte keine Ohrfeige oder einen Tritt in die Eier bekommen. »Ich bin mir bei der Sache nicht ganz sicher, Gavin.«

Er stellte das Auto auf Parken und schaltete den Motor aus. »Vertraust du mir?«

»Nicht einmal ein bisschen.«

»Hm. Wohl nicht zu übersehen. Dann lassen wir das mal beiseite. Kannst du mir eine Frage beantworten?«

Ich nickte.

»Wäre es möglich, dass ich Teilzeit anstatt Vollzeit für dich arbeite?«

Das war nicht die Richtung, in die ich dachte, dass der er gehen würde. »Ja, sicher. Wir haben etliche Kerle in Teilzeit. Das hätte eine Auswirkung auf deine Zusatzleistungen, aber ja.«

»Gut. Dann lass uns jetzt da reingehen und dein Mädchen holen.« Beim Aussteigen hielt er inne. »Und wenn du irgendjemanden erzählst, dass ich das gesagt habe, kriegst du 'nen Tritt in den Arsch.«

»Angst, deine verwundbare Stelle zu zeigen, Gavin? Ich musste ihn aufziehen. Ich stieg aus und wir gingen den Eingangsweg entlang.

»Fick dich«, grunzte er.

Ehe wir die Veranda erreichten, öffnete sich die Tür und da stand mein Mädel – oder zumindest hoffte ich, dass sie noch immer mein Mädel war. Ihre Haare waren zu so einer Art Wuschelding auf dem Oberkopf hochgesteckt und sie hatte ein loses T-Shirt und abgeschnittene Shorts an. Sie trug kein Make-up und ich entdeckte dunkle Schatten unter ihren Augen. Sie war perfekt. Ihre Augen richteten sich direkt auf mich.

»Ich habe versucht, dich telefonisch zu erreichen. Ich habe mir Sorgen gemacht, du würdest mich niemals wiedersehen wollen.« Ihre Augen füllten sich mit Tränen.

»Was?« Ich zog mein Handy aus der Tasche. Tot. »Scheiße. Meine Batterie ist leer. Es tut mir leid.«

»Nein, mir tut es leid – so sehr leid, Nate. Ich—«

»Na schön, lass uns den Nachbarn keine Schau bieten – bewegt eure Hintern hinein«, wies Gavin uns an. Laney hatte nicht mal einen bösen Blick für ihn übrig. Tss. Wir gingen hinein und Gavin schloss die Tür hinter uns.

Laney drehte sich mit dem Gesicht zu mir und hatte die Hände an den Wangen. »Ich war auf Gavin wütend und habe es total an dir ausgelassen und das hätte ich nicht tun sollen. Ich habe ein paar fürchterliche Dinge gesagt und keine davon ernst gemeint. Na ja, manche schon, aber die betrafen eher Gavin, nicht dich.«

Ich trat auf sie zu und zog ihre Hände herunter, damit ich sie halten konnte. »Mir tut es auch leid. Ich hätte meine Nase nicht in Sachen stecken sollen, die ich nicht vollständig verstand. Und ich habe wahrscheinlich auch ein paar Dinge gesagt, die ich nicht hätte sagen sollen. Können wir jetzt aufhören mit dem Streiten?«

»Ja, bitte.« Sie warf ihre Arme um meinen Hals. Ich erwiderte, indem ich sie halb zu Tode drückte und sie auf die Schläfe küsste.

»Okay, okay, aufhören, solange wir noch die FSK-Freigabe haben. Ich habe ein paar Dinge zu sagen«, unterbrach uns Gavin.

Laney und ich trennten uns und sie drehte sich mit dem

Gesicht zu ihm. Ich stellte mich hinter sie und legte meine Arme um ihre Taille.

»Ich habe auch ein paar Dinge, die ich dir sagen möchte«, gab Laney zu.

Gavin tippte sich an sein Kinn. »Ich lasse dich zuerst, wenn du mir versprichst, dass es nicht zu einem Geschreie kommt. Oder ich in den Sack getreten werde.«

Sie legte die Hand aufs Herz. »Das könnte ich nicht mal, wenn ich es wollte – Rocco ist am Ende des Flurs. Hör zu, ich weiß, dass wir uns streiten und das irgendwie unser Ding ist, aber ich schulde dir eine Entschuldigung. Ich bin in den letzten paar Jahren nicht sehr verständnisvoll gewesen und das hat wahrscheinlich mehr mit meinen eigenen Problemen und Unsicherheiten zu tun als mit deinen, oder zumindest hat meine gute Fee mir das so erklärt. Und—«

»Deine gute Was?«, musste er einwerfen.

»Egal – das ist nicht wichtig. Wie auch immer, Gavin, du bist mir wichtig und ich liebe dich. Und ich bin dir für die viele Hilfe mit Rocco wirklich dankbar. Ich werde ab jetzt versuchen, dich mehr zu unterstützen und weniger streng zu beurteilen. Das verspreche ich dir und es tut mir leid.« Sie atmete aus, als hätte sie die angehaltene Luft wie eine Tonne Ziegelsteine beschwert.

»Wow.« Gavin blinzelte. »Das war … irgendwie unerwartet.« Er lachte verlegen und kratzte sich am Kopf. »Ähm, Ich wollte dir auch sagen, dass es mir leidtut.«

Er stellte sich mit dem Rücken zur Wand und steckte die Hände in die Hosentaschen. »Nach unserem Streit am Donnerstag bin ich zu Brett gefahren, um mich zu betrinken, und ich habe angefangen, mich vor ihm über meine total nervige Schwester auszulassen.« Er warf Laney einen verlegenen Blick zu. »Aber er hat mir irgendwie eins vor die Rübe gehauen mit dem gleichen Wahrheitsstab wie du. Niemand außer dir hat mir jemals Stress gemacht, damit ich die Kurve kriege, und das von ihm zu hören war irgendwie ein Tritt in die Nüsse.

»Du bist meine Schwester und du sollst mir auch die Hölle heiß machen und Scheiße labern, aber er ist bei der ganzen Sache immer mein Freund gewesen und er hat gesagt, er könne den Mund nicht mehr halten. Also habe ich in den letzten Tagen viel darüber nachgedacht und ich habe mich endlich mit der Tatsache abgefunden, dass ich Baseball nicht beruflich spielen werde. Aber das bedeutet nicht, dass ich überhaupt nicht spielen kann – was du, wie ich weiß, versucht hast, mir zu sagen, also halt einfach die Klappe, okay?«

Laney lehnte sich locker entspannt an mich zurück, während Gavin fortfuhr. »Ich habe jedenfalls ein paar Telefonate geführt und dann ein paar Rückrufe erhalten. Es scheint, als hätte deine gute Fee Verbindungen, denn ich habe ein Vorstellungsgespräch für einen Job als Trainer für Teenager auf hohem Niveau an der Baseball Academy. Vollzeit wäre es nicht, aber Nate hat gesagt, dass ich weiter bei ihm in Teilzeit arbeiten kann, also denke ich, dass ich zuschlagen werde. Zum Teufel, was sagt man doch gleich – Lehrer wird, wer's selbst nicht kann?«

»So was in der Art«, erwiderte sie.

Gavin hob eine Hand, um sich über das Kinn zu reiben. »Und Laney, ich weiß, dass du dir Sorgen machst und Angst hast, Fehler zu machen, aber du bist nicht verkorkst ... und ich hätte dich auch keine Schlampe nennen sollen.«

Dabei spitzten sich meine Ohren. Es war eine Sache, einen Streit anzufangen, aber etwas ganz anderes, meine Freundin eine Schlampe zu nennen. Laney muss gespürt haben, wie sich mein Körper anspannte, denn sie verlegte eine Hand auf meinen Schenkel, um mich auf der Stelle zu halten.

»In derselben Nacht, als du und Dominic zur betrunkenen Tat geschritten seid, gab's hunderte andere Paare am Campus, die das gleiche machten. Der einzige Unterschied war, dass deine zu einer kackenden, schreienden, mit Popel beladenden achtzehn Jahre dauernden Verpflichtung geführt hat, während alle anderen ihren Rausch ausschlafen und ihr Leben weiterleben konnten.«

Dabei mussten wir alle ein bisschen lächeln und Gavin fuhr fort: »Würdest du irgendjemanden fragen, was für eine Mutter du für dieses Kind bist, gäb's niemanden, der kein Loblied auf dich singen würde. Du hast dieses Leben nicht versaut und das wirst du auch nicht tun. Du bist die Liebe seines Lebens und das ist verdammt geil. Also, das war's. Das ist alles, was ich habe.« Er warf die Hände an die Seiten.

»Beweg mal deinen Arsch hier rüber und nimm mich in die Arme, du große Pfeife«, sagte Laney verkrampft, und ich ließ sie zu ihrem Bruder gehen.

»Pfeife?«, fragte er.

»Ja, ich probiere das gerade aus.« Sie hüllte ihn in eine dicke Umarmung.

Gavin lächelte über die Schulter. »Gefällt mir.«

GAVIN NAHM Rocco in den Park mit, um uns etwas Zeit allein zu zweit zu gönnen, und wir nutzten sie vollends aus, indem wir eine für mich dringend nötige Dusche mit unglaublich heißem Versöhnungssex kombinierten. Laney sprang mich wie eine sexgeile Wildkatze an und ich hatte die Spuren am Rücken als Beweis. Dadurch lohnte sich der letzte miserable Tag beinahe. Danach lagen wir im Bett, ihre Wange ruhte auf meiner Brust und ihr Arm war über meine Taille geworfen.

»Weißt du, ich habe die ganze Zeit über Gavin und seinen verlorenen Traum nachgedacht. Eine Sache, die mich immer gestört hat, ist, dass ich keinen Traum hatte, der sich erfüllen oder nicht erfüllen ließ. Ich hatte vermutlich das Gefühl, dass man bekommt, was das Leben einem schenkt, und man lebt weiter. Aber das ist nicht wirklich die beste Einstellung, oder?« Meine Finger zogen gemächliche Kreise auf ihrem Rücken und ich ließ sie reden. »Ich könnte wahrscheinlich das eine oder das andere von dir und Gavin dazulernen. Wenn es etwas gibt, für das ich eine Leidenschaft empfinde, sollte ich mich durch nichts aufhalten lassen, und alles versuchen, um es zu kriegen.«

»Und was hat deine Leidenschaft erweckt?« Ich küsste sie auf den Oberkopf.

Sie griff nach unten und begrapschte meinen Hintern. »Abgesehen von deinem geilen Arsch, meinst du? Ich weiß nicht – vielleicht eine Alpaka Farm zu besitzen?«

»Im Ernst?« Meine Finger brachen ihre Bewegungen ab.

Sie lachte. »Nein, aber das hört sich doch interessant an, oder nicht? Aber ich schaufle nicht gern Scheiße, also kommt das wahrscheinlich nicht infrage.«

»Wahrscheinlich. Was noch?«

»Ich weiß nicht. Was ich aber weiß, ist, dass ich erst fünfundzwanzig bin und Zeit habe, es herauszufinden.«

»Ich habe vergessen, dass ich mit einer Minderjährigen ausgehe.« Ich tat so, als würde ich sie von mir stoßen.

»Meinetwegen, alter Mann.« Sie klatschte mir auf die Brust.

»Also ich habe auch über etwas nachgedacht«, sagte ich.

»Was denn?« Sie kuschelte sich wieder in meine Armbeuge.

»Dich.«

»Was ist mit mir?« Ich konnte sie an der Haut meiner Brust lächeln spüren.

»Na ja, da ist dein furchtbares Temperament. Und dann ist deine Angewohnheit, Dinge zu hamstern – ich will gar nicht reden von den Dingen, die ich in deinem Schrank ausgegraben habe. Und dann wäre das das Thema deiner Kochkünste – ich muss sagen, dass sie nur geringfügig besser sind als die meiner Mutter, und ich bin in der Küche auch unbrauchbar, also sitzen wir irgendwie im Schlamassel. Ach, und natürlich ist da noch deine Angewohnheit, deine Wangen zu reiben, als würdest du einen Flaschengeist hervorzaubern wollen—«

»Was genau willst du damit sagen?«, fragte sie und hob den Kopf, um mich mit zusammengekniffenen Augen anzusehen.

Ich nickte und lächelte. »Was ich sagen will, ist, dass ich dich liebe.«

Als Reaktion auf meine Worte verfärbten sich ihre Wangen. »Du hast eine merkwürdige Art, dich auszudrücken, großer Kerl.«

Ich zuckte mit den Schultern. »Ich dachte mir, es ist einfacher, Dinge aufzuführen, die an dir so völlig falsch sind, als die aufzuzählen, die so wunderbar stimmen – so weit kann ich eigentlich nicht zählen.«

»Also wenn das nicht das Romantischste war, das es gibt – du großer Blödmann.« Sie klatschte mir auf die Brust und näherte sich zu einem Kuss.

»Vermutlich habe ich vergessen, deine gewalttätige Ader der Liste hinzuzufügen. Ich werde mir eine Notiz machen.«

»Tu das ruhig.« Und ihre Lippen trafen auf meine.

$$\mathcal{Epilog}$$

LANEY

Einen Monat später

»Das war so eine gute Idee, Laney. Wir sollten eine Tradition daraus machen.« Erin hakte sich bei mir ein, als wir dastanden und den sonnigen Nachmittag auf der rückseitigen Veranda genossen – oh, Pardon, auf dem rückwärtigen *Deck*.

Nate und ich hatten einen Kompromiss getroffen und ich hatte zugestimmt, dass er mir ein Deck bauen darf anstatt der umschlossenen Veranda, die er haben wollte. Ich habe ihm gesagt, dass er sie irgendwann immer noch vergittern konnte, aber im Moment würde ich nicht nachgeben. Er hatte so viel Zeit und Geld aufgewendet für die Renovierung meines Hauses, dass ich irgendwo die Grenze ziehen musste. Natürlich konnte er nicht irgendein x-beliebiges Deck aus Holzbrettern machen – er musste Sitzplätze einbauen und eine Nische für seinen Monster-Grill, den er endlich aus Austin geholt hatte.

Es war der Tag nach Thanksgiving und ich vermied, wie

jeder vernünftige Mensch, alle Einkaufsorte. Wir hielten eine Art Tag der offenen Tür ab und luden praktisch jeden ein, den wir kannten, im Laufe des Nachmittags vorbeizuschauen, um mit uns rumzuzuhängen und von den Resten zu naschen – die wir mit Burgern und Bratwürsten ergänzten. Nate konnte vielleicht nicht allzu gut kochen, aber Mannomann, konnte der *grillen*! Er erklärte mir, dass Grillen eine Fähigkeit war, die automatisch vorhanden ist, wenn man einen Penis besitzt – und noch etwas über Höhlenmenschen, die Fleisch über dem Feuer rösten, ein Thema, das sein Vater seltsamerweise besonders enthusiastisch diskutieren wollte. Nicht, dass Erin es Riordan gestattet hätte, von dem gegrillten Fleisch zu essen.

Nach dem symbolischen Protest rief Riordan Rocco auf das Deck. »Komm, Rocco. Ich werde dir zeigen, wie man einen Fisch säubert. Dann wird man mir vielleicht erlauben, den Grill zu benutzen.« Aufgrund des ungewöhnlich warmen Wetters waren sie am Thanksgiving-Vormittag angeln gegangen und hatten etwas Glück gehabt, weshalb Fisch auf dem Tagesmenü gelandet war.

Ich sah zu Erin und sagte: »Das war eigentlich Nates Idee gewesen, aber ich stimme ihm zu. Es fühlt sich mehr nach Urlaub an, wenn man es über mehrere Tage ausdehnt. Aber ich bin irgendwie geschockt, dass ich Fiona dazu gebracht habe, herzukommen. Ich hätte gedacht, sie wäre im Shopping-Paradies«

»Das hab ich gehört.« Fiona kam zu uns. »Ich war heute schon um fünf Uhr morgens auf, vielen Dank, und ich habe vielleicht sogar ein paar Dinge für dich gekauft, meine Freundin – von der sexy Sorte, wenn du weißt, was ich meine.« Sie zwinkerte mir zu.

»Äh, ja, ich glaube, wir wissen alle, was du meinst. Und vielen Dank, dass du vor der Mutter meines Freundes darüber sprichst.«

»Ich war auch einmal jung, also mach dir wegen mir keine Sorgen. Und außerdem«, sagte Erin und drückte meinen Arm, »könnte Rocco wirklich ein Geschwisterchen gebrauchen, findest du nicht?«

Gefahr! Gefahr! Brauche sofortige Rettung vor dieser verrückten Frau!

Als würde er meine Gedanken lesen, kam Nate anmarschiert und entführte mich seiner Mutter. »Lass sie in Ruhe, Mom. Geh und nerve Bailey mit dem Kinderkriegen. Ich glaube, ich habe sie drinnen mit jemandem flirten sehen.«

»Wirklich?« Erins Augen leuchteten auf und sie konnte gar nicht schnell genug hineingehen.

»Danke.« Ich umarmte Nate. »Mit wem flirtet Bailey? Nur so aus Neugierde.«

»Mit niemandem. Sie stopft sich den Mund mit *Pie* voll.« Er grinste.

Ich lachte und machte einen Blick in den Garten, wo unsere Freunde und Familie sich vermischten. Meine Eltern waren da, nachdem sie in die Stadt zurückgekehrt waren, um den Feiertag mit uns zu feiern. Rocco war überglücklich. Sie wohnten in einem Hotel, ein Arrangement, das niemals wiederholt werden würde, wenn es nach Erin ging. Unsere Familien hatten Thanksgiving miteinander verbracht und verstanden sich großartig. Glücklicherweise hatten beide Seiten eine hohe Verrücktheitstoleranz.

Auch einige Jungs und Mädels aus Nates Arbeit waren da und ich erkannte ein paar von ihnen, insbesondere Mark mit dem arroganten Lächeln und Doug, der aus irgendeinem Grund anlässlich des Feiertags ein Hawaiihemd trug. Ich bemerkte auch, dass Mark seinen Blick nicht mehr von Fiona abgewandt hatte, seit sie nach draußen gegangen war. *Meine Güte.*

Nate begab sich wieder zum Grill zurück und verkündete, dass das Essen fertig war. Menschen kamen heranspaziert, um sich einen Teller zu holen. Es entging mir nicht, dass Rocco nicht dabei war. Ich entdeckte seinen kleinen Kopf im Baumhausfenster neben jenen von Aiden und einem anderen kleinen Mädchen aus der Kita. Wenn der Anblick nicht Balsam für meine Seele war, dann wusste ich nicht.

»He, *Shortcake*.« Eine männliche Stimme erklang hinter mir. Ich drehte mich um und sah Mark, der am Geländer des Decks lehnte und das ach-so-lässige, um-meinen-großen-Bizeps-herzuzeigen-Armkreuzen-Ding machte – *he, das ist angesagt, vertraut mir*. Er zeigte ihr auch dieses super großspurige Lächeln und fast tat er mir leid. Er hatte keinen Begriff davon, dass die Phrase »große Dinge kommen in kleinen Packungen« spezifisch auf Fiona gemünzt war.

»Meinst du mich, Schwachkopf?«

Oooh. Das wird lustig werden.

Gavin kam herüber, drapierte seinen Arm um meine Schulter und flüsterte mir ins Ohr. »Hervorragend. Dinner *und* eine Show.« Ich schnaubte.

»He, ich wollte nur hi sagen. Du musst nicht beleidigend werden«, sagte Mark zu Fiona.

»Ich habe nur den Gefallen erwidert. Und jetzt ab mit dir.« Sie verscheuchte ihn.

Aua.

Marks Augenbrauen gingen nach oben. »Ich wollte dir auch sagen, dass der Kindertisch drinnen ist, Tinkerbell.«

Nicht schlecht.

Fionas Kiefer verspannte sich. »Was für ein Zufall, dass ich *dir* gerade sagen wollte, dass du 'nen strammen Max essen gehen sollst.«

Hmm, seltsame Wahl, traf aber ins Schwarze.

»Bist du immer so eine Ziege Leuten gegenüber, die du gerade erst getroffen hast?« Längst stand er nicht mehr so lässig da und sie waren sich entgegengetreten.

»Nur bei völligen Trotteln.« Fiona verzog angewidert den Mund.

»Was ist dein Problem? Herrgott, ich brauch den Scheiß nicht.« Mark stolzierte in den Garten, weg von meiner charmanten kleinen besten Freundin.

Fiona, vollkommen unbeeindruckt, trat an den Grill und schnappte sich einen Teller. »Oooh, sind das Würste? Ich liebe Wurst. Gib mir eine große, Nate.«

Gavin und ich fingen beide an zu kichern, und Nate warf uns beiden einen tödlichen Blick zu.

NACHDEM WIR ALLE gegessen hatten und die Menge sich größtenteils zerstreut hatte, setzte ich mich auf Nates Schoß – er bestand darauf, und ich hatte gelernt, seine Ansichten zu meinem Körper nicht infrage zu stellen. Ich seufzte den Seufzer einer vollkommen zufriedenen Laney.

»Ich liebe diesen Tag.«

Er küsste meine Schläfe.

»Ach, he«, sagte Nate plötzlich. »Ich habe vergessen, dir das zu erzählen. Wir haben die letzte Fläche in dem Old Oak Ridge Gebäude vermietet.« Das Projekt kam zum Abschluss und die Mietverträge mit einem Finanzplanungsunternehmen und einigen Technikfirmen waren bereits unterzeichnet, eine leere Fläche gab es aber noch.

Ich hielt im Geiste die Daumen und wandte ihm mein Gesicht zu. »Ach ja, was wird es denn werden?«

Er lächelte dieses Lächeln und ich kriegte das Grübchen zu sehen. »Eine Donut-Bude.«

»O mein Gott, ich liebe dich!«

Lesen Sie die Geschichte von Fiona und Mark in *Der Funke!*

Vergesst nicht, euch für meinen deutschen Newsletter
anzumelden, auf der ihr die neuesten Informationen zu den
Veröffentlichungen finden könnt, zu besuchen!
https://bit.ly/deutschen_nl

Über den Autor

Die Erfolgsautorin Sylvie Stewart, bei *USA Today* auf der Bestsellerliste, liebt schlechte Witze, geile Happy-End-Geschichten, Country-Musik und Stinktierbabys – nur vielleicht nicht alles auf einmal. Die meisten ihrer heißen Liebeskomödien spielen in North Carolina, auch bekannt als der beste Bundesstaat überhaupt, und sie hat eine Schwäche für die Umarmungen ihrer Kinder und richtig amüsante Gespräche mit ihrem Göttergatten. Sie flucht auch wie ein Seemann, scheint sich deswegen aber nicht zu einem schlechten Gewissen durchringen zu können. Wenn ihr kluge Südstaatenmädchen und scharfe Arbeitertypen mögt und gerne prustend mitlacht mit Figuren, die sich wie eure besten Freunde anfühlen, dann ist Sylvie die Richtige für euch.

sylvie@sylviestewartauthor.com
www.sylviestewartauthor.com

Bücher von Sylvie Stewart

Werke von Sylvie Stewart mit geplanten deutschen Übersetzungen

2022

The Spark / **Der Funke** (Carolina Connections #2) 15 Feb

The Lucky One / **Das Glückskind** (Carolina Connections #3) 1 März

The Game / **Das Spiel** (Carolina Connections Book 4) 15 März

The Way You Are / **So wie du bist** (Carolina Connections Book 5) 1 Apr

The Runaround / TBD (Carolina Connections Book 6) 15 Apr

The Nerd Next Door / TBD (Carolina Kisses, Book 1)

New Jerk in Town / TBD (Carolina Kisses, Book 2)

The Last Good Liar / TBD (Carolina Kisses, Book 3)

2023

Between a Rock and a Royal / TBD (Kings of Carolina #1)

Blue Bloods and Backroads / TBD (Kings of Carolina #2)

Stealing Kisses With a King / TBD (Kings of Carolina #3)

Game Changer / TBD

Then Again / TBD

About That / TBD

Full-On Clinger / TBD

Booby Trapped / TBD

Danke, und lasst mal von euch hören!

Vielen herzlichen Dank, dass ihr *Die Baustelle* gelesen habt. Ich hoffe, Nate und Laneys Geschichte hat euch gefallen! Wenn ja, dann würde ich mich über eine Bewertung sehr freuen!

- Bezüglich meiner neuen Übersetzungen bleibt ihr auf dem Laufenden, wenn ihr euch für meinen deutschen Newsletter anmeldet: https://bit.ly/deutschen_nl
- Treten Sie meiner deutschen Facebook-Gruppe bei und erhalten Sie Vorabinformationen und Updates: https://www.facebook.com/groups/351129636474303
- Oder ihr besucht meine Website unter: https://www.sylviestewartauthor.com/deutschen-ubersetzungen

Nochmals vielen Dank!
XOXO,
Sylvie

Sylvie sagt:

Dann wollen wir mal auf den Boden zurückkommen und uns
The Fix (*Die Baustelle*) ansehen.

Hallo, meine lieben Leser! Das ist der Teil, wo ich
weiterplappern darf, ohne dass man es streicht oder herausfil-
tert, also Vorsicht …

Noch da? Prima!

Ich glaube, ich habe *The Fix* [*engl. Titel von Die Baustelle,
Anm.*] in ungefähr einem Monat geschrieben, viel schneller als
alles andere, was ich jemals geschrieben habe. Meine Kinder
hatten in dem Jahr an der Ganztagsschule begonnen und ich
befand mich in einer neuen Stadt und einem neuen Bundesstaat. Anders ausgedrückt: Ich flippte gerade total aus. Ich hatte
mich in diesem Lesemodus befunden, wo man ein oder zwei
Bücher pro Tag liest und die Welt irgendwie ausblendet – ich
weiß, dass ihr das auch kennt, also versucht nicht, es zu leugnen, ihr großen Simulanten! Wie auch immer, ich las fünf oder
sechs Bücher, die totale Blindgänger waren, hintereinander, und
irgendwie wurde ich dann stocksauer, weil ich meine Zeit

vergeudet hatte. Ich meine, ich hätte mir stattdessen *Project Runway* oder *The Mindy Project* oder irgendein anderes Projekt (das war 2016, nicht zu vergessen) ansehen können. Wenigstens hatte ich noch meinen Wein.

Ich bin immer Schriftstellerin gewesen, aber der Gedanke, etwas zu veröffentlichen, war mir nie in den Sinn gekommen. Bis zu diesem Zeitpunkt. Ich setzte mich an den Computer und schrieb ein Buch, dass *ich* würde lesen wollen – voilà! *The Fix* war geboren. Ich hatte keine Ahnung, wie ich es vermarkten oder dafür sorgen konnte, dass Leser es in die Hände kriegten, also improvisierte ich anfangs noch (#newbiefail). Jetzt, nach fünf Jahren, habe ich endlich Bodenhaftung und wundervolle LESER – wie euch! Und das ist OBERHAMMERGEIL! Also danke dafür!

Und nun weiter zu Fragen, die ihr mir per E-Mail und Soziale Medien gestellt habt. Ich werde mir Mühe geben …

• Ja, Laney und ich haben viele Eigenschaften gemeinsam, aber sie ist viel heißer als ich. (Sie ist eher die Sanduhr, während ich mehr so eine Eieruhr bin?) Bei mir türmt sich das Gerümpel überall, es stapeln sich Geschirr und Wäsche, und ich trinke keinen Kaffee (*Huch!*).

• Dieser Teil, wo Laney Angst hat, Nate könnte sich den Rücken verrenken, als er sie trägt? Tja. Also mein Mann hat mir erzählt, dass er sich, als wir angefangen hatten, miteinander auszugehen, und er mich hochgehoben hat (das eine und einzige Mal), den Rücken verletzt hat. Natürlich hat er mir das erst Jahre später erzählt, denn er ist kein dummer Mann. Und ich habe zu ihm nicht gesagt, er wäre ein Schwächling, denn ich bin keine dumme Frau.

• Rocco. Hach, Rocco! Ich habe dieses Kind zum Fressen gern. Wahrscheinlich, weil er eine Kombination meiner beiden Jungs ist. Die meisten Gesprächsfetzen und Streiche stammen direkt von meinen eigenen Kindern. Einschließlich des »Penis Song«. Echt jetzt, Leute – mein Leben ist ein riesiger Furzwitz.

• Wieso keine Milliardäre oder Typen, die Colt heißen? Weil ich keine Milliardäre oder Typen, die Colt heißen, kenne! Nicht falsch verstehen; mir gefällt eine gute Fantasiegeschichte, in der ein reicher Typ oder so ein Kerl mit einem Pferdenamen vorkommt (ich meine, ihr kennt ja das Sprichwort), aber darum geht es in dieser Serie nicht. Es geht um Menschen, die man sich als Freunde im echten Leben vorstellen kann. Das liebe ich!

• GREENSBORO! Ich bin in Indiana aufgewachsen und war mir ziemlich sicher, dass ich ewig dort leben würde. Als der Beruf meines Mannes ihn dann nach North Carolina führte, war ich seltsamerweise begeistert davon. Und jetzt weiß ich, wieso! North Carolina ist unglaublich – wir haben den Strand und die Berge, und ich wohne genau in der Mitte dazwischen. Greensboro (und die Trias, wie wir dieses Gebiet nennen) ist einfach toll – die Menschen, das Wetter, das Essen, die Seen und die Fülle an Dingen, die man unternehmen und die man sich ansehen kann. Es ist es der Wahnsinn! Anders ausgedrückt, ich bin verliebt in North Carolina und meine Figuren sind das auch. Wenn ihr auf Besuch kommt, könnt ihr im Jake's Poolbillard spielen, einen Burger im Hops oder einen Donut im Granny's essen und sogar durch Laneys Nachbarschaft fahren!

Und nun zum Ausblick. Ich bin schon sehr aufgeregt und freue mich, die gesamte Carolina-Connections-Serie für meine deutschen Leser herausbringen zu dürfen, und ich kann es kaum erwarten, die Geschichten der Gang mit euch zu teilen. Bleibt dran und seht euch die Geschichte von Fiona und Mark an (*Der Funke*) … ihr werdet sie LIEBEN! Vergesst nicht, euch für meinen deutschen Newsletter anzumelden (https://bit.ly/deutschen_nl) und meine Website (https://www.sylviestewartauthor.com/deutschen-ubersetzungen), auf der ihr die neuesten Informationen zu den Veröffentlichungen finden könnt, zu besuchen!

Bis zum nächsten Mal …
    XOXO,
    Sylvie

Ein Auszug aus Der Funke

MARK

Ich war völlig weggetreten, daher dauerte es einen Moment, bis ich bemerkte, dass mich jemand aus kurzer Entfernung anstarrte.

An einem Tisch in der Ecke befand sich ein winziges Persönchen von einer Frau, dem ich schon einmal begegnet war.

Das Treffen damals war nicht gut verlaufen.

Ich hatte versucht sie anzubaggern, und sie hatte mir nicht nur eine Abfuhr erteilt, sondern mich auch wiederholt und ohne Grund beleidigt. Ausgerechnet an dem zufälligerweise beschissensten Morgen seit langem (ungeachtet des Vorfalls mit der Cheerleaderin) musste ich auf Fiona Pierce treffen.

Nicht fähig, meine Zugehörigkeit zur männlichen Spezies zu beenden, taxierte ich sie und fand sie trotz ihrer winzigen Größe und insgesamt beleidigenden Tons immer noch körperlich ansprechend. Was soll ich sagen? Ich besitze einen Penis.

Sie hat zarte Gesichtszüge aber riesige grüne Augen und hellblondes Haar, das ihr um die Schulter fällt und über die Stirn nach hinten. Es ist fast so, als würde sie auf Schritt und

Tritt von einer Brise begleitet werden, die ihr Haar in ständiger Bewegung um ihr Gesicht schweben lässt. Sie hatte einfach … irgendwas. Ein Funke von einem Feuer, das ich schon bemerkt hatte, als ich sie das allererste Mal gesehen hatte, in Laneys Garten. Genau das hatte mich auch in Richtung des Decks getrieben, wo sie gestanden hatte und wo ich dann auf spektakulärste Weise abblitzte. Das war am Tag nach Thanksgiving gewesen, und in den seither vergangenen Monaten hatte ich sie nicht mehr gesehen.

Bis ausgerechnet am heutigen Tag.

Sie trug eine dünne Jacke und einen knielangen Rock und saß mit überkreuzten Beinen da, wobei das eine Bein wippte und so eine hohe Sandalette zur Schau stellte. Einen kurzen Moment lang schweiften meine Gedanken ab und ich stellte mir vor, wie sich diese Absätze in meinen Rücken bohrten, während ihre Beine um meine Hüfte gewickelt waren – und dann fiel mir wieder ein, was für eine Hexe sie war, und ich zwang mich, wieder an den Kaffee zu denken.

Bestimmt habe ich scheiße ausgesehen und das musste die Ursache für das dezente Grinsen in ihrem Gesicht gewesen sein. Ich dachte, ich wäre der Herausforderung nicht gewachsen, mich mit der kleinen Giftnudel zu kabbeln, aber die Tatsache, dass sie weiter den Blick auf mich gerichtet hielt, verriet mir, dass ich in dieser Angelegenheit nicht viel mitzureden hatte.

Für mich war das alles ein wenig verwirrend. Sie war Laneys beste Freundin und – laut Nate – wirklich lieb, lächelte viel und war urkomisch. Er hatte erwähnt, dass sie ein bisschen temperamentvoll war, aber auch das war keine Eilmeldung für mich. Ich konnte die zwei Versionen dieses Mädels in meinem Gehirn einfach nicht in Einklang bringen.

Ich war nun an der Reihe an der Theke, also wandte ich meinen Blick von ihr ab, um zu bestellen. Kurz darauf hörte ich eine Stimme neben mir.

»Lust, dich zu mir zu gesellen?«

Ich drehte mich um und sah Fiona neben mir stehen, Kaffeebecher in der Hand, große, scheinbar unschuldige Augen zu mir nach oben gerichtet. Hmm.

Mit dem Scheitel reichte sie mir kaum bis zum Kinn, trotz der hohen Absätze. Wie klein war diese Frau? Ich beugte mich mit einer besonders übertriebenen Bewegung zu ihr hinunter.

»Tut mir leid, könnten Sie das wiederholen? Ich konnte Sie nicht hören, so weit unten, wie Sie sind.« Ich war fest entschlossen, den ersten Schuss vor ihren Bug abzugeben. Und wie es schien zielte ich tadellos.

Ihre Wangen röteten sich sofort und sie presste die Lippen zusammen. »Ich habe *versucht*, nett zu sein, aber ich verschwende offensichtlich meine Zeit«, zischte sie und wirbelte herum, um zu ihrem Tisch zurück zu stolzieren, ihr Haar glorreich um sie schwingend.

Okay, also vielleicht hatte ich die Situation völlig falsch interpretiert.

Aber sie hatte mich mit ihrer Zickigkeit vollkommen unvorbereitet getroffen bei unserer letzten Begegnung, und ich hegte wohl immer noch ein wenig Groll. Schließlich hatte sie mich, wenn mich meine Erinnerung nicht trügt, einen »Blödmann« und einen »Idioten« genannt und vorgeschlagen, ich solle eine »Tüte Schwänze essen« gehen, alles innerhalb einer Zeitspanne von sechzig Sekunden. Wäre das nicht gegen mich gerichtet gewesen, hätte ich es beeindruckend gefunden. Und dabei hatte ich nur Hallo gesagt – aber vielleicht hatte ich sie »Tinkerbell« genannt und ihr den Kindertisch gezeigt – der Teil war ein wenig verschwommen.

Da ich mir kein weiteres schlechtes Karma leisten konnte, beschloss ich, hinzugehen und mich zu entschuldigen, sowie ich meinen Kaffee bekommen hatte. Ich machte meinen ersten Schluck, um mich zu wappnen für das, was ein reizender Wortwechsel zu werden versprach.

»Hallo, Fiona.« Ich ging hin, doch sie tat so, als würde sie mich nicht hören, während ihre Daumen auf ihrem Handy munter herumtippten – wahrscheinlich, um Laney in einer Textmessage mitzuteilen, was für ein totales Arschloch ich doch war.

Ich sackte auf den Sitzplatz gegenüber. »Es tut mir leid, dass ich das gesagt habe. Es ist ein beschissener Morgen gewesen und nach unserer letzten Begegnung war ich nicht auf Höflichkeit vorbereitet.«

Sie legte ihr Telefon auf den Tisch und beäugte mich nachdenklich eine gefühlte Ewigkeit lang. Dann sagte sie doch noch etwas. »Ich kann das schon verstehen.« Sie warf ihr Haar zurück und nippte an ihrem Kaffee. »Ich nehme deine Entschuldigung an.«

Dann schwiegen wir beide.

Ihr Bein hüpfte.

Ich drehte meinen Kaffeebecher im Kreis herum.

Wir gaben beide vor, das Dekor in dieser Starbucks-Filiale besonders faszinierend zu finden.

Es war scheiß unangenehm.

Beinahe wünschte ich mich zurück in den Wartesaal.

Oder in die Praxis des Proktologen – ja, so schlimm war es beinahe.

FIONA

Scheiße, war das peinlich. Warum sagt er nichts? Ich hatte zuletzt gesprochen, und nach den allgemeinen Konversationsregeln war er jetzt dran, verdammt!

Na schön.

»Also ...«, sagte ich. *Ich weiß – brillant.*

»Also ...«, erwiderte Mark.

Echt jetzt?

Wir waren wie füreinander geschaffen – die dumme Blondine und das noch stumpfsinnigere Kraftpaket.

War sein Nacken noch dicker geworden, seit ich ihn das letzte Mal gesehen hatte? Ich verstand einfach nicht, welchen Sinn all diese Muskeln hatten – sie waren ein bisschen exzessiv.

Versteht mich nicht falsch. Ich liebe die Kräftigkeit eines Kerls, der trainiert und auf sich schaut, und ich würde bei einer schönen Partie Bauch- oder Armmuskeln nicht die Nase rümpfen – auch nicht bei einem netten Arsch natürlich – aber dieser Kerl war wie eine wandelnde Steroidwerbung. Okay, das war vielleicht ein bisschen hart, aber er war einfach so … so … massig. Ich meine, seine Dinger waren zehn Mal größer als meine und das war ganz falsch.

Abgesehen von seiner übertrieben muskulösen Figur ist er allerdings, das musste ich zugeben, irgendwie ein Hottie. Er hat ein tolles Lächeln. Nicht, dass ich es heute schon gesehen hätte, aber ich erinnere mich von unserer letzten Begegnung daran. Und dabei habe ich normalerweise für das ganze Igelschnitt-Ding nichts übrig. Aber ihm steht es einfach so gut. Seine Augen sind auch ein sattes tiefes Braun und – heilige Wimpern – wie war das denn gerecht? Sämtliche Mächte von Sephora konnten keine so schönen Wimpern erzeugen! Na ja, es war allerdings nicht so, als ob ein schönes Lächeln und ein paar Wimpern wiedergutmachen könnten, dass er vollkommen unausstehlich ist.

Schließlich sagte er doch was. »Was führt dich hierher um —«, er sah auf seine Uhr, »zehn Uhr vierundzwanzig an einem Freitagmorgen?«

»Nur eine Vorsorgeuntersuchung«, antwortete ich. Mehr wollte ich zu meinem Besuch bei Doktor Brandon wirklich nicht sagen. »Was ist mit dir? Du hast einen beschissenen Morgen erwähnt.« Ich nippte an meinem Kaffee und hoffte, dass ich unsere Aufmerksamkeit jetzt erfolgreich auf ihn gelenkt hatte.

Er hatte offenbar nicht gelogen, was seinen grottenschlechten Tag betraf, denn er sah aus, als hätte er die ganze Nacht nicht geschlafen. Seine Stirn trug eine scheinbar permanente Falte, die groß genug war, dass ich darin ohne Weiteres meinen Eyeliner-Stift hätte lagern können, und der Bereich unter seinen Augen hatte einen grünlich-grauen Schimmer, den selbst besagte Wimpern nicht verbergen konnten.

»Ja, das könnte man so ausdrücken. Nur so Familienzeug – musste heute am zeitigen Morgen herkommen zur Notfallambulanz.« Er rieb sich mit der Hand über seine hellbraunen Haare.

Ehe ich Zeit hatte, darüber nachzudenken, bedeckte ich seine andere Hand mit meiner. »O Gott, ist alles in Ordnung? Wer ist denn verletzt worden?« Mein Herz schlug und ich bereute plötzlich alle meine auf ihn gerichteten negativen Gedanken. *Muskeln sind toll! Und wer braucht einen blöden Hals?*

Er tat es ab. »Niemand.« Er starrte auf meine Hand, die auf seiner ruhte, und ich konnte seine Miene nicht deuten. Ich entfernte meine Hand so nonchalant wie möglich und benutzte sie, um nach meinem Kaffee zu greifen – auf super-lässig machend. *Oje.*

Mark lehnte sich auf seinem Stuhl zurück und seufzte. »Na ja, jemand, aber er ist niemand Wichtiges. Meine Mom wollte herkommen, um ihn zu besuchen, also habe ich sie hergefahren – das ist alles.«

Ich stieß einen Atemzug aus, von dem ich nicht gewusst hatte, dass ich ihn angehalten hatte, obwohl ich von seiner Bemerkung ein bisschen verwirrt worden war. »Ach, na ja, das ist wenigstens beruhigend, nehme ich mal an.«

»Ja, vermutlich«, sagte er abwesend.

Offensichtlich lief da was, in das ich nicht eingeweiht war – und warum sollte ich das auch sein? Ich kannte den Typen nicht mal. Außer, dass wir ein paar Beleidigungen ausgetauscht und Kaffee miteinander getrunken hatten, waren wir praktisch

Fremde. Unsere einzige Verbindung waren ein paar gemeinsame Freunde, und das hatte keine besondere Auswirkung auf das große Ganze.

»Hör zu, ich sollte lieber wieder in den Wartesaal zurück. Ich will nicht, dass meine Mom herauskommt und sich fragt, wo ich bin.« Er erhob sich von seinem Stuhl. »Wir werden uns bestimmt wiedersehen, weil Nate und Laney und Gavin …«. Er verstummte.

Kurz stand er unbeweglich da und sah seltsam erbärmlich aus in einem alten verblassten T-Shirt und einer Jogginghose. Ich weiß nicht, was über mich kam, aber es kam heraus. »Möchtest du, dass ich dir Gesellschaft leiste, während du wartest?«

Sein Kopf schoss hoch, fast als hätte er vergessen, dass ich da war. Dann blinzelte er ein paar Mal und ich sah, wie sich die Falte auf seiner Stirn ein bisschen legte. »Doch, das wäre schön.«

Lesen Sie Der Funke jetzt!